漫品红楼

蕙馨斋 著

北京出版集团公司
北京出版社

作者简介

蕙馨斋，原名程静。工商企业管理硕士，国际葡萄酒市场营销与管理学博士，中法两国首位荣获圣爱美隆和汝拉德两枚骑士勋章的中国女企业家。现旅居法国，拥有法国中级葡萄酒名庄砾石堡（château l'estran），酷爱中外古典文学，尤其钟情于《红楼梦》。

目录

前　言		/ 1
第一回	邢夫人 PK 王夫人	/ 1
第二回	贾老大一家人	/ 6
第三回	低调做人	/ 12
第四回	金钏儿之死	/ 18
第五回	晴雯之死	/ 23
第六回	柳五儿	/ 30
第七回	天高任鸟飞	/ 35
第八回	林红玉	/ 40
第九回	贾芸和小红	/ 45
第十回	香菱	/ 50
第十一回	红楼二尤	/ 54
第十二回	妙玉	/ 59

第十三回	李纨与妙玉	/ 68
第十四回	邢岫烟	/ 74
第十五回	生日之谜	/ 79
第十六回	梅妻鹤子 玩味古今	/ 84
第十七回	霜晓寒姿	/ 89
第十八回	空相妒	/ 94
第十九回	贾府月例	/ 101
第二十回	贾府首富	/ 108
第二十一回	混蛋贾老大	/ 114
第二十二回	贾府福布斯榜	/ 120
第二十三回	贾府第二大土豪	/ 124
第二十四回	深藏不露的尤大姐	/ 128
第二十五回	尤大姐PK王熙凤	/ 133
第二十六回	贾府第五大土豪	/ 138
第二十七回	只恐夜深花睡去	/ 146
第二十八回	世外仙姝	/ 152
第二十九回	风露清愁	/ 157
第三十回	腰缠十万贯 骑鹤下扬州	/ 162

第三十一回	超级小富婆 / 167	
第三十二回	薛家兄妹 / 175	
第三十三回	薛大少 / 181	
第三十四回	聪明累 / 186	
第三十五回	林黛玉与薛文龙 / 191	
第三十六回	财富榜上的半个人 / 196	
第三十七回	四大家族最后的掌门人 / 201	
第三十八回	秦可卿 / 207	
第三十九回	解惑秦可卿 / 212	
第四十回	秦可卿到底有没有钱呢？/ 216	
第四十一回	秦可卿卧室之谜 / 222	
第四十二回	揭秘秦可卿的卧室 / 228	
第四十三回	秦鲸卿 / 232	
第四十四回	焦大之骂 / 237	
第四十五回	自寻死路的贾瑞 / 243	
第四十六回	病入膏肓的宁国府 / 249	
第四十七回	心病 / 254	
第四十八回	穿了一双高跟鞋的秦可卿 / 259	

第四十九回	贾惜春	/ 264
第五十回	箕裘颓堕皆从敬	/ 269
第五十一回	赵姨娘	/ 273
第五十二回	偷鸡不成蚀把米	/ 279
第五十三回	赵姨娘PK野驴子	/ 284
第五十四回	"刺玫瑰"	/ 290
第五十五回	芳官	/ 294
第五十六回	吵架小能手	/ 299
第五十七回	麝月	/ 304
第五十八回	宫斗赢家	/ 308
第五十九回	总花神	/ 314
第六十回	贾府第一大丫鬟	/ 318
第六十一回	平儿	/ 323
第六十二回	出手豪阔的平儿	/ 328
第六十三回	理顺贾府人脉的小窍门	/ 333
第六十四回	贾茵	/ 338
第六十五回	谁是"奸兄"？	/ 343
第六十六回	谁是贾芹的同谋？	/ 349

第六十七回	司棋 / 354
第六十八回	漏网之鱼 / 360
第六十九回	贾宝玉和林黛玉 / 365
第七十回	曹雪芹其人 / 370
第七十一回	薛宝钗的金锁 / 376
第七十二回	贾宝玉挨打 / 382
第七十三回	冯紫英的饭局 / 388
第七十四回	薛宝钗的生日 / 394
第七十五回	"金玉良缘"PK"木石姻缘" / 400
第七十六回	"金玉"队再战"木石"队 / 408
第七十七回	探春的一票 / 414
第七十八回	史湘云的一票 / 421
第七十九回	关键一票 / 430
第八十回	红楼十二钗 / 437
后记	/ 440

前言

对于《红楼梦》的喜爱，始于越剧《红楼梦》。那会儿还不识字呢，记忆中除了《小兵张嘎》就是《党的女儿》之类的革命战争片，突然来了个《红楼梦》，那服装，那发型，太美了！于是理所当然就喜欢上了。然后就爱屋及乌，所有跟《红楼梦》相关的只要能搜罗到，都喜欢。管他什么秦续、海续、刘续、高续，通通拿来看看，觉得哪个说得都有道理。

今天自己想要说说红楼，心下却莫名地忐忑了。到底聊什么呢？怎么聊呢？思来想去，不如就聊聊里边的各种人物关系吧。人太多，许多读者看完以后经常记不住，没点耐心的就会觉得越看越乱，只能大概记住出镜率较高的几位小伙伴了。说真的，搞不清楚这些人物关系，读《红楼梦》就少了许多乐趣，影响理解，自然也就不易读透。曹公最担心的便是后人看不透哦。

满纸荒唐言，一把辛酸泪。

都云作者痴，谁解其中味？

今日在下就自说自话，帮诸君理一理这庞杂的人物关系。且冠以"漫品"二字吧，免得惹行家生气。

《红楼梦》有多好？人神共知啊！曹公花十年时间写成，后辈折腾了几百年也没个统一论调，除了曹公，谁也不服谁啊！想当年我还是个小屁孩，就已经被曹公的各种文字游戏迷住了，记得九岁那年写了个童话故事，就用了《红楼梦》里的谐音技巧。了解《红楼梦》里的谐音是个入门的必修课，什么甄士隐（真事隐）、贾雨村言（假语村言）、甄宝玉（真宝玉）、贾宝玉（假宝玉），什么千红一窟（哭）、万艳同杯（悲），什么元迎探惜（原应叹息），等等，此处就不一一列举了。我给自己童话故事里的主人公起的名字一个叫布拉特（brother），是哥哥，一个叫西斯特（sister），是妹妹。（想起往事，请容我捧腹大笑一会儿。）

第一回 邢夫人PK王夫人

开篇就从男主角讲起吧。先不说七大姑八大姨和丫头小厮,单单贾宝玉他们一家子就有十一口人:爸爸妈妈(贾政和王夫人),两个小妈(赵姨娘和周姨娘),一个哥哥是死了的贾珠,一个嫂子叫李纨,两个姊妹(元春和探春),一个弟弟贾环,外加他自己和侄儿贾兰。他们全家和奶奶贾母一起住在荣国府这个女权小社会里，他的大伯贾赦和大娘邢夫人带着一群小娘儿们住在隔壁一个单独的院子里。

为什么贾赦住小别院，他爸排行老二反倒住了正院呢？有前辈通过对曹公家世的研究，认为贾赦很可能非贾母亲生。坦率说，对于这种把作者直接全盘套进人物，把简单问题复杂化、故作高深的说法，我是不太认同的。小说人物可能有其原型，但大可不必时时处处都对号入座。

书中对此有明确交代。贾代善，贾宝玉的爷爷，娶了金陵史侯的小姐，即如今的贾母，生了两子一女：长子贾赦，夫人邢氏；次子贾政，夫人王氏；女儿贾敏，嫁了巡盐御史林如海（林黛玉的爸爸妈妈）。所以，贾政住正院这里面固然有"老儿子、大孙子，老太太的命根子"的人之常情，贾母也不能免俗的成分，但我认为更多的是取决于两个儿媳妇的身家。

先说大儿媳妇邢夫人，书中通过对她的兄弟姐妹以及侄女邢岫烟的描述，令她单薄的家世一览无余。

她有一个弟弟，人称邢大舅或傻大舅。此处啰唆两句，不然恐怕行家发火。关于邢夫人到底有几个兄弟，众说纷纭，有说作者临时从他处移植过来第七十五回关于邢德全评家姐那一段的，因为第四十九回出场的叫邢忠；也有说邢忠只是邢夫人堂兄，所以邢德全的口中并不曾提到他。并且书中也的确在邢忠出场时称"胞兄"，而邢德全出场时则称"胞弟"。其实这都不重要，反正这两个和一个也差不了多少。是兄是弟也无所谓，本书权作弟弟讲吧！毕竟文中作为胞弟的邢德全对邢家更了解，且按照邢岫烟的年龄以及邢夫人能够有机会把娘家的全副家当作为陪嫁；也是弟弟更合适些，何况我也不是什么专家，不想钻各种字眼，所以粗俗地将他们理解成一个人，姓邢，名忠，字德全。这样的起名方式也完全符合中国古人的起名习惯，字是对名的进一步阐述，就好比张飞字益德，周瑜字公瑾，关羽字云长。

一不小心又扯远了。接着说邢夫人的弟弟邢忠。他带着老婆孩子（这个孩子就是连妙玉都认可的邢岫烟）来投靠姐姐，另有两个妹妹，可能是因为家私都被老大邢夫人带到贾府撑场面来了，搞得两个妹妹没什么嫁妆，所以一个嫁得不怎么样，另一个在家当老姑娘。至于她本人在贾府只是贾赦的填房，而且贾赦另有嫣红和翠云两个小老婆，还有不知多少个秋桐（帮忙整死尤二姐的那位）之类的虎视眈眈的未正名的丫头，亏得迎春、贾琮的亲妈死了，不然恐怕也是个竞争对手（此处不深究迎春和贾琮是否为一母同胞），而她自己并无一儿半女，如今的贾琏显然是前房太太的儿子，所以使得她养成了雁过拔毛的贪财德行。缺乏安全感哪！理解万岁吧！文中说她"儿女奴仆，一人不靠，一言不听"。

再来说说二儿媳妇王夫人，"东海缺少白玉床，龙王请来金陵王"说的就是她牛气冲天的娘家。更何况还有个"都太尉统制县伯王公之后裔，初任京营节度使，后擢九省统制，奉旨查边，旋升九省都检点"的超级牛人，（这一长串到底是什么官先不去管他，你就说听上去够不够牛吧？）那便是她和薛姨妈（薛宝钗她妈）以及王子胜（王熙凤她爸）的亲哥哥王子腾。更别说她的亲闺女皇妃贾元春，与舅舅王子腾在朝中内外呼应，是史、王、贾、薛四府的绝对靠山哪。

从子嗣上说，邢夫人是光杆司令一个，而王夫人就算没了贾珠，她还有个聪明伶俐的亲孙子贾兰，更何况阖府都当作凤凰一样的贾宝玉也是她的亲儿子呀！从性情来说，邢夫人禀性愚犟，王夫人、贾母曾戏称她像个木头，不爱说话。

假如你是那个老婆婆贾母，你选择跟谁近？按照中国的传统礼仪，这样的老牌贵族家庭那更是要讲规矩的，有父母在，正房正院必然是让父母住的，老太太跟谁近，谁自然也就能跟着沾光住正院了。

不过呢，毕竟两个儿子一般重，还是要平衡一下的，那贾老太太是怎么来平衡的呢？且待下回分解。

第二回 贾老大一家人

上回说到贾老太太的平衡术,这就要把贾赦的一家老小先理一理了,只有这样才能找到问题,对症下药,合理制衡。

上回已简单提了一下,这回稍加细述。贾赦原配夫人无从考证,生二子,长子贾瑚,早夭,还没来得及结婚生子;次子贾琏,夫人就是大名鼎鼎的王熙凤,只有一个女儿,巧姐儿。

填房夫人邢氏，无所出。另有前小妾留下一子一女，子名贾琮，女名贾迎春，这一子一女估计非一母所生，因为文中二人从无交集，若系一母所生，贾琮年幼，贾宝玉既然能天天跟姐妹们混在一处，那他没理由不能进内宅和亲姐姐来往。且从第六回宝玉去看邢夫人一段描述不难看出，贾琮比贾宝玉要小。文中描述："一盅茶未吃完，只见那贾琮来问宝玉好。"邢夫人道："哪里找活猴儿去！你那奶妈子死绝了，也不收拾收拾你，弄得黑眉乌嘴的，哪里像大家子念书的孩子！"给贾宝玉问好，自然是比他小，弄得黑眉乌嘴想来也没多大。

不过贾琮也许有可能和贾琏是一母同胞，并非庶出，因为在贾氏祭祖活动中他是和贾琏、贾宝玉一个级别的，但是我个人觉得书中未交代邢夫人进贾府的时间，而贾琮似乎又太小，所以他为妾出似乎更顺一点。且程伟元、高鹗等前辈修订的程乙本中也称"若问那赦公，也有二子，次名贾琏"，并不曾提起过比贾琏小的贾琮。不过也有版本称"那赦公，也有二子，长名贾琏"。此处就不打文字官司了，专家们都没争出个子丑寅卯，何况我哉？！若真要较真，那可真就没完没了了！就委屈一下贾琮小朋友，权作庶出吧。反正贾琮、贾迎春的亲妈都死了，这一点是无争议的，所以此处就只当点个人头数吧！

继续数人头，嫣红、翠云"等几个小姨娘"；只能说全家活着的、有名字的一共九口人，小老婆太多，书中也只以"等"字交代。

另有贾琏房中有个平儿，并不曾有什么正式的名分，阖府也都只以"平姑娘"相称，只能算个通房大丫头，故不算在内。看官先别急着反对，我不将平儿算入主子的行列，后面自有分晓。当然通房丫头本来也并未脱了奴籍。

下面就说说老太太是怎么来摆布这几个人的。

首先，老太太把世袭的爵位一等将军给了大儿子贾赦。然后让老大的儿媳妇王熙凤当家，当然王熙凤是王夫人的亲侄女，说是当家，不过是个执行总裁罢了，连拿两匹布料都要回过太太王夫人的。但我猜她拿众人的工资偷放高利贷的事是绝对不会回过太太的，明里拿小事卖个乖呗！由此也可见王熙凤行事还是有一定的度的，因此也就可以猜测，她这样伶俐的人不可能不用公中的银钱偶尔讨好一下自己婆婆的。

而邢夫人恰恰是个贪财之人，连侄女邢岫烟二两银子的零花钱都不放过的主，王熙凤假装偷偷给她点小便宜（实则肯定是真的要回过她姑妈王夫人的），邢夫人肯定就乐不可支了。而贾母要的就是这个效果。

仅仅这些还显不出贾母的高明。她把丧母的迎春接到自己跟前，和二儿子的女儿们一起抚养。及至邢夫人的兄弟带着一家老小来投奔姐姐，她二话不说，全盘接纳，还把随父母来投亲的邢岫烟留在大观园里和自己的孙女儿们一起养着，每月只要在大观园里待满一个月，就发二两银子的零花钱。要知道迎春、探春、惜春三姐妹每个月也就二两银子的零花钱，更别说那小可怜史湘云了，纯粹的贵族小姐，在家还得干活呢，一个月只得几串钱的零花钱。

所以，住不住正房正院对邢夫人来说，根本就不是她关心在意的，何况以贾赦的德行，用贾母的话形容就是："作什么左一个小老婆右一个小老婆放在屋里，没的耽误了人家。放着身子不保养，官儿也不好生作去，成日家和小老婆喝酒。"住在别院，说不定更称她的心呢！

回过来再说前面的关系平衡情况，除了体现贾母治家有方，其实也折射出王夫人的心胸宽广。此话怎讲呢？王夫人的娘家和婆家的确都不缺钱，但是有钱却吝啬的人多得去了。要是她心里不乐意，迎春能有好日子过？文中迎春省亲时曾亲口说"幸好，在婶娘这边，过了几年省心的日子"。更别说邢岫烟了，二两银子的零花钱是王熙凤让给的，但王夫人若不同意那是绝对执行不了的。

我这么一说肯定有读者要"呸"我了，王夫人在大多数读者的心目中就是个类似老巫婆的角色，但我却有点不同的看法。见文中刘姥姥对于未出阁的王夫人的记忆是"着实响快，会待人，倒不拿大"，而贾母对她的评价则是："本来老实，可怜见儿的，不大说话，木头

似的,在公婆面前不显好。"

那么问题来了,王夫人为什么会从一个"着实响快"的人变成现在这样"木头似的"呢?且待下回分解。

第三回 低调做人

上回说到王夫人为什么会从一个"着实响快"的人变成现在这样的"木头似的"呢?

首先我们来看看王夫人的娘家。文中未曾提起她的父母,想来都已去世,哥哥王子腾,也有说是王子胜的。因为第六回周瑞家的曾说:"你道这琏二奶奶是谁?就是太太的内侄女,当日大舅爷的女儿,小名凤哥的。"显然这位当日的大舅爷不会是王子腾,那就是王子胜,因为既是"当日的",应该是早已过世了。这个周瑞家的,原是王夫人的陪房,后来按照贾府的规矩,年长了配个小子,于是就配给了贾府的男仆周瑞为妻。她应该对王家是很了解的。顺便说一下,这可不是个普通的奴才,她便是冷子兴的丈母娘,冷子兴是整个《红楼梦》的一个引子,第二回便由他演说了整个贾府的主要人物。刘姥姥一进荣国府时,走的也是这个周瑞家的路子。抄检大观园时,周瑞家的也是行动组成员之一呢。

有人说"大舅爷"应该是指家里的老大,所以王熙凤的爹王子胜是王夫人的大哥,我个人认为老大王子腾、老三抑或老四王子胜这样的排行比较合理,因为毫无疑问王子腾是真正的实权派人物,而他的权力绝对不单单是靠的祖宗荫庇,从他一路升迁可以想象,他是有一定的工作能力的,也是有真才实学的。并且他所亲近的人也是林如海、贾政,而决非贾赦之流。而我们从王熙凤兄妹俩不难分析出他们的父母也是没什么文化,没什么规矩的。王熙凤从小被家里当男孩养,可她却不识字,那这种当男孩养就只能是为她的没规矩找个借口罢了,她老兄王仁就更不堪了,差点把自己的亲外甥女卖到花街柳巷去。所以,这种不学无术的情况通常发生在家里的老儿子身上,几乎没听说过谁家老大稀巴烂,下面小兄弟姐妹们都挺好的,毕竟榜样的力量是无穷的。

在第九十六回中,王熙凤对王夫人道:"今日二爷在外听得有人传说,我们家大老爷赶着进京,离城二百多里地,在路上没了。"前人所续自然也是找寻了一大堆依据的,此处可见王子腾才是大爷。不过王熙凤她爸王子胜肯定是没了,所以王子腾是否是王家老大这里也就不较真了,重要的是王夫人是刘姥姥口中的二小姐这点无争议。

不谈死了的王子胜,王家两姐妹在老大王子腾的影响下那绝对是按照封建贵族的要求合格成长的。三从四德才是这些要求中的必修课,王夫人嫁到另一个老牌贵族贾府,面对的是一个多年媳妇熬成婆的同样贵族出身的史家小姐贾母。

文中多次提到李纨、王熙凤等媳妇们在婆婆们以及小姑子们吃饭的时候站在桌子边上伺候着,那么没有李纫之前呢？当然就是王夫人和贾赦的太太当"服务员"了。凭你是谁站个三年桌，看你还有多少话说？！大儿子贾珠不到二十岁娶妻生子，也就是说王夫人至少也得当个十八九年的家庭"服务员"。那会子和贾母坐在桌上享用的是谁啊？小姑子贾敏，林黛玉的妈呀。我猜王夫人不是很喜欢林黛玉可能和她这段"服务员"的经历有点关系，因为林黛玉长得和她妈很像，这也是贾母特别宠爱她的原因之一，而王夫人看见她自然就会想起不堪回首的当小媳妇的往事。包括后来的晴雯，眉眼长得像林黛玉，王夫人看着也是不爽的。

然而光是站桌子立规矩，这些都不足以伤到王夫人。贾母是个什么人啊，极其有格调的一个人，从她听戏、赏月、观景、行酒令可以想象老太太是有一定的文化修养的，而这些恰恰是王夫人的软肋。贾敏呢？从贾母、林黛玉不难推断，必然也是才女一枚啊，不然不可能嫁给探花郎苏州小伙林如海呀！这绝对是贾母夫妇精心挑选的乘龙快婿啊！再加上贾政"起初也是个诗酒放诞之人"，人家一家几口人谈笑风生，外来户王夫人又插不上嘴，何况她本来就不是王熙凤那样放得开的性格，自卑感怎不油然而生呢！

及至后来贾政陆续纳了两房妾，她根本做不了主，又干不出王熙凤那一出，只能忍着。尤其是贾政居然独宠赵姨娘，这简直是直接喂她吃苍蝇呢。而且这赵姨娘居然也有两个孩子，一个探春，一个贾环。这个赵姨娘几乎可以说是《红楼梦》里唯一一个纯反面的人物，到处惹是生非，各种嚼瑟，王夫人充其量也只能把她拎过来训几句，唯恐失了自己的身份。毕竟隔壁的嫂子邢夫人也不是一盏省油的灯，逮着机会就要看个笑话的。

所以她除了把自己扮成个"木头人"，还能有什么高招呢？为什么说她是"扮"成的呢？见文中"周瑞家的轻轻掀帘进去，只见王夫人和薛姨妈长篇大套的说些家务人情等语"。她跟自己的亲妹妹独处时，说话是"长篇大套"的。

并且从王熙凤对她和薛姨妈、薛宝钗的态度和称呼中也可以分析出，她们姑侄在贾府虽然位高权重，但是说话做事那是极其小心谨慎的，首先王熙凤从未叫过王夫人姑妈，而是和自己的婆婆一样，称呼太太，也从未叫过薛姨妈姑妈，而是跟着贾宝玉一样叫姨妈，也很少和薛宝钗私下交往。这些肯定都是在贾府生活了几十年的王夫人总结经验教给她的。当然王熙凤似乎除了和早逝的秦可卿有些私交，和其他人都没什么私下的交往。

那么如此谨慎行事的王夫人为什么还会给读者留下"老巫婆"的印象呢？且待下回分解。

第四回 金钏儿之死

上回说到王夫人何以会给读者留下"老巫婆"的印象?依我看这主要因为两个大丫头啊。一个金钏儿,一个晴雯。

先来说说贾府的大丫头们,这是一个特殊的群体。她们虽是奴婢,但是一般的土豪家的小姐也没她们过得滋润。袭人的母兄要赎她的时候她就曾哭着诉说不愿意出去的理由:"如今幸而卖到这个地方,吃穿和主子一样,又不朝打暮骂。"而且,她还帮着家里"整理的家成业就，复了元气"。她们平时不过是做些端茶递水、梳头描眉、铺纸研墨之类的事情，各种体力活都和她们无关；和主子们一样的绫罗绸缎，穿金戴银，还有不止一个小丫头伺候着。陪房、通房大丫头、姨太太通常是她们的最终归宿。我怀疑贾宝玉的俩小妈赵姨娘和周姨娘十有八九也是这么来的。只有了解了这些，才能理解金钏儿和晴雯为什么会犯那样的错误了。

先说金钏儿吧，她和妹妹玉钏儿同是王夫人屋里的大丫头，有学者根据她本姓白，以及姐妹二人的名字推断她们实为薛宝钗的侧影。薛（雪），也是白；玉，亦白；钗、钏乃同类，所以保不齐薛宝钗将来也有可能投井而亡呢。不过这都是猜测而已，曹公已殁，后人只能从他留下的字里行间根据他的笔风习惯加以揣测了；然而这也正是《红楼梦》的魅力所在啊！

回过头来说金钏儿的事发之日，贾宝玉和薛宝钗斗嘴，他原来以为就只有林黛玉伶牙俐齿，没承想薛宝钗平时只是跟他客气呢，结果搞得灰头土脸地出了贾母的房间，百无聊赖，瞎逛游就逛到他老娘那儿。王夫人在里屋打盹,金钏儿在外屋守候,于是公子哥和平时取笑惯了的大丫头开始调情。

具体说了什么我就不鹦鹉学舌了。我认为导致王夫人发火的关键一句话就是:"我倒告诉你个巧宗儿,你往东小院子里拿环哥儿同彩云去。"

彩云和彩霞同样是一对姐妹,同样是王夫人的大丫头,彩云和赵姨娘的儿子贾环私下交好,王夫人不可能不知道,但她睁只眼闭只眼,由他们去了,因为她内心认为他们本来就是一个阶层的。现在金钏儿却要唆使宝玉去捉彩云和贾环的奸,这怎么能不叫她怒火万丈呢?!

第一,宝玉去捉这个奸,首先就失了身份;第二,那赵姨娘本就不是个安分的主,这事若吵到贾政耳朵里,那后果不堪设想。至于金钏儿和宝玉前面的各种调情的话本来在王夫人眼里未必算得上什么大事,第二十五回宝玉就曾经躺在王夫人炕上,拉着彩霞瞎闹;再就是宝玉心惊胆战地去见他爹,金钏儿在门口奚落他:"我这嘴上才擦的胭脂,这会可吃不吃了?"可见他们之间的风言风语本来就是家常便饭，谁也没当回事。

但是今天金钏儿非但口无遮拦，还扯上了赵姨娘那边，王夫人岂有不发火的道理。一个大巴掌就抽了过去，且臭骂一通："下作小娼妇，好好的爷们，都叫你教坏了。"其实所谓教坏贾宝玉的实为秦可卿，贾宝玉早不是什么好鸟儿了。但当妈的哪有认为自己儿子不好的呢？何况把整件事独立起来，无论从哪个角度分析，金钏儿说的话都太过分了。而王夫人无论是打还是骂都并未超出一个女主人、一个母亲保护自己青春期的儿子的范畴。

贾府的丫头小厮们挨打其实是家常便饭，封建时代，哪个奴才不挨打挨骂呢！问题是前面交代过贾府的大丫头们是个特殊的群体，这金钏儿又性格刚烈。什么叫性格刚烈啊？争强好胜呗。王夫人不但打骂了她，还要把她赶出贾府，这才是问题所在。书中说"虽金钏儿苦求，亦不肯收留"，那么金钏儿离开贾府，王夫人是要给她配个小子的，金钏儿（或许也是她们全家）的理想是要做姨太太的,各种来自社会和家庭的压力,以及离开贾府所要面对的现实生活,她完全无法想象,更无法接受,于是只有一死了之,跳井而亡。但究其死因,毕竟是因王夫人而起。

那么晴雯之死又是怎么回事呢?且待下回分解。

第五回 晴雯之死

晴雯之死是《红楼梦》的重头戏之一。众多学者都认为这其实是对黛玉命运的一个暗示,对此我也深表赞同。

大多数读者对于晴雯的喜爱源于开篇的判词:"霁月难逢,彩云易散。心比天高,身为下贱。风流灵巧招人怨,寿夭多因诽谤生。多情公子空牵念。"所以晴雯未出场其实已然在读者心中拥有了美好的想象,也种下了为其鸣不平的种子;再加上死后宝二爷一篇《芙蓉女儿诔》，曹公借宝玉之口，行云流水，洋洋洒洒写了一篇全书篇幅最长的诗文辞赋，充分展示了曹公的不世才华，诔文旁征博引，将贾谊、石崇、嵇康等人政治生涯的变迁引入文中，更大量借用了《离骚》里的辞藻，连文体格式都采用了《楚辞》之风。曹公将自己对现实的不满与无奈在这篇诔文中尽情宣泄了一番。我个人认为单就这篇诔文而言，其文采之飞扬、感情之真挚、寓意之深刻足以同曹子建的《洛神赋》、三闾大夫屈原的《离骚》一起光耀后世。

不知其他的前辈学者是如何来分析晴雯与黛玉之间的关联关系的，但我以为仅以王夫人对晴雯那句"水蛇腰，削肩膀，眉眼有些像你林妹妹"以及所谓的她俩都天真纯洁之类笼统的概括，就说作者把她俩联系在一起，这也未免太浮浅了。且也不符合曹公玩弄文字游戏的一贯风格。脂评本曾说《红楼梦》的写法"草蛇灰线、空谷传声、一击两鸣、明修栈道、暗度陈仓"，所以我就斗胆做以下设想：

第一，第六十三回中林黛玉抽了个芙蓉花的签，这

《芙蓉女儿诔》自然就与她脱不了关系。第二，诔文中以香草、兰蕙做比，大伙儿肯定不会不知道，林黛玉的来历：绛珠草呀！所以我不但认为晴雯影射黛玉，就连香菱我以为都是黛玉的一个侧影。以后的篇幅中我会慢慢聊这个香菱。这一回只谈晴雯。第三，以宓妃做比，就更加明显了，林黛玉是谁啊？潇湘妃子。第四，当宝玉将"红绡帐里，公子多情；黄土垄中，女儿薄命"改为"茜纱窗下，我本无缘；黄土垄中，卿何薄命"时，黛玉"陡然变色"。第五，就是通篇诔文压根就不是在说一个丫头，各种遣词用典大多都是祭奠结发妻子才能用的。贾宝玉是绝对不可能犯这样的错误的。林黛玉又岂是等闲之辈？不可能发觉不了；而她又是个这么爱吃醋、爱耍小心眼的妹子。

然而以上所说都只是照字解字罢了，只是为了证明晴雯和黛玉之间是有关联的。其实我内心认为这篇诔文根本就是曹公为自己写的，什么晴雯、黛玉都只是个幌子。这一点他日抽空细聊。

还是先聊本回主题，晴雯。其实我一直不解的就是曹公为什么要用晴雯来影射黛玉，毕竟晴雯的出身太过卑微了，前面花了一大堆功夫只为烘托黛玉出身高贵，突然后面就搞出这么个小丫头来做她的侧影，真不知道曹公到底是怎么想的。晴雯，一个奴才的奴才，被赖大家的当作礼物送给贾母，父母全无，只有个姑舅哥，叫作吴贵，取个老婆灯姑娘，也有人认为灯姑娘即是后来和贾琏有一腿的多姑娘，以后有空再聊；后来贾宝玉去看晴雯，她躲在外头偷听，八大胡同式的调戏方式差点没把贾宝玉给吓死；总之家庭背景实在不堪。

但是曹公却实实在在地花了大量篇幅来塑造这个人物，从第三十一回《撕扇子千金一笑》、第五十二回《勇晴雯病补雀金裘》，一直到第七十七回《俏丫鬟抱屈夭风流》，无处不体现了作者对于这个人物的重视。从来对于晴雯的评价就是红学爱好者乃至研究者们争论不休的话题。今天我们既不毁也不赞，就以一个现代人的角度八卦一下。晴雯，怡红院里的四大丫头之一，也有人认为是五大丫头，因为前面谈到的诔文中还出现了一个叫檀云的，是和麝月相提并论的，但后文中没再出现此人，所以此处也就忽略不计了。

怡红院既是她们的家，也是她们的工作单位，我们来看看晴雯在怡红院这个职场的人际关系。四个大丫头的头儿无疑是袭人，她跟袭人斗嘴，讥讽对方："便是你们鬼鬼祟祟干的那事儿，也瞒不过我去……明公正道，连个姑娘还没挣上去呢……"话说"打人不打脸，说话不揭短"，可这丫头一开口就戳别人的心窝子。她和宝玉调笑撕扇子玩，恃宠撒娇撕了无辜的麝月的扇子，全不当回事，还曾出言讽刺过麝月："交杯盏还没吃，倒上头了。"秋纹得了王夫人的赏回来夸耀，她不但当众泼冷水说是别人挑剩下不要的，还借题发挥讽刺袭人是西洋花点子哈巴狗。这是她和平级之间的关系现状。

看看她对待同事的态度。碧痕伺候宝玉洗澡的时间长了点，她偏就发现席子上都汪着水，还宣扬了出来。小红替凤姐儿办点事，她便嘲笑小红攀高枝儿。对小丫头们打骂更是随其心意，有一次还很点儿背地让王夫人给碰到了。

再看看她对上级的态度，宝钗到怡红院找宝玉聊天，走得晚了，她就开始发牢骚，抱怨宝钗有事没事跑来坐着，叫人三更半夜不得睡觉。贾宝玉淋雨跑回怡红院叫门，麝月错听成宝钗要去开门，她直接阻拦，拒绝开门。王夫人找她问话，她没有一句真话，书中说王夫人信以为真，怎么可能呢？贾宝玉身边有哪几个丫头，王夫人会不知道？我猜王夫人没准就是不揭穿，让你扯，看你能怎么说？

试想这么一个人，你就是能力再强，人再俊，职场谁会喜欢呢？！贾宝玉喜欢她是因为他们不仅仅是上下级关系呀！

更何况置晴雯于死地的关键一击——抄检大观园，其始作俑者正是晴雯自己呀！不少读者都认为抄检大观园是绣春囊惹的祸，实际上是晴雯为了帮宝玉逃避贾政问学想出来的主意，小丫头风吹树影看花眼以为是人，一阵忙乱，晴雯借机让宝玉装病说是被吓着了，还报告给了贾母，本来上有贾母的王夫人未必敢做出抄检大观园的决定，这下子贾母震怒，后果很严重；这才有了抄检大观园的前戏：贾母查赌；也才引发了后续的抄检大观园这出大戏。回过头来想想，其实连晴雯最初生的病也是因为她本来想要扮鬼吓唬麝月，结果反害自己受了风寒于次日病倒。

那为什么大家还是会觉得晴雯死得冤呢？我想一来当然是受作者诱导，无论是判词还是章回的标题都突出了一个"屈"字，那么到底屈在哪里呢？我有个不恰当的比喻，好比一个人犯了罪，法院宣判：打架、斗殴、强奸，扰乱社会治安，数罪并罚，判处死刑，立即执行。那么晴雯的问题是什么呢？打架、斗殴、扰乱社会治安她都有份，强奸，这是她最委屈的一条。首先，她没有"强"，贾宝玉和她是两情相悦；其次，她未遂啊！虽说临死前她是真真切切地后悔了，但这一条她是绝对没有的。前面那几条，怎么都不该死罪啊！所以当然是冤屈的。

晴雯作为林黛玉的一个影子，就算是香消玉殒了。可是一个侧影怎么能多角度地与女主角呼应呢？当然不够。下回我们就将分析林黛玉的另一个侧影，她是谁呢？且待下回分解。

第六回 柳五儿

这回接着说黛玉的另一个侧影:柳五儿。

因为这个柳五儿,可怜的高鹗老前辈没少挨骂。因为他把在前八十回死了的柳五儿在第一百零九回又写活了。关键是她"起死回生"后改了性儿了,直接成了袭人版的了,这就怨不得后世小辈们对他老人家不恭了;高老前辈被贬为"狗尾续貂",这柳五儿"功不可没"呢。虽说林语堂先生和周绍良先生都认为第一百零九回《候芳魂五儿承错爱》是原作,但红学界的各路大神们都不买账啊!随他去吧!反正《红楼梦》里的无头官司多的是，不差这一桩。我个人是站在认为柳五儿早死的队伍里的。

那这柳五儿到底何许人也？又为什么说她是林黛玉的另一个侧影呢？

我们先看看她的长相，曹公的原话是："袭黛玉之弱，秉晴雯之姿"；她的性情是："心内又气又委屈，竟无处可诉"，常常会"呜呜咽咽直哭了一夜"。诸位有没有觉得这些句子很眼熟？没错，这是曹公在描述林黛玉的性格特征时用过的句子。

柳五儿的第一次亮相是在第六十回《茉莉粉替去蔷薇硝　玫瑰露引出茯苓霜》。她出场的这个时段，正是贾母、王夫人等人都不在家，是贾府管理最松懈，也是大观园自由度最高也最混乱的一段时期。所有的热闹与矛盾，都在那个时期达到了顶点。十二个小戏子犹如天外来客，一下子散落在世外桃源般的大观园里，各种乡土气息也随之而来，她们给大观园带来的各种行为、语言上的撞击其新奇独特不亚于刘姥姥。柳五儿便是和这十二个小戏子之一的芳官是好朋友。芳官书中另有精彩描述,以后有空一一道来。

话说这柳五儿能和芳官做朋友,是因为她妈妈是管厨房的,所以就有给各房的丫头们一些小恩小惠得天独厚的条件。她妈妈在大观园里当差,亲眼看见高级丫头们的日子过得比财主家小姐还爽,自己家的女儿生得不比她们差,也是"与平、袭、紫、鸳皆类",再看见贾宝玉房中的丫头差轻人多,自然就想把女儿送进怡红院。于是就托了芳官,本来水到渠成的事,不想因为一瓶茯苓霜引出了一桩冤案。具体故事情节我就不复述了,总之那柳五儿被当贼给关了一夜,结果不用问也知道,自然是"本来怯弱有病,这一夜思茶无茶,思水无水,思睡无衾枕,呜呜咽咽直哭了一夜"。

本来赵姨娘的内侄钱槐,工作岗位是贾环的长随,父母在荣国府库上管账,家里有些钱势,尚未娶亲,相中了柳五儿,想要娶她为妻。不想柳家一心攀高枝儿,宁愿把女儿送到怡红院当丫鬟,以博取偶然的当个小老婆的机遇,却不料反害了卿卿性命。当然关键是柳五儿本人,因为有机会经常进大观园里逛逛,开了眼界了,自然不肯随便嫁个人平庸度日了。尤其她的好朋友芳官,不过是个小戏子,社会地位比她还要低好几个等级,一样能成为宝玉跟前的红人,这更给她带来了无限的憧憬。书中五儿说自己"性急等不得了",还说,"一则给我妈争口气","二则添上月钱","三则我的心开一开,只怕这病就好了"。(我想这第三条恰恰就是林黛玉需要的)不过就算她真进了怡红院,就一定能得到贾宝玉的青睐吗?机会实在太渺茫了。小红就是前车之鉴啊,只因给贾宝玉倒杯茶,就被晴雯和碧痕等人骂了个臭要死。

无论是她,还是晴雯、黛玉,她们最大的共同之处,就是都活在自己的内心世界里,不甘心向环境和命运妥协。柳五儿到底死在什么时候?怎么死的?是个谜。只是在第七十七回通过王夫人的嘴表达了出来,王夫人问芳官:"是谁调唆宝玉要柳家的丫头五儿了?幸亏那丫头短命死了。"

柳五儿,正如五月里的柳絮一般,飘落得无声无息。她的生命之花还没来得及绽放,就被雨打风吹去。

她本来明明可以"柳丝榆荚自芳菲,不管桃飘与李飞",却偏偏自寻死路,撞入大观园。有这自投罗网的,就一定有挣脱罗网,展翅高飞的。这个另类是谁?且待下回分解。

第七回 天高任鸟飞

上回说到柳五儿托芳官走后门欲进怡红院,白白送了性命。前面也提到金钏儿、晴雯离了贾府俱各羞愤而亡,总之是宁愿挨打挨骂也不愿意离开贾府,却不料自有那心高气傲有远见的,想方设法要振翅高飞的,此人是谁?我认为她也是林黛玉的侧影之一。曹公为了塑造一个林妹妹,竟弄出一堆侧影来陪衬,其用心之良苦,立意之深远,思虑之缜密,不服是真的不行啊!此人到底是谁?便是十二个小戏子之一。

上回提到十二个小戏子散落大观园,这些小戏子本是为了给元春省亲添点喜庆,不想宫里死了位老太妃,上级规定"凡有爵之家,一年内不得筵宴音乐",所以只能解散了。贾府的政策是:小戏子们都是花钱买来的,私有财产,行个善,去留自便。结果留下的文官伺候贾母,正旦芳官给了宝玉,小旦蕊官送了宝钗,小生藕官给了黛玉,大花面葵官送给史湘云,小花面豆官归了宝琴,老外艾官送给探春,尤氏要了老旦茄官。稍加留神,读者不难发现,留下的一共八人,前面曹公浓墨重彩描绘的一个人没了;既是去留自便,又并不曾交代她死了,自然是走了,远走高飞了。有学者说她很可能是得了女儿痨,死了。因为她生病时吐过血,而且晴雯死后贾母问及时,王夫人答得了"女儿痨"就是从她那儿获得的启发。依我拙见,有些所谓学者的研究几乎到了神经质的地步,各种牵强附会,实在让人不忍直视。当然我说她远走高飞其实也是主观臆断,枉自揣测曹公心意耳。

说了一堆废话,她究竟是谁?龄官。书中如此描述她的长相："眉蹙春山，眼颦秋水，面薄腰纤，袅袅婷婷，大有林黛玉之态。"在贾宝玉眼中，她更是"眼似秋水，眉间颦颦"。相信诸位都不会忘记宝黛初见时，贾宝玉就送了林妹妹一个表字：颦颦。曹公在龄官身上用情之重于此可见一斑哪。

关于龄官的性格描写曹公更是不惜笔墨，她一出场就上演了一出抗上的戏，本来演出结束，元春很喜欢她的表演，所以加点了两出戏。负责管理戏班的是宁国府（相对荣国府的女儿国，宁国府则是完完全全的男权世界，荣国府好比是柏拉图的理想国，宁国府才是真正的现实世界，后文会细聊这个花花世界。）的正派玄孙贾蔷，贾蔷私下与龄官相好，元妃青睐，贾蔷当然替龄官高兴，赶紧通知龄官再演两出戏，并自作主张替她定了《游园》和《惊梦》。这两出戏说的是杜丽娘的故事，昆曲正旦的戏，相当于京剧里的青衣，而龄官是小旦，相当于京剧里的花旦，所以龄官不假思索地就以"非本角之戏"一口拒绝，执意要唱《相约》《相骂》两出。贾蔷拗不过她，只好随她心意。这事一般人是绝对干不出来的，贵妃赏脸，谁敢挑肥拣瘦？可龄官就是那邪性的。

曹公为了进一步强化龄官的一身傲骨，又给她安排了一场大戏。说有一天贾宝玉闲来无事，想起《牡丹亭》，看了两遍不过瘾，听说龄官唱得好，就打算过来点戏。此处必须得提醒诸位，宝玉看《西厢记》是和黛玉同看的，焉知《牡丹亭》不是二人同读呢？我以为曹公恰安排这《牡丹亭》绝非无心哦。且说宝玉这倒霉蛋，原以为自己是贾府的凤凰，人人宠着，巴结还来不及，没想到龄官看见他进来不但依旧躺着不动弹，连宝玉在她"身旁坐下，又陪笑央她起来唱"一曲《惊梦》时都赶紧躲避，而且还"正色"道："嗓子哑了。前儿娘娘传进我们去，我还没有唱呢。"搞得贾宝玉小朋友很是受伤。

这还没完，那位宁国府的正派玄孙贾蔷，为了讨好龄官，买了只会点小把戏的小鸟送给她，结果被她一顿数落："你们家把好好的人弄了来，关在这牢坑里学这个劳什子还不算，你这会子又弄个雀儿来，也偏生干这个。你分明是弄了他来打趣形容我们，还问我好不好。"又说:"那雀儿虽不如人,但也有只老雀儿在窝里,你拿了他来弄这个劳什子也忍得!"结果当然是贾蔷立即把雀儿给放了,把笼子也拆了。正是这一情节让我坚信,龄官后来必是被贾蔷接走了又或者送回家乡"老雀儿"的窝里了;至于接走以后的故事且不必多想,只愿灰姑娘从此过上了幸福的生活。

照理说,以上种种足以让龄官的形象丰满起来,再没想到曹公居然还有高招。那宝玉已是个大情种了,偏就让他看见龄官在蔷薇花下用簪子在地上写"蔷"字。写的人痴了,看的人也早已痴了!真真叫神来之笔!

这样的人,贾府遣散戏班,怎不立刻振翅高飞呢?!除了龄官,另有宝官和玉官也选择了离开,曹公也许在此处是想要点一下读者,宝玉将来也必是要离开贾府的吧!

除了龄官,还有谁也是林黛玉的侧影呢?且待下回分解。

第八回 林红玉

上回说了龄官,这回再来说说林黛玉的另一个侧影小红。前面已经几次提到过这个丫头,因为倒杯茶被晴雯和碧痕等人骂了个臭要死,因为替凤姐儿办事又被晴雯讥讽为攀高枝儿;谁能想到这个受气包一样的三四流的小丫头竟有个牛哄哄的背景呢?!

先看看总收拾她的晴雯等人在她老娘跟前是什么样子的。晴雯倒了杯女儿茶给小红老妈,她老妈接过茶开始教训贾宝玉:"这些时,我听见二爷嘴里都换了字眼,赶着这几位大姑娘们竟叫起名字来。虽然在这屋里,到底是老太太、太太的人,还该嘴里尊重些才是。若一时半刻偶然叫一声使得;若只管顺口叫起来,怕以后兄弟侄儿照样,就惹人笑话这家子的人眼里没有长辈了。"宝玉赶紧应承:"妈妈说的是。我不过是一时半刻偶然叫一句是有的。"袭人、晴雯都笑道:"这可别委屈了他,直到如今,他可姐姐没离了嘴。不过玩的时候叫一声半声名字,若当着人,却是和先前一样。"小红的老妈对上述回答表示满意,但还是做了总结性发言:"这才好呢,这才是读书知礼的。越自己谦逊,越尊重。别说是三五代的陈人,现从老太太、太太屋里拨过来的,就是老太太、太太屋里的猫儿狗儿,轻易也伤不得他。这才是受过调教的公子行事。"

这长篇大论,是不是看看都快烦死了?那暴脾气的晴雯是什么反应呢?书中写道,小红她老妈前脚走,"这里晴雯等忙命关了门,进来笑说:'这位奶奶哪里吃了一杯来了?唠三叨四的,又排场了我们一顿去了。'"

再看看她老爸:贾琏有什么事也时常要跟他商量

的,他还曾建议裁减家仆以减轻负担。

我这是在诸位看官面前班门弄斧呢!相信大家早就知道我在说谁了:林之孝夫妇。小红的爹妈是林之孝夫妇,荣国府的大管家,男管外,女管内。可是从小红的遭遇来看,这一家人实在是够低调的。这小红原名红玉,只因玉字犯了宝玉和黛玉,便把这个"玉"字隐起来,叫小红。我认为这一隐恰恰是此地无银三百两,是曹公故意要让小红引人注意罢了。诸位可还记得前面提到的金钏儿的妹妹,她就叫玉钏儿,也没听说谁要叫她改名字呀!林红玉、林黛玉,她们之间可不仅仅只是一字之差而已;她们的伶牙俐齿,她们的古灵精怪,全都大同小异。

她爹妈按照王熙凤的评价,那"都是锥子扎不出一声儿来的",可是当林之孝家的喝了点酒的时候,可就发表了上述鸿篇大论了。可见,平时的寡言少语那都是刻意而为的呀!而且小红在书中有个最著名的理论:"千里搭长棚,没有不散的筵席"——她这话的来源只有一种可能,那就是从她父母那里听来的。

诸位是否还记得书中曾有描述:"那黛玉是喜散不喜聚的。"她就曾说:"人有聚就有散,聚时欢喜,到散时岂不清冷?既清冷,则生伤感,所以不如倒是不聚的好。比如那花开时令人爱慕,谢时则增惆怅,所以倒是不开的好。"同样的话,只不过是不同教育背景下的人不一样的表达方式而已。

说过类似话的书中还有一个人:秦可卿。这个人可不是一般人,乃是警幻仙子妹妹的幻象,表字兼美,兼有宝钗和黛玉二人之美,同时又是贾宝玉的性启蒙者。她在给王熙凤托梦时就曾说过"盛筵必散"。

这样几个毫无瓜葛的人对于"烈火烹油、鲜花着锦"的贾府的未来,竟然有着如此一致的预感,如果不是作者刻意安排,为将来埋下伏笔,谁信呢?

眼下且说这小红,善于发现和利用身边的一切机会,而且合理选择,当机立断。原来的她无疑是想通过自己的努力攀上宝玉的,无奈竞争太过激烈,所以当贾芸出现时,小红立刻就把握住了这个时机,并且还克服困难创造机会;王熙凤让她办点事,她同样利用这个机会展示了一把自己,而且成功地晋升为王熙凤的贴身女秘书。

至于她和贾芸的故事那就更值得大书特书了,事实上曹公也的确对描述他俩的恋爱过程不惜笔墨,而且在他们的恋爱过程中把宝、黛、钗三者都扯了进来。

故事梗概大致是小红无意遇到来找工作的贾芸,一眼相中,便声称自己的手帕丢了,于是贾芸心有灵犀称自己捡到了,拿了条手帕来还,恋情就此拉开序幕。后来两人在王熙凤那儿成了同事,好事自然也就水到渠成了。这过程听来简单,但是放在那个时代、那个环境里它就不那么简单了!

贾芸和小红的故事实在是有点长,这回只能开个头,其他的只能且待下回分解了。

第九回 贾芸和小红

上回我们大致介绍了一下小红以及她的家庭情况，这回我们来说说贾芸。首先据专家考证，这个"芸"字大有讲头："芸者，香草者也。"林黛玉也是一株"绛珠草"呢！另《说文解字》有载："淮南王说：'芸草，可以死而复生。'"所以很可能曹公会安排这贾芸将来使贾府劫后复生。

贾芸的重头戏是从他买冰片、麝香向凤姐儿谋差事开始，浓墨重彩，有巨有细。买礼物找工作前，书中借贾芸找自己的舅舅赊账不成引出了一个市井小人物倪二，作者用了个颇具美誉度的标题——"醉金刚轻财尚义侠"。

倪二，一个"专放重利债，在赌场吃闲钱，专管打降吃酒"，却颇有义侠之名的江湖混混，自然是在现实生活中摸爬滚打磨砺了一双识人的眼睛，不然怎么可能轻易主动借钱给贾芸呢?！而且不要利息，不要借据，一借便是"十五两三钱有零"的银子。据前辈专家们推测，这倪二在贾府落难时是和贾芸一起要有所作为的。

贾芸是贾家子弟中我个人比较喜欢的，为什么呢？首先，他虽是贾府族人但应该是已经衰败的一支，书中没有交代他父亲是谁，只说他是西廊下五嫂子的儿子，父亲早亡，他在舅舅卜世仁(不是人)那儿受了一包气回家，"恐他母亲生气，便不说起卜世仁的事来，只说在西府里等琏二叔的，问他母亲吃饭了不曾"。寥寥数语，孝子形象便已跃然纸上。人常说："富贵堂前孝子多"，是因为衣食无忧，人的恶之性就会被掩饰起来，也或者可以美其名曰："仓廪足、知廉耻"；但穷人家的孩子孝顺那一定是真孝顺！

这贾芸为了和宝玉套近乎，竟认比自己小四五岁的贾宝玉当爹，也算是能屈能伸了，好在并不曾乱了辈分，也不算过分。不过等他得了机会和这干爹细聊时才发现闻名不如见面，根本不是想象中的样子。"那宝玉便和他说些没要紧的散话，又说道谁家的戏子好，谁家的花园好，又告诉他谁家的丫头标致，谁家的酒席丰盛，又是谁家有奇货，又是谁家有异物，那贾芸口里只得顺着他说。"一个是富贵闲人，一个是有志青年，二人的生存能力、抗挫能力高下立见。

贾芸后来孝敬了宝玉两盆海棠花，正因了这两盆白海棠，大观园里的美女们才开了个诗社的首社，并给诗社冠名"海棠社"，众美女连同贾宝玉还都因此有了各自的号，林黛玉的"潇湘妃子"便是此时所得。至于所得诗文，有兴趣的读者可看原著，绝对值得细细品鉴，尤其是宝钗、黛玉、湘云的，更是妙不可言。最难得的是曹公竟连写诗都合着每个角色的特点，(此处突然就想起薛蟠的诗，忍不住大笑。)每个人物都跃然纸上。高！实在是高啊！

不过在第六十三回《寿怡红群芳开夜宴》时,抽到海棠花的可是史湘云,而且林黛玉将签语"只恐夜深花睡去"里的"夜深"二字改为"石凉",贾宝玉是块石头,石凉也许是寓意宝玉遭遇世态炎凉时有湘云为伴,(有前辈从金麒麟推论宝玉和湘云该有一段类似姻缘的未来岁月。)恰此时送花人贾芸和黛玉的侧影红玉出现。此是我主观想象的,不必较真。不过庚辰本第二十六回"红玉佳蕙闲话"一段上有批注:"狱神庙一回有茜雪、红玉一大回文字,惜迷失无稿,叹叹。"这一点各路专家目前无争议,高鹗版屡遭讨伐,对于贾芸的不当安排也是原因之一哦!

撇开各种猜测不谈,只论字面上的内容,贾芸和小红都是荣国府里不起眼的小角色,他们的爱情怎么也不可能和林黛玉等人扯上关系,偏偏曹公就让他们之间有了联系,此处曹公安排了一个小丫头:坠儿。作为小红和贾芸之间传递消息的联络员,坠儿和小红关于贾芸的谈话恰被扑蝶的宝钗无意中听到,薛宝钗担心被两个小丫头发现自己听到了她们的秘密,便谎称看到林黛玉躲在她二人附近，这就引出了两个小丫头私下对钗黛二人的评议，想必后来这些评议是要有些个用处的，只可惜谁也不知道了。那么被宝钗做了挡箭牌的林黛玉人呢？正忙着哭哭啼啼地葬花呢！

林红玉正在为未来筹谋时，林黛玉正在为未来悲鸣："侬今葬花人笑痴，他年葬侬知是谁？"没有人知道曹公这样的安排到底想要怎样，我等后生小子唯叹息耳！

说了好几个林妹妹的影子了，还没完呢！还有谁呢？且待下回分解吧！

第十回 香菱

"根并荷花一茎香,平生遭际实堪伤。自从两地生孤木,致使香魂返故乡。"

没错,这回要说的是香菱,上面便是她在书中的判词。她是书中第一个出场的美女,本名甄英莲(真应怜),莲花也称水芙蓉,自然就和抽到芙蓉花签的林黛玉有了瓜葛,长得有"东府里大奶奶的品格儿",也就是长得很像秦可卿。秦可卿我们前面说过是集宝钗和黛玉二人之美于一身的,可见香菱绝对是个大美女啊!脂砚斋对于香菱的评价也很高:"细想香菱之为人也,根基不让迎、探,容貌不让凤、秦,端雅不让纨、钗,风流不让湘、黛,贤惠不让袭、平。"

只可惜香菱运气实在太差,从小遇上个爱凑热闹的家人霍启(祸起),把她给搞丢了,落入人贩子之手,将她连许两家。本来可与冯渊过个小日子,偏这小子迂腐,要等什么良辰吉日,结果遇上呆霸王薛蟠,平白送了小命。最可怜的是后来遇到了夏金桂,一命呜呼。

话说这可怜之人,必有可嫌之处,必是叫人哀其不幸,怒其不争。香菱跟随薛家在贾府借居,她有无数次机会至少可以像袭人、平儿一样,将薛蟠收拾得妥帖,从而改变自己的命运,但是她一次次错失良机。反而让后来的夏金桂任意凌辱,细想她素日行径,倒也并非意料之外。

书中凡有香菱出场大多冠以"笑嘻嘻""笑道""只顾笑"来映衬薛宝钗对她的评价"本来就呆呆傻傻的";探春拉她到惜春屋里看画,她见画上有几个美人,就指着笑道:"这一个是我们姑娘,那一个是林姑娘。"这智商,是真够让人着急的。香菱斗草也是书中的一场好戏,因了这场戏,贾宝玉得以有机会能替香菱解难,只可惜,当香菱看见宝玉将她的夫妻蕙与自己的并蒂菱埋在一个坑里时,笑道:"这又叫作什么?怪道人人说你惯会鬼鬼祟祟使人肉麻的事。"一句话写出了香菱空有其表的特性,钗黛的灵性她是半点全无啊!

但是作者又实在不忍心就这样埋没了她,于是又安排了她跟黛玉学诗,让她的聪慧一下子闪耀了出来,使她未来遭遇夏金桂平添了许多悲切。

提到这个夏金桂,我有个想法由来已久,如鲠在喉,不吐不快。且先看看林黛玉的判词所配的图:画着两株枯木,木上悬着一条玉带。贾宝玉曾说自己就是一根死木头,有人就此分析林黛玉的图上有两根木头,除了是个"林"外,很可能暗示黛玉将来还有另一个男人。有人根据宝玉转赠北静王手串推测很可能黛玉会成为北静王的小妾,因为袭人就是通过宝玉转赠的汗巾与蒋玉菡有了一段姻缘。

我却以为这枯木没准指的是夏金桂,看香菱的判词里夏金桂分明是一段木头。所以我想黛玉很可能会和薛蟠有一段姻缘。最终如同香菱一样,死于夏金桂之手。

至多是死法不尽相同罢了。第二十五回王熙凤和贾宝玉遭赵姨娘暗算，书中写道："别人慌张自不必讲，独有薛蟠更比诸人忙到十分去：又恐薛姨妈被人挤倒，又恐薛宝钗被人瞧见，又恐香菱被人臊皮，知道贾珍等是在女人身上做功夫的，因此忙的不堪。忽一眼瞥见了林黛玉风流婉转，已酥倒在那里。"又有下文黛玉要认薛姨妈做干娘，宝钗反对"认不得"，且说："我哥哥已经相准了，只等来家就下定了，也不必提出人来，我方才说你认不得娘，你细想去。"说着还和她母亲挤眼儿发笑。这样的玩笑在别的书里不过说说拉倒，放在曹公嘴里就别有意味了！

哎呀！不能再写了，倘若林妹妹嫁了薛呆子，哎哟！真是作孽哟！不如嫁了北静王吧！

越扯越远了，想说的话越来越多，还是留待下回分解吧！

第十一回 红楼二尤

上回说了香菱,这回继续关于林黛玉的八卦。

林黛玉本来深藏闺中,她的美,见过的人屈指可数。把她的美传到社会上,书中有"一明一暗"两处记载。"一明"是贾琏的心腹小厮兴儿,在花枝巷同尤氏母女聊天时提及:"一个是咱们姑太太的女儿,姓林,小名叫什么黛玉,面庞身段和三姨不差什么。"贾琏曾陪黛玉回过老家,兴儿自然就有机会见过黛玉。

这"一暗"我以为便是上回提到的薛蟠,那呆霸王肯定是存不住话的，自然就会将黛玉的美貌宣传到社会上，这样一来，黛玉声名远播，被谁盯上都很正常。再一个人便是贾雨村，他与黛玉有"师从之谊"，黛玉一进贾府是他护送的，二进贾府又有他相伴，一路之上即使是出于礼节需要，二人也是要见面行礼的。文中当黛玉二进贾府与宝玉重逢时，宝玉在"心中品度黛玉，越发出落得超逸了"；焉知贾雨村就不在心中"品度"呢？！贾雨村是完全有机会接触到朝中各色人等的，譬如北静王水溶；贾雨村为了讨好贾赦收拾了石呆子，让贾赦得到了古扇；那他会不会为了讨好北静王，而把林黛玉举荐给他呢？至于他用什么办法，实在不用我等操心，他有的是招。

北静王出场是在秦可卿的葬礼上，宝玉眼中的水溶"头上戴着洁白簪缨银翅王帽，穿着江牙海水五爪坐龙白蟒袍，面如美玉，目似明星，真好秀丽人物"。宝玉当天的装束是"束发银冠，勒着双龙出海抹额，穿着白蟒箭袖，围着攒珠银带，面若春花，目如点漆"。绝对的情侣装啊！那水溶笑道："名不虚传，果然如宝似玉。"二人真是相见恨晚哪！水溶又将皇帝所赐的鹡鸰香念珠一串赠予宝玉。鹡鸰香是一种木头，我一说木头，诸位是不是马上就联想到林黛玉了？对喽，贾宝玉把这串念珠转赠给了林黛玉，何况这林黛玉是要用泪来还那神瑛侍者的水的，她缺的就是水，自然需这水溶方可解她失去宝玉之痛啊！所以如果木石无缘，我倒是宁愿林妹妹嫁了水溶的，如此人物也不算辱没了林妹妹。只是不知曹公是怎么打算的？

　　回过头来说那小厮兴儿嘴里和林黛玉长得差不多的三姨，就是大名鼎鼎的尤三姐。红楼二尤本不过是书中的配角而已，却因为其相对独立的故事情节而得以广为流传。我想曹公塑造这尤三姐可不仅仅只为了让她的面庞和身段与林黛玉相似；是谁坏了她和柳湘莲的美事？贾宝玉呀！那柳湘莲给贾琏下了定礼鸳鸯剑后和宝玉谈起此事，略带疑虑地问宝玉："我平素和她没什么来往，她为何对我如此钟情。"宝玉的回答是："你原说只要一个绝色的，如今既得了个绝色的，便罢了，何必再疑？"又说："她是珍大嫂子的继母带来的两位妹子。我在那里和他们混了一个月，真真一对尤物！她又姓尤。"湘莲听了跌脚道:"这事不好!断乎做不得。你们东府里除了那两个石头狮子干净,只怕连猫儿狗儿都不干净,我不做这剩王八。"宝玉听说,红了脸。他为什么红脸呢?他和秦可卿、袭人的故事都是在东府里发生的呀!所以当柳湘莲进一步追问他尤三姐品行如何时,他又追加了一句置尤三姐于死地的话:"你既深知,又来问我做甚么?连我也未必干净了。"宝玉这话当然有怄气的成分,但柳湘莲听着就不是那么回事了,所以两人不欢而散。

柳湘莲和宝玉分手以后,直接去找贾琏悔婚。尤三姐在房内听得清清楚楚,知道湘莲听了外头的闲话,婚事泡汤了,又气又急,当着柳湘莲的面把剑往颈上一横,死了。搞得柳湘莲后悔莫及,跟着一个道士飘然而去。这道士是谁?香菱他爹甄士隐(真事隐)。香菱的爹度了湘莲。看到这里,有没有觉得《红楼梦》的人物关系盘根错节,不知道在哪个点上就交会了?

柳湘莲因为尤三姐从贾府出来便认为她是断断干净不了的,林黛玉从小长在贾府,又和贾宝玉同吃同住,除了嫁给宝玉她其实也没什么好的选择。但她和宝玉是铁定没结果的，所以无论她嫁谁，她所面临的社会评价都和尤三姐差不多。而尤二姐的存在恰恰是为了隐射黛玉的另一种结局方式，遇到了王熙凤这样的泼辣货，譬如夏金桂。

也许黛玉也只能以死来证明自己，可是死有很多种方式，尤三姐的方式是痛快的了，尤二姐就惨了！"找出一块生金，也不知多重，恨命含泪便吞入口中，几次狠命直脖，方咽了下去。"其实二尤的死法都足够惨烈，都是以死抗争。尤其是尤三姐的死，作者的点评是："揉碎桃花红满地，玉山倾倒再难扶。"言语之间无限惋惜与悲壮。

诸位是否还记得黛玉的《葬花吟》？其中有这么两句："未若锦囊收艳骨，一抔净土掩风流。质本洁来还洁去，强于污淖陷渠沟。"归根结底还是只能以死来自我救赎。但我只怕她未必能如愿呀！此话怎讲？且待下回分解。

第十二回 妙玉

上回说到林妹妹纵然以死自赎也未必能如愿呢,为何我如此狠心呀?这实在非我所愿,但是悲剧就是要把美好的东西毁灭给人看呀!诸位可还记得妙玉的判词?"欲洁何曾洁?云空未必空。可怜金玉质,终陷淖泥中。"所配之画乃是一块美玉落在泥污之中。凭什么妙玉难洁,黛玉就能做到"质本洁来还洁去,强于污淖陷渠沟"?要知道,凡榜上有名的,都难逃一劫啊!

既然已提到妙玉,不妨就暂把黛玉撂下,先来说说妙玉,反正最后都能和宝黛这条主线扯到一块儿。

大家都知道红楼十二钗,她们的命运全都在小说开始时就明确写在所谓的"红楼十二钗正册"中,曹公牛就牛在这,一开始就以类似偈语的形式告诉你结局,可你就是猜不出过程和真正的谜底。熟读红楼的小伙伴们估计全都练就了一身猜谜的好本领,一般的电视剧,所有情节和结局通常都能猜个八九不离十。

言归正传,这红楼十二钗正册里除了妙玉,其他人都是和贾府有瓜葛的,为什么偏就安排了这么个看上去和贾府八竿子打不着的人入册呢?地位还相当重要,居然排在王熙凤的前面。而且无论妙玉哪一次出场,作者都安排她方方面面皆高人一等,包括林黛玉。

栊翠庵品茶,黛玉问:"这也是旧年的雨水?"妙玉冷笑道:"你这么个人,竟是大俗人,连水也尝不出来。"照黛玉平时的脾性,这话够她想一夜的,或是当时就得唇枪舌剑地怼回去,结果呢?书中说道:"黛玉知她天性怪僻,不好多话,亦不好多坐,吃完茶,便约着宝钗走了出来。"

凹晶馆联诗,黛玉与湘云联到:"寒塘渡鹤影,冷月葬诗魂。"也有版本做"冷月葬花魂",且先不论这段联句在书中所起的作用,单只说这关键时刻妙玉出现,十三句一气呵成。黛玉、湘云二人也是诗词方面一等一的高手,看了妙玉所续也不由得称赞不已:"可见咱们天天是舍近求远。现有这样的诗人在此,却天天去纸上谈兵。"妙玉的回答是:"明日再润色。"现在这些不过就是随口说说的,够牛吧?

书中赞她:"气质美如兰,才华馥比仙。"她的出场装扮是:"头带妙常髻,身上穿一件月白素绸袄儿,外罩一件水田青缎镶边长背心,拴着秋香色的丝绦,腰下系一条淡墨画的白绫裙,手执麈尾念珠。跟着一个侍儿,飘飘拽拽的走来。"就她这副腔调,那是绝对入不了王夫人的眼的,可是偏偏就是王夫人下了个正式的帖子将她请进了大观园,还替她的孤傲解释:"她既是官宦小姐,自然骄傲些,就下个帖子请她何妨。"

连元春省亲,时间无比宝贵,经过她门前,都"忙盥手进去焚香拜佛,又题一匾云:'苦海慈航'。又额外加恩与一班幽尼女道"。苦海慈航,从来都是所谓得道之人抚慰众生所用,从不曾有俗人去度出家人的。所谓加恩于一班幽尼女道,不过是安排一堆小丫鬟去伺候妙玉而已。

说起上文提到的栊翠庵品茶,大伙儿都知道是贾母起的头,老太太一进院就称赞院子里的园艺搞得好:"到底是他们修行的人,没事常常修理,比别处越发好看。"再下面妙玉连贾母爱喝什么茶都知道,更别说书中所描述的那一堆牛哄哄的茶具。照理说贾母是贾府的最高领导人,难得来一趟妙玉处,妙玉理应像清虚观里的张道士那样,全程陪同,但她却给贾母端上茶就溜出去请黛玉等人喝体己茶了。而贾母等人自娱自乐了一会儿也就走了,没有任何人觉得有什么不妥之处。

要知道这些尼道之类在贾府人的眼里和什么小戏子之流也差不了多少,并没有谁真就尊重她们,第五十回中凤姐儿曾说:"忽然又来了两个姑子。我心里才明白了,那姑子必是来送年疏或要年例香例银子,老祖宗年下的事也多,一定是躲债来了。"可见僧尼道之类无论是对于贾府,还是对于贾母本人而言,不过如同一群帮

闲拉赞助之流,何以妙玉地位却如此之高呢?

通过栊翠庵品茶,我们见识了妙玉这个官宦之后的奢华生活的一角。同时在这场品茶活动中,字面上的信息是让我们感觉到妙玉的洁癖,刘姥姥喝过的成窑五彩小盖盅直接就被舍弃了,而且幸亏她自己没用过,不然是宁愿砸碎的。可是读者稍微想一想,一定记得我前面提到过的冷子兴,王夫人的陪房周瑞家的女婿,一个古董商;这个小小的茶盅就在此时流出了贾府,到了刘姥姥的手上,刘姥姥的女婿王狗儿得了这茶盅会干些什么?刘姥姥能够进入贾府完全靠的是周瑞家的穿针引线,因此王狗儿和冷子兴在今后的岁月里有所交往自然就在情理之中了。终有一日这小茶盅落入古董商冷子兴的法眼,他可是个识货的;再然后,冷子兴将它倒腾到谁手里就不得而知了,这小茶盅就算是完成它的历史使命了:掀起一场风波。我想,这才是曹公不厌其烦地描述这段喝茶琐事的目的所在。为将来妙玉卷入贾府案埋下伏笔,不然她一个出家人,一个施主遭殃,换一个好了。

通过凹晶馆联诗,我们见识了妙玉的绝世才华。不知诸位有没有细细地研读这段被妙玉命名为《中秋夜园即景联句三十五韵》的长诗,反正我最初几遍看《红楼梦》时压根就没看,直接跳过,看后面的情节。那时候实在太小,关注的是故事情节,诗词之类的根本没耐心看,后来才知道,读红楼不看诗词永远只能看热闹。众所周知,红楼梦在创作手法上很多地方借鉴了《金瓶梅》,《金瓶梅》在中国文学史上的价值当然不容置疑,但你若将《红楼梦》当作《金瓶梅》来读,只注重故事情节,那真是猪八戒吃人参果——白瞎了!

话说那中秋夜联句中深藏诸多玄机,今天先说说其中一句,妙玉所续的"钟鸣栊翠寺,鸡唱稻香村"。有学者分析,这是暗示将来贾府败落,唯有这两处得以幸存。我却认为不然,妙玉"终陷淖泥中"的结局是毋庸置疑的,何来幸存之说?

现在我们再回过头来看,妙玉的判词所配曲子《世难容》中言道:"却不知太高人愈妒,过洁世同嫌。"我们再一起回想一下都有哪些人妒忌或嫌憎妙玉,是不是想来想去都是那些佩服她、欣赏她、各种顺着她心意的人在做事呢？前面已经说过，这些僧尼道在贾府是根本没有得到任何真正的尊重的，第七回周瑞送宫花时遇到馒头庵的小尼姑智能儿就问："你是什么时候来的？你师父那秃歪剌往哪里去了？""秃歪剌"，听听这称呼就知道这所谓的大师在别人心目中的地位了。但显然妙玉在大观园里的生活是逍遥自在的，各色人等对她的尊重和谦让也是真心的。然而只要我们用心看书，就一定能发现蛛丝马迹，有两个人就曾明确表达过对妙玉的不屑与不满。

一个就是李纨。第五十回芦雪庵即景联句宝玉垫底，李纨笑道："我才看见栊翠庵的红梅有趣，我要折一枝来插瓶。可厌妙玉为人，我不理她。如今罚你去取一枝来。"李纨是出名的活菩萨，老好人，她为什么厌恶妙玉呢？书中没有记载她俩有任何冲突。偏生林黛玉这样一个小心眼的人，被妙玉当着宝钗的面奚落是个"大俗人"反而一点不记仇，还对妙玉的文采大加赞赏。这回李纨让宝玉去找妙玉取红梅，黛玉不但不反对，李纳让宝玉带人一起去，她反忙拦住说："不必，有了人反不得了。"这是有多懂妙玉啊！

再看宝玉取回的那枝红梅："原来这枝梅花只有二尺来高，旁有一横枝纵横而出。"怎么样？这枝梅花让我们联想到了什么？是不是一下子就想到"一枝红杏出墙来"？紧接着还有宝玉所写的《折红梅诗》："槎枒谁怜诗肩瘦，衣上犹沾佛院苔。"红梅花儿长在树枝上的，如何沾上佛院苔呢？梅树下的故事读者自己去猜想吧。林妹妹如此多愁善感之人，对待妙玉却变得跟宝姐姐一般无二了。

还要再提一提栊翠庵品茶一事。贾母说："我不吃六安茶。"妙玉答："知道。这是老君眉。"两人是多么的熟悉和了解。贾母这辈子出身侯府，嫁入国公府，她怎么会和一个小道姑这么熟络呢？我们看看妙玉的来处："妙玉本是苏州人氏。"还有谁是苏州人？林黛玉、香菱、邢岫烟都是苏州人。

我们来用个排除法，香菱和邢岫烟都是到了贾府才认识贾母的，邢岫烟虽然原来认识妙玉，但她不认识贾母,香菱和妙玉在书中从无交集,所以她俩是不可能将贾母喝茶的喜好告诉妙玉的,何况依我看她俩都未必知道贾母爱喝什么茶。那么林黛玉有没有可能之前就认识妙玉呢?书中没有任何记载。但不认识不代表不知道啊。妙玉祖上是读书仕宦之家,林黛玉家也一样啊!诸位可还记得我们前面提到过林如海就是个探花郎啊!小小苏州城,林如海不可能不认识妙玉的父亲。看妙玉的样,想必她的母亲也非凡品,我们是否可以大胆设想一下,林黛玉的父亲和妙玉的父亲是好朋友,她们的母亲气味相投自然就成了好闺蜜。女人在一起喜欢干什么?文采再好的女人八卦起来都一样,她们最热衷的事情就是喜欢结儿女亲家,可她们两家都只有一个女儿,怎么办?

于是贾敏就把自己娘家的侄儿——贾珠,隆重推出了。

欲知后事如何,且待下回分解。

第十三回 李纨与妙玉

上回说到林黛玉的妈和妙玉的妈围房八卦,欲结儿女亲家,无奈两家都只有一个女儿。贾敏虽曾育有一子,但三岁时就没了,于是侄儿贾珠就被她隆重推出了。

同样是侄儿,贾琏照理年龄和贾珠相仿,贾敏为什么不推荐贾琏呢?这个不难理解,以贾敏的特性肯定和二哥更亲,所以自然更关心贾珠。这一点从书中亦不难看出,林如海当年帮贾雨村修书引荐时曾说:"大内兄现袭一等将军,名赦,字恩侯,二内兄名政,字存周,现任工部员外郎,其为人谦恭厚道,大有祖父遗风,非膏粱轻薄仕宦之流,故弟方致书烦托。否则不但有污尊兄清操,即弟亦不屑为矣。"现放着一等将军不托,却托个所谓的工部员外郎,(该岗位据有关专家研究,不过是曹公杜撰而已,反正根据书中内容分析,肯定是没有一等将军管用啦。)且后面说得就更直白了,"不但有污尊兄清操",那贾雨村哪有什么清操?在任上"不上一年,便被上司参了一本,说他貌似有才,性实狡猾,又题了一两件徇庇蠹役、交结乡绅之事,龙颜大怒,即命革职。部文一到,本府各官无不喜悦"。所以,"弟亦不屑为矣"才是林如海真正想要表达的,而贾敏喜欢贾珠就更顺理成章了。

不过我一直没想通,林如海为什么要请贾雨村做林黛玉的老师?且不说男女有别,毕竟那会子黛玉还小,单说学问,林黛玉的才学显然并非出于贾雨村所授。更何况这贾雨村革职不久,口碑又不佳,这么个人请回家给孩子当老师,就不怕被连累?不怕有污自己清操？

而且林黛玉居然是贾雨村送入贾府的，感觉像是老爸的朋友出差，顺便就把孩子捎到外婆家。要知道林家四代封侯，林如海当时也是扬州巡盐御史，夫妻二人对黛玉爱之如掌上明珠。贾敏去世，林如海又明言无续弦之意，父女更该相依相伴，就算是工作繁忙，剧情发展需要，也实在没理由托付给贾雨村呀！何况林黛玉还是个小病秧子。黛玉进京是"随了奶娘及荣府中几个老妇登舟而去。雨村另有船只，带了两个小童，依附黛玉而行"。可见除了奶娘就是后来书中出现的雪雁随行，这也太不像个侯门千金出远门了！更别说什么"掌上明珠"了。曹公如此安排到底有何深意？如今皆不可知了。

唉！先不说林黛玉的事了！说起来没个完！只说这贾敏将贾珠推出，欲与妙玉家结个儿女亲家，自然是一说即合，两家算得上门当户对，贾家从贾母开始，最得宠的小女儿保媒，岂有不允之理？但是天不从人愿，那妙玉"自小多病，买了许多替身皆不中用，到底亲自入了空门,在玄墓蟠香寺出家,方才好了"。一桩美事,化为泡影。

贾珠只得重新聘了金陵名宦国子监祭酒李守中的女儿,李纨。这个国子监祭酒在明清两代都是从四品,其重要性因朝代不同也有所变化,但万变不离其宗,没学问的草包肯定当不了。所以李纨说起来只认得几个字,记得些前朝的几个贤女罢了,读者却万不可当真了;李纨那也绝对是满腹诗书的,只看每次集社她做裁判,从来没有不服的。那鉴赏力绝对一流。只不过大观园里能人实在太多,她也就安心守拙了。

如今妙玉来到贾府,照林之孝家的所言:"听见长安都中有观音遗迹并贝叶遗文,去岁随了师父上来,现在西门外牟尼院住着。她师父极精演先天神数,于去冬圆寂了。妙玉本欲扶灵回乡的,她师父临寂遗言,说她衣食起居不宜回乡,在此静居,后来自有你的结果。所以她竟未回乡。"而王夫人则"不等回完,便说:既这样,我们何不接了她来"。但是按照从她老家来的熟悉她的邢岫烟的说法却是:"闻得她因不合时宜,权势不容,竟投到这里来。"怎么个"不合时宜"、权势又如何不容且先不论,却足可见什么"观音遗迹并贝叶遗文"不过是个说辞而已,实则就是苏州待不下去了,万般无奈投奔贾府而来。

如此这般,各种疑问迎刃而解。因为贾珠的缘故,贾府上下惜她、怜她、容忍她,元春特别眷顾她,以及她对于贾母喜好的了解,就全都合乎情理了。李纨反感她自然不过是女人常性而已,不足为奇了。连她在十二钗正册中排在王熙凤前面也都是顺理成章了。所以元春所题"苦海慈航"也无非是看看眼前困在栊翠庵里的妙玉,想想自己如今待在那"不得见人的去处",同病相怜,有感而发。

现在再来看妙玉所写的"钟鸣栊翠寺,鸡唱稻香村",晨钟暮鼓都是用来形容出家人年复一年的清修岁月的,雄鸡司晨,鸡鸣自然是指晨钟,此处作者特意隐去暮鼓,其实在妙玉眼中,李纨和自己一样,晨钟暮鼓,日复一日,年复一年,点灯熬油,只待油尽灯枯罢了!

上回我曾提到书中有两个人曾经明确表达过对妙玉的不屑与不满,一个是李纨,那另一个是谁呢?且待下回分解。

第十四回 邢岫烟

上回提到除了李纨,另有一人也曾明确表达过对妙玉的不屑,暂且不说此人是谁,先回过头来再看看《中秋夜园即景联句三十五韵》其中最脍炙人口的一句:"寒塘渡鹤影,冷月葬诗魂。"有专家根据这句诗分析,林黛玉最后很有可能是投湖自尽的。我暂时还不想分析林妹妹是怎么死的,太伤神了!只先说说我看了这一句都联想到了什么?大观园里能与这"鹤"字相称的都有谁?中国古代文人把鹤视同高人隐士,所以才有林逋梅妻鹤子的说法,妙玉庵中梅树掩映,她自然便是伴梅而存的"鹤"了。

另有一人"只见她里头穿着一件半新的靠色三镶领袖秋香色盘金……脚下也穿着麂皮小靴,(具体穿着我就不抄书了,感兴趣的小伙伴可查阅第四十九回,随便搞一套都让如今所谓的时装秀弱爆了。)越显得蜂腰猿背,鹤势螂形"。这是一段描述史湘云的文字,我想我也有点走火入魔的节奏了,瞥见一个词便浮想联翩,不过要说湘云也实在是当得起这个"鹤"字。

再有一个人则不是我私下联想,而是书中明确表达的:"怪道姐姐举止言谈,超然如野鹤闲云,原本有来历。"说的正是邢岫烟。她与妙玉在蟠香寺做了十年一墙之隔的邻居,所认的字都是妙玉所教。此处诸位是否有所联想?蟠香寺,邢岫烟最终嫁给了薛蟠的堂弟薛虯(也有做薛蝌的,我觉得"蝌"字不好看,小气,所以采用了虯),邢岫烟与妙玉有半师之分;香菱,则与黛玉有半师之分;这一切难道只是巧合?要知道《红楼梦》里任意一个人名、地名都不是随便叫的,都有其特定的含义和使命。所以我想这邢岫烟的出场绝不仅仅只是个陪衬，会不会在大观园草木凋零、塘寒月冷之际，有鹤来仪？那么是哪只鹤呢？妙玉？邢岫烟？湘云？抑或三人皆有？月下独徘徊抑或共徘徊，感慨曾是惊鸿照影来？！

还是接着说邢岫烟吧，她是怎么评价妙玉的呢？"她这脾气竟不能改，竟是生成这等放诞诡僻了。从来没见拜帖上下别号的，这可是俗语说僧不僧、俗不俗，女不女，男不男，成个什么理数。"贾宝玉奉若女神的妙玉，在邢岫烟眼里不过是个不男不女、不僧不俗的家伙。一下子就把妙玉扯下了神坛，你我皆凡人，谁也别唬谁！

而且，邢岫烟对于宝玉对妙玉的崇拜只有淡淡的一句话："她也未必真心重我。"为什么非真心相重还能相处十年呢？估计妙玉首先是无聊，邢岫烟家是租赁的蟠香寺的房子，才得以和在此处带发修行的妙玉成了邻居。"南朝四百八十寺，多少楼台烟雨中。"我少年时期在江南长大，拜访过江南不少名寺古刹，曾见过有不少寺庙是僧尼合用的，有的寺庙还有居士寄居，这蟠香寺既将房屋外租，显然也是个僧尼俗混杂的所在。这样一个所在，就不难解释邢岫烟前面所说的"闻得她因不合时宜，权势不容，竟投到这里来"。

如果读者还是有些不太明白，建议参阅"三言二拍"，里面有诸多关于僧尼与俗家相处的故事，妙玉自视清高，不肯落俗，抑或不曾遇到潘必正，不然怎么一遇到怡红公子就又是奉上自己喝茶用的绿玉斗，又是"衣上犹沾佛院苔"呢？我想曹公是故意给妙玉设计了个令人浮想联翩的发型呢，看着很正常，但它的名字叫作"妙常髻"，陈妙常追舟的故事历来为中国文人所津津乐道。

妙玉交好邢岫烟的第二个原因我猜可能是邢岫烟比较懂事，穷人的孩子早当家嘛，邢岫烟家"原来寒素"，她不得不早早地就得学会看人眼色，看穿了，想通了，所以也就坦然了。妙玉在蟠香寺时应该比在栊翠庵更能炫富，更加目中无人，毕竟那会儿更年轻嘛。恐怕也就邢岫烟的性格能和她和平共处。邢岫烟是什么性格？"看来岂是寻常色，浓淡由他冰雪中。"可谓深得庄子精髓。

　　这一点且看她面对宝钗的说教；压根儿就不懂人情世故的林黛玉被宝钗一通大道理后，立马"好姐姐"不离口了，这一百八十度的大转弯还把自认为最了解林黛玉的贾宝玉都搞蒙了；直问"是几时孟光接了梁鸿案？"而当宝钗因为邢岫烟戴了一块探春赠送的碧玉佩，就以自己为例，给邢岫烟上了一堂居家过日子以及为人处世的政治课后，邢岫烟的反应只是笑笑，"姐姐既这样说，我回去摘了就是了"。搞得一向老成持重的宝钗倒不好意思了，忙笑道："你也太听说了。这是她好意送你，你不佩着，她岂不疑心。我不过是偶然提到这里，以后知道就是了。"读到此处，看官您是不是也忍不住笑了？所以啊，生活中千万别随便去当人家的教师爷，谁知道人家肚皮里怎么笑你呢?！

　　这邢岫烟还和宝玉是同一天的生日。这里面是否有什么玄机呢？且待下回分解。

第十五回 生日之谜

上回说到邢岫烟和贾宝玉是同一天生日,按照曹公的一贯作风,这肯定不是毫无目的的。和宝玉同一天生日的还有宝琴、平儿和那个被撵出去的四儿,说到这个四儿,还有一段小插曲,这个小丫头原名叫芸香,生得"虽比不上晴雯一半,却有几分水秀。视其行止,聪明皆露在外面,且也打扮的不同"。袭人给她改了个名字叫蕙香,正巧碰上怡红公子和袭人怄气,听见是袭人改的名字,气得嚷嚷:"正经该叫晦气罢了,什么蕙香呢！明儿就叫四儿，不必什么蕙香、兰气的，哪一个配比这些花，没的玷辱了好名好姓。"表面看不过是个小丫头在主子和大丫头们怄气时无端躺枪，实则不然，这一段文字，一来点明这四儿原名本叫芸香，这就和前面提过的贾芸、香菱等人扯上了关系，长相却又和晴雯相似，改名四儿，恰为了引出后来的柳五儿，书中袭人言道："横竖那边腻歪了过来，这边又有个什么四儿、五儿伏侍。我们这起东西，可是白玷辱了好名好姓的。"更不用说最终是因为和宝玉的私语"同日生日就是夫妻"而被王夫人所知，以致赶出了大观园。所以曹公唯恐后人疏忽了自己精心设置的生日环节，故意弄了这么个小丫头口无遮拦地提点一下。

除了宝玉、宝琴、四儿、平儿、邢岫烟是同一天的生日，书中还有好几拨子人都是同日生日，贾元春的生日是正月初一，和她的太祖太爷荣国公贾源同日，都是给贾府创造辉煌之人。

二月十二日是黛玉和袭人的生日，我猜她俩的共同之处很可能就是将来的姻缘都是隐藏在贾宝玉的无心促成中，袭人与蒋玉菡这一对是毫无疑问的，而黛玉的良人则正如我前面所猜测的也许是北静王水溶了。

袭人是因了一条汗巾子，而黛玉则除了一串手串，书中另有更加隐晦的表述，第四十五回中，宝玉穿了一套北静王送的蓑衣斗笠木屐来看黛玉，他见黛玉十分喜爱，便打算给黛玉也弄一套穿，而且说北静王"闲了下雨时在家里也是这样"。黛玉笑道："我不要他。戴上那个，成个画儿上画的和戏上扮的渔婆了。"

诸多学者都以为这"渔翁""渔婆"之说，因为是画的和扮的，所以恰影射宝黛无缘；这一点我也是同意的，但我认为前辈们想得还不够周全，除了上述隐意，我以为这段文字同样隐射到了另一个人：水溶。宝黛同穿是"渔翁""渔婆"，难道黛玉与水溶同穿就不是吗？

接着说生日的事。正月十六是贾母和薛宝钗的生日；她俩为什么是同一天呢？书中倒是有贾母替宝钗过生日的环节，难道是想说这个生日不过是贾母自己本来要过生日，因宝钗与自己同日所以做个顺水人情？也不排除有这个可能性吧。

至于宝玉和平儿同一天生日,作者在第四十四回中让宝玉全了心意,平儿被贾琏和王熙凤夫妻二人因为鲍二家的轮番出气后,被宝玉拉到怡红院,"宝玉素日因平儿是贾琏的爱妾,又是凤姐儿的心腹,故不肯和她厮近,因不能尽心,也常为恨事。"终于得着机会大献了一番殷勤,又是调脂,又是弄粉,最后还亲手剪了一枝并蒂秋蕙为平儿簪于鬓上;这场景绝对是小夫妻才可能有的闺房画面啊!贾宝玉在这一回算是了却了一桩夙愿。加上当日又是金钏儿的生日,本来不爽,联想到平儿独自一人,应对贾琏之俗、凤姐儿之威,平时处处周全妥帖,今日无端惨遭荼毒,不禁感慨"想来此人薄命,比黛玉尤甚"。

再来说说和宝玉同一天生日的宝琴。宝琴是宝钗的堂妹,来京的首要任务是和梅翰林的儿子结婚,因为薛姨妈一家在贾府寄居,所以她得以有机会将平生所学在大观园里尽情施展。芦雪庵联诗,她与宝钗、黛玉共战湘云,妙句迭出,从容自如,还一人独作怀古诗十首,以跟着父亲所经过各地的古迹为题，每首各隐一件物品。这十首诗直到今天，依然让研究红学的各路大神们绞尽脑汁，始终没个定论。

诸位有兴趣可查看原文，书中各种对宝琴的赞美辞藻那是毫不吝惜的，甚至还有贾母提亲一节——这一情节令很多读者迷惑：贾母一直对黛玉宠爱有加，也是宝黛之约的始作俑者，为什么突然就想到要把宝琴嫁给宝玉呢？且待下回分解。

第十六回 梅妻鹤子　玩味古今

上回说到贾母想把宝琴嫁给宝玉,不过这都只是读者与书中人意会而已,老太太实际上什么也没说,书中说道:"贾母因又说及宝琴雪下折梅比画儿上还好,因又细问她的年庚八字并家内景况。薛姨妈度其意思,大约是要与宝玉求配。""因贾母尚未明说,自己也不好拟定。"当凤姐儿听说宝琴已有婚约,也嗐声跺脚大叹迟了一步。这也难怪薛姨妈和凤姐儿都认为贾母有意将宝琴配与宝玉,读者们又何尝不是这样想的呢?因为贾母可不仅仅是见了宝琴抱梅才喜欢她的,在此之前已经有了一系列的铺垫了。连黛玉都没给的凫靥裘直接给了宝琴,而且前有宝玉的雀金裘,恰好一对,宝琴又是这般人见人爱,谁都得把他俩往一处想。

甚至有相关学者研究,宝琴之名与元春的丫鬟抱琴谐音,贾母很可能是想要让宝琴给宝玉做妾,因为黛玉身体太单薄,老太太希望宝琴能辅佐黛玉。这个想法够大胆,但恕我不能苟同。理由有二:其一,宝琴一家前来贾府是有计划而来,主要目的就是进京嫁女,而且事先不可能没有书信告知薛姨妈,薛姨妈寄居在人家,当然要和王夫人说,而王夫人娘家又有一大拨人前来叨扰,不可能不和贾母打好招呼;而且一定会将嫁女之事告知,以表不会长住之意。其二,书中写得清清楚楚:"老太太一见了,喜欢的无可不可,已经逼着太太认了干女儿了。"

诸位可还记得我前几回提到过的,黛玉要认薛姨妈做干妈,宝钗连忙反对,意思是薛蟠已相中黛玉,认了干妈就没法做亲了。那会子的人是十分讲究伦理的,认的干亲也罢,义结金兰也罢,便如同亲生的一般;绝对不能以现在时尚的干爹之流来衡量。难不成这个道理宝钗懂得,贾母反而不知道了?当然不会。老太太只是要借这个绝对不可能的亲事提醒宝钗、薛姨妈甚至王夫人:如果中意,她老人家早就开口了,所以今后也不必再宣传什么金锁要有玉的才配了。宝琴什么也没有,老太太随便给件衣裳就能搞个情侣装。怎么样?姜还是老的辣吧?!

关于贾母特别对待宝琴所引起的连锁反应,书中另有更含蓄的表达。众所周知,林黛玉最小心眼,可是宝琴获宠,她毫无妒意,还赶着宝琴妹妹不离口,连湘云当面赞美宝琴"这一件衣裳也只配她穿,别人穿了,实在不配",她也没有任何不爽。那是因为对于贾母的宠爱,林黛玉心中太有底了,谁也抢不走她在贾母心中的地位。贾宝玉呢更是明确表态:"这倒不妨,原该多疼女儿些才是正理。"出乎意料的是一向宽容大度的薛宝钗推了宝琴一下说了句半真半假的酸话："你也不知是哪里来的福气！你倒去罢，仔细我们委曲着你。我就不信我哪些儿不如你。"显然贾母的宠爱在宝钗的眼里是一种福气，自己无论是点菜还是点戏无不投贾母所好，却始终不曾投着贾母的缘法。是啊，许多读者都很奇怪，薛宝钗样样都好，可是为什么贾母却始终对她只是喜欢，却谈不上宠爱呢？后文会聊到这个话题的，此处先按下不提。

宝琴抱梅立雪一直以来都是画家们极其钟爱的主题，书中也将这一场景描绘得美不胜收："四面粉妆银砌，忽见宝琴披着凫靥裘站在山坡上遥等，身后一个丫鬟抱着一瓶红梅。"紧跟着身披大红猩毡的宝玉从她身后转了出来。两人都是从妙玉处而来。看热闹的看到的是俊男美女，有心人一定记得贾宝玉梦游太虚幻境所聆听到的最后一支曲的最后两句："好一似食尽鸟投林，落了片白茫茫大地真干净！"

如今宝琴抱梅立于这白茫茫大地上，梅花来自妙玉，前面已提过妙玉伴梅而存，是为鹤，邢岫烟如野鹤闲云，是为鹤之二也，湘云鹤势螂形，是为鹤之三也。据此可推断，宝琴除了抱梅立雪，将来更要嫁入梅府。这几位与梅鹤相关者，第八十回以后必然是要有些重头戏上演的。而在大观园群芳之中，真正的梅花却并非宝琴，而是另有其人。那么，此人究竟是谁？且待下回分解。

第十七回 霜晓寒姿

上回说到宝琴抱梅立雪的画面虽成经典,但大观园群芳之中,真正的梅花却并非宝琴,而是李纨。

李纨在怡红夜宴时抽到的签上画着一枝老梅,写着"霜晓寒姿"四个字。所以这李纨与妙玉也恰恰好比与贾珠相伴的梅妻鹤子,一个在栊翠庵里暮鼓晨钟,一个在稻香村如槁木死灰。其实李纨比妙玉更惨,妙玉除了所谓的佛法拘着她,其实也算是逍遥自在;而李纨则不同了,太多的礼法约束着她,身居膏粱锦绣丛中,正值风华正茂之时,却连最基本的装扮都不能有。书中第七十五回,尤氏在李纨处临时洗把脸,李纨只能让她用自己丫鬟素云的化妆品,估计她自己只有保湿霜、护手霜之类吧?

李纨的两个堂妹李纹、李绮都是美人坯子,李纨想必也是个大美女。既不能穿得太好,还不能化化妆、美美容,这对美女而言,无疑是一种折磨啊。

不过李纨真的只是个"如槁木死灰一般,一概无见无闻,唯知侍亲养子,外则陪侍小姑等针黹诵读而已"?当然不是。怡红夜宴时,林黛玉对当时管家的三大"镇山太岁"——宝钗、李纨、探春说:"你们日日说人夜聚饮博,今儿我们自己也如此,往后怎么说人?"李纨听了不假思索地笑道:"这有何妨。一年之中不过生日节间如此,并无夜夜如此,这倒也不怕。"可见她的内心哪里是什么"槁木死灰",对开心热闹充满期待呢。

再说她"无见无闻,唯知侍亲养子",不这样她又能怎样呢?照理她才是名正言顺的荣国府大少奶奶,可是贾珠已殁，自己娘家又PK不过人家，所以王夫人让自己的侄女王熙凤管家，她也只能装聋作哑了。这当家的事可不是现代企业竞争上岗，谁有能力就让谁上的，在贾府，这个内当家那是有象征意义的。贾母是曾经的内当家，为了表示自己服老，以便好倚老卖老，同时表示对儿媳妇的重视，前面已经说过邢、王两位夫人的PK了，贾老太太把一把手的位置让给了王夫人。李纨和王熙凤又何尝不是经过一番软、硬实力大比拼，才有了王熙凤当家的结果呢？！

从李纨寡婶的态度可以窥见李纨对于婆家的真实态度：那就是敬而远之。书中言道："贾母王夫人因素喜李纨贤惠，且年轻守节，令人敬伏，今见她寡婶来了，便不肯令他外头去住。那李婶虽十分不肯，无奈贾母执意不从，只得带着李纹、李绮在稻香村住下来。"要知道多少人都削尖了脑袋想要挤进大观园，而李婶却"十分不肯"。这只能说明一种情况，李纨私底下和娘家人聊到贾府是没什么好评语的，所以李婶才不想入住这是非之地。而且李氏母女也是最早离开大观园的，只不过时常来看望李纨,小住三五日,这才像个正常亲戚往来的样子。

不过,李纹、李绮应该在贾府败落时对李纨的行为起到了一定的影响。纹和绮都有涟漪之意,如南唐冯正中名句"风乍起,吹皱一池春水"。李纹、李绮在贾府风雨初起时,估计是要吹皱李纨这一池春水的。或者"人生莫受老来贫,也须要阴鸷积儿孙",李纨做下的有损阴德之事就是因她们而起。

继续说贾府当家人的事,王熙凤生病,王夫人安排薛宝钗协助探春和李纨管家,自然也不是随便安排的,同样是有深意的,李纨和探春那都是临时的,宝钗才是未来的接班人,当然要安排实习一下下。书中第六十二回,当宝玉向黛玉介绍了探春她们的改革方案时,黛玉说:"要这样才好。咱们家里也太花费了。我虽不管事,心里每常闲了替你们一算计,出的多,进的少,如今若不省俭,必致后手不接。"诸位如果看书时没有注意到此处,这会儿是不是大跌眼镜?有没有搞错?林妹妹不是整天就是生生病、吃吃药、怄怄气、落落泪、吟吟诗的吗？居然还会"心里每常闲了替你们一算计"？没错，因为她也在为将来当家做准备。

　　林妹妹尚且如此会闲时算计，那李纨呢？她可是大观园里的土豪之一，银子可不是从天上掉下来的，后面我会找机会和诸位细聊大观园里的几位土豪的。所以李纨始终生活在各种隐忍模式当中，大观园里的人有的是她根本惹不起的，有的是她不忍心惹的，只有一个人，整天狂拽酷炫让她心里不爽，却又还不如她的，她有个儿子：贾兰，那是谁也夺不走的终身依靠。而那个人却孑然一身，所以当她"戴珠冠，披凤袄"时终于拿此人出了一口闲气。此人是谁？且待下回分解。

第十八回 空相妒

上回说到李纨"戴珠冠,披凤袄"时拿一个人出了口闲气,此人便是妙玉。前面已经介绍过那妙玉,美女加才女,有钱又有闲,没事还喜欢摆摆谱、耍耍酷,李纨早就看她不顺眼了,但却又无可奈何;所以贾府失势,妙玉唯一的靠山没了,立刻成为任人宰割的羔羊。本来妙玉藏身庙宇之内,未必一定受到牵连,但很可能李纨的各种告密,也或许是当年流落到刘姥姥手上的茶盅辗转到了某位当权者手上。也有研究者认为,刘姥姥的女婿王狗儿将茶盅连哄带吓混到手,找到古董贩子冷子兴，最终此物经冷子兴之手到了忠顺王府，我深以为然，这一推论还是比较符合逻辑的。

接下来我想忠顺王也许和贾府或王子腾是政敌，书中当忠顺王府的长府官登门造访时，贾政的第一反应是："素日并不与忠顺王府来往，为什么今日打发人来？"同朝为官，又都不是什么清官，同住京城，断无不来往的道理；加之忠顺王府因为琪官蒋玉菡之事深怨宝玉，借题发挥，兴风作浪一番。追查茶盅源头，原本追到贾府已属尽头，但若内部有人稍稍泄露点消息，就不难追查到妙玉头上。

那么谁会具备泄露信息的条件呢？妙玉送刘姥姥茶盅的事必然只在内宅流传，所以可以排除一切有可能为了利益出卖妙玉的那伙子爷们儿。贾府四个小姐死的死、嫁的嫁、出家的出家，自顾尚且不暇，哪有闲心管这事，而且举出妙玉对她们有百害而无一利。史湘云、薛宝钗都是投靠贾府的，一时间树倒猢狲散，林黛玉跟她们也差不多，王夫人、邢夫人以及王熙凤、尤氏都是泥菩萨过河，自身难保，巧姐儿年幼，丫鬟们纵然知道些零碎传闻，想告个密、坏个事也未必就有这个门路。

只有李纨，此时贾兰已是"气昂昂头戴簪缨，光闪闪腰悬金印"。李纨也是终于熬到"戴珠冠，披凤袄"。再加上李纨的父亲身为国子监祭酒，是有机会接触到诸如忠顺王之类的高官的。李婶母女常常出入贾府内宅，俗话说：三个女人一台戏，各种闺阁新闻自然就很容易传入李府，而且从贾兰的性格也可以大致推断出李纹、李绮的性格特征。

书中虽然并无贾兰太多篇幅的描写，但寥寥数语一样能看出贾兰的特性。第九回茗烟大闹书房时，一帮小崽子都快闹翻天了，只有贾兰息事宁人，但是在第二十二回中，贾母搞了个灯谜会，贾兰却因为没人请他而不愿意来。再看第二十六回，宝玉无聊地到处闲逛，遇见两只小鹿被贾兰拿了张小弓撵得箭也似地跑，看见宝玉，贾兰站住问好，笑道："二叔叔在家里呢，我只当出门去了。"宝玉说他淘气，他却说："这会子不念书，闲着作什么？所以演习演习骑射。"宝玉道："把牙栽了，那时才不演呢。"每读至此处，都忍不住笑出声来，贾兰的不念书就演习骑射正好与宝玉的每见读书就要死要活、痛苦不堪相对应，宝玉的"把牙栽了，那时才不演呢"多少有些酸溜溜、悻悻然的意思；而贾兰的一句"只当二叔出门去了"，看似小孩子没来由的随口话，恰恰折射出了宝玉在他心目中的实际形象：一个整天出门瞎逛的主。很可能李纨日常课子经常以这"金玉其表"的二叔作为反面教材呢。

所以贾兰是个典型的单亲家庭的好孩子，隐忍、敏感、努力。而李纹、李绮同样是单亲家庭的孩子，但那个时代，作为女孩的她们，努力就不必了，嫁个好人家就是她们努力的目标。她们很可能会把贾兰的努力上进之心转化为闺阁要强心，这闺阁要强心极有可能成为一种妒忌心。贾府基本上与她们的婚姻无缘，但她们却见识了贾府的繁华，所以我猜当李纨对于妙玉所持的剪不断、理还乱的心情为她们所知时，十有八九是要说些煽风点火、火上浇油之类的言语的。而且李家出于对贾兰地位的保全以及自家安危也极有可能事无巨细一一上报。

李纨的判词和王熙凤的判词历来就是红学研究者的不解之谜,王熙凤的"一从二令三人木"、李纨的"如冰水好空相妒",至今仍是众说纷纭,没个定论。我对于她俩的判词倒是有一点小小的见解。"一从二令三人木,哭向金陵事更哀",因为是王熙凤的判词,所以之前始终以王熙凤为出发点去想,于是总钻入牛角尖,难以突破;其实换个角度,从贾琏、平儿以及周围的人的角度去剖析就不难理解了;周围的人对王熙凤先是服从("一从"),然后是违抗命令,孤立她、冷落她("二令"是个"冷"字),最后抛弃她,令她众叛亲离,成了光杆司令,贾琏甚至休了她(人木是个"休"字);打发她回金陵娘家,于是她最终哭向金陵事更哀。

李纨的判词:"如冰"取冰清"玉"洁之意,"水好"乃是"女"旁一个"水"字。记得小时候,家门前有口大水缸,冬天结冰水就漫出缸沿,冰融化了水就又少了,恰是个"妙"字,所以这"如冰水好"以曹公的拆字风格看,分明就是"妙玉"二字呀!

虽然有点牵强,不过暂时也并没有什么更高明的解释，诸位就先凑合着看我闲聊吧。所以这句"如冰水好空相妒"分明是指李纨对于这个与贾珠曾有婚约的妙玉怀有嫉妒之心，但贾珠早死，妙玉也早就许身佛门，这一场嫉妒没有任何的价值和意义。所以是"空相妒"。

除了乘机收拾了妙玉，上回我曾提到过王熙凤和李纨也是经历过一场隐形大PK的，加上王熙凤平时也是个处处拔尖的主，言语当中自然也有过冒犯李纨之处，说者无心，听者未必无意啊！第四十五回，李纨带着小姐们找王熙凤当诗社监察，王熙凤当即就说："哪里是请我做监察御史，分明是叫我做个进钱的铜商！亏你是个大嫂子呢！……这会子他们起诗社，能用几个钱？你就不管了？"王熙凤大老粗一个，平时又有贾母和王夫人宠着，说话口无遮拦，李纨却极有可能将此话放在了心中，以致后来当巧姐儿的舅舅王仁（"忘仁"或"亡仁"）想将巧姐儿卖掉时，李纨腰缠万贯却见死不救。

这两件事，足以使她的判词中赫然写着："虽说是，人生莫受老来贫，也须是阴骘积儿孙。"想必因为李纨没有为儿孙积德，贾兰的官也未必长久，所以书中道：

"问古来将相可还存?也只是虚名儿与后人钦敬。"李纨自己则更惨:"威赫赫爵位高登,昏惨惨黄泉路近。"再多的荣华富贵,可怜无福消受啊!这李纨空受诰封,死守金银,最终难逃无常。不过有读者或许要问,李纨孤儿寡母,贾珠又死得早,她能有几个钱呢?或许对于妙玉是出于女人的妒忌,她有可能使点小坏,但是对于巧姐儿她也许真的是心有余而力不足呢?那么李纨之于巧姐儿究竟属于哪种情况呢?且待下回分解。

第十九回

贾府月例

上回说到李纨对巧姐儿见死不救,恐有读者不服,所以这一回就跟各位细细地算算账,便知我所言不虚了。前面已提到过王熙凤因为李纨托她当个诗社的监察御史,直截了当地指出李纨不过是让自己做个掏钱的大头,还很不屑地说:"亏你是个大嫂子呢!……这会子他们起诗社,能用几个钱?你就不管了?"然后当着众人的面很不客气地给李纨算了本账:"你一个月十两银子的月钱,比我们多两倍银子,老太太、太太还说你寡妇失业的,可怜,不够用,又有个小子,足的又添了十两。"

让我们先来看看贾府的薪资框架,这个框架是专门给内宅使用的,外面的爷们有爵位的拿朝廷俸禄,没爵位的另有谋生的工作,也是有进项的,只有内宅的女人,除了吃穿用度,这些都是"公中"的,如果自己有个什么业余爱好、个人兴趣之类的,都是要用自己平时积攒的私房钱完成的,也就是平时的"月钱"外加陪嫁的妆奁。

当然受过诰封的应该也是有朝廷俸禄的,贾府有诰封的女人应该有四人:贾母、邢夫人、王夫人以及尤氏,这都是夫荣妻贵的结果。贾母不用说,国公爷贾代善的老婆;贾赦一等将军,邢夫人自然受封;贾政是工部员外郎,王夫人受封亦属正常;贾珍他爹一心炼丹,所以他年纪轻轻就袭了三品爵威烈将军,尤氏是他的媳妇,当然也是要受封的,所以不必奇怪为什么并不出奇的尤氏居然是和邢、王两位夫人一样,是朝廷榜上有名之人。威风八面的王熙凤却靠边站,这就叫生得好不如嫁得好啊!

所以李纨一门心思调教儿子,终于通过儿子获得了诰封,这是中国古代每一个知识女性的人生终极目标(没知识的当然也想,但肯定没有知识女性的欲望更强烈),老公靠不了就只能靠儿子了!不过像王夫人那样,生个皇妃女儿自然也是一样能获得诰封的。书中第五十八回也明确写着"上回所表的那位老太妃已薨","贾母,邢、王、尤,许婆媳祖孙等,皆每日入朝随祭,至未正以后方回"。其实封妻荫子同样也是古代男人们的人生奋斗目标啊!

还接着聊王熙凤说李纨一个月十两银子的事吧,"比我们多两倍",这个"我们"应该指的是她和尤氏,因为宁荣二府只有她们三人是平辈的。有研究者说王熙凤的账算得有毛病,多两倍,说明她只有三两多银子的月钱,十除以三除不尽嘛,这个账不太好算。

我想,持这种说法的应该是以黄仁宇先生的《中国大历史》中的换算方法进行核算的:1两黄金=10两白银=10贯铜钱=10000文铜钱,也就是说1两银子=1000

文铜钱，包括《红楼梦大辞典》也是这样的计算方法。但是不知前辈学者们是否想过，如果这样计算，那在贾府的薪资框架中就有两个级别的标准重叠了，一等大丫头，也就是贾母、王夫人这个级别的房中的大丫头，如鸳鸯、金钏儿之流的，月钱一两银子；二等丫头则是少爷、小姐们房中的大丫头，月钱一吊，应该是袭人、司棋之流，当然袭人另当别论，她是开了外挂的。假如这1吊等于1贯，那么一等丫头的薪资与二等丫头就没有分别了，这当然是不可能的。而且在王夫人给袭人的月钱开外挂的时候，是说"把我每月的月例二十两银子里，拿出二两银子一吊钱来给袭人"，如果按照以上的计算方法，王夫人干吗不直接说给袭人三两银子呢？

所以我认为在漫长的货币变迁过程中，这一时段的换算标准可参照《清史稿》的记载，乾隆四十年后，"钱贱"，嘉庆年间华洋互市，白银外流，一两白银换钱两千文，咸丰以来，银价猛涨，一两可换两千二三百文。结合曹公的生活时代背景，书中的一两应该是大于一千文的。我曾经是专业干HR的，自以为干得最得心应手的就是薪资框架设计，为了使各级别的晋升有一定的规律，我们暂且把书中的一两银子折成一千五百文，这样一等丫头一两银子的月钱，二等丫头一千文，三等丫头五百文，再下面三百、二百的就随她们去了。

王熙凤说李纨因为有贾兰所以月钱得以又添了十两，和贾母、王夫人等人持平，所以李纨自己的月钱每年二百四十两，贾兰本人和宝玉、贾环一样每月二两，一年二十四两，少爷们上学每年多八两茶钱，这样贾兰就有三十二两，李纨每年共有固定现金收入二百七十二两。不过贾府内宅每年年底有一项类似年终奖的玩意儿，叫作年例，这个全凭上级领导高兴，按王熙凤的说法，李纨"又是上上分儿"。这些都是明账，独有园子地收租子这一项是个变数，不过据王熙凤的估算，一年总收入大概有四五百两银子，主子奴才的吃穿由"公中"负责。加上李纨又没什么额外支出，确实是能攒下些钱财的。

顺便说一下贾府还真没什么重男轻女的封建思想，小姐们的月钱和少爷们一样，每月二两银子，甚至还比他们每个月多二两银子的脂粉钱，只不过统一管理、统一采购。少爷们就算加上每年有八两银子的点心费以及笔墨费，另外每月额外有四串零花钱，总额还是没有小姐们的多。至于这一串钱是多少，按照书中所述我估计是一百文，元春省亲时曾有"清钱一百串，是赐予贾母、王夫人及诸姊妹房中奶娘众丫鬟的，外有清钱五百串，是赐厨役、优伶、百戏、杂行人丁的"。姨太太们也是二两银子一个月，所以袭人的薪酬待遇其实已经远超赵姨娘等人了，而是直接按照少奶奶的标准级别发放的。李纨十两月钱正好是一万五千文，比王熙凤多两倍，王熙凤的月钱应该是每月五千文，等于二两银子二吊钱；王夫人给袭人每月二两银子一吊钱，加上袭人自己身为少爷的大丫头月钱一吊，恰好和少奶奶们持平。王夫人还真是喜欢袭人啊！

不过光说数字，读者对这些银子的多少未必有明确概念，若换算成今天的钱又没什么实质性意义，还是以书中人做个对比吧。刘姥姥替宝钗帮助湘云搞的那场螃蟹宴算了个账，大概需要二十多两银子，感慨道："阿

弥陀佛！这一顿的钱够我们庄稼人过一年了。"可见寻常人家一年的花销也就二十几两银子，这也就理解为什么金钏儿宁愿承受任何责罚，也不愿意离开贾府了。她是王夫人的大丫头，那可是份每月白得一两银子的美差啊！

各位现在对李纨拥有的财富有点感觉了吧？！如果还不明确，就只能跳出书外，看一看清朝的爵位制度了，让书中人套用一下，大致是像贾赦那样的一等将军年俸约为五百一十两，贾政工部员外郎大概属从五品，点了学差与按察使同级别，属正三品，年收入大概三百两。所以李纨绝对算得上是大观园里的土豪之一啊！既然是之一，当然就有之二、之三等等了。那么是谁呢？且听下回分解。

第二十回 贾府首富

上回说到李纨虽然有钱,并不是贾府内宅最有钱的人,那么贾府内宅第一大土豪是谁呢?当然是贾母啦!

贾府之所以如此豪富,不是靠一代人的暴发,是几代人的积累,内宅的财富同样如此,需要时间的积累。贾母初嫁到贾府时,正逢荣宁二府鼎盛之际,她从重孙媳妇做起一直到自己也有了重孙媳妇,亲自参与过几次金陵接驾的盛典,直到后来年纪大了,也为了表示对王夫人的重视,关键是儿子不争气,需要依仗王子腾的庇佑，外加王夫人的亲生女儿元春又做了皇妃，才渐渐地放权。

她自己的诰封，多年当家理财的积攒，她作为侯府小姐出嫁时少不了要有一大笔陪嫁，再加上每年生日礼金，单书中第七十一回描述："八月初三日乃贾母八旬之庆"，"自七月上旬，送寿礼者便络绎不绝。礼部奉旨：钦赐金玉如意一柄，彩缎四端，金玉环四个，帑银五百两。元春又命太监送出金寿星一尊，沉香拐一只，伽南珠一串，福寿香一盒，金锭一对，银锭四对，彩缎十二匹，玉杯四只。余者自亲王驸马以及大小文武官员之家凡所来往者，莫不有礼，不能胜记。"

这钱，海了去了！不然她大儿子贾赦也不会打鸳鸯的主意，那鸳鸯生得"蜂腰削肩，鸭蛋脸，乌油头发，高高的鼻子，两边腮上微微的几点雀斑"，不过就是个一般人儿。贾赦身边美女如云，想要鸳鸯做小老婆，不过是打他老妈的钱的主意。鸳鸯是贾母身边最得力的大管家，老太太可不糊涂，一听贾赦想要鸳鸯做妾，立刻大发雷霆："我通共剩了这么一个可靠的人，他们还要来算计!"而且顺便把王夫人也收拾了一顿:"你们原来都是哄我的!外头孝敬,暗地里盘算我。有好东西也来要,有好人也要,剩了这么个毛丫头,见我待她好了,你们自然气不过,弄开了她,好摆弄我!"

这一场闹剧,贾赦一无所得,反丢了一把脸,还顺带树立了金鸳鸯同志富贵不能淫的光辉形象。当鸳鸯的嫂子喜滋滋地来报喜时,鸳鸯一针见血地指出:"难怪成日间羡慕人家的丫头做小老婆,一家子都仗着她横行霸道的,一家子都成了小老婆了,看的眼热了,也把我送在火炕里去。我若得脸呢,你们外头横行霸道,自己封就了自己的舅爷;我要是不得脸,败了时,你们王八脖子一缩,生死由我去!"我为什么要把这段话完整地抄下来呀?因为这段话虽是从鸳鸯嘴里说出来的,其实也是那位看上去至高无上的元妃娘娘的心声啊!什么皇妃不皇妃的,不过就是皇帝的小老婆罢了!

元妃省亲时,一手搀贾母,一手搀王夫人,三人只管呜咽对泣,好半天元春才忍悲强笑道:"当初既然送我到那不得见人的地方，好容易今天回家，不说说笑笑，反倒哭起来，一会子我去了，又不知什么时候才能回来！"说到这句不禁又哽咽起来。每读至此处都禁不住潸然泪下！鸳鸯可以任性地冷嘲热讽她嫂子一番，出出气。而元春呢？她当然不可以，她背负着好几家盛衰兴亡的重任，一刻也不敢大意！唉！不说元春了，还是回到贾赦纳妾的事件上来吧，这场大戏剧终之后，最大的受益者还是贾母，什么损失也没有，提高了警惕性，还敲了山震了虎。

不过我想老太太对于贾琏通过鸳鸯借当的事则是装糊涂的。虽然有研究者认为她是真的不知情，是鸳鸯偷偷借出去的，不然她肯定忍不住要盘问个明白。我认为不太可能，冰冻三尺非一日之寒，贾府的繁荣不是一天形成的，衰败同样不是一朝一夕，我相信在贾母交权之前以她多年的管理经验，就应该有所察觉了。正如书中第四十七回，用她自己的话说："我进了这门子做重孙子媳妇起，到如今我也有了重孙子媳妇了，连头带尾五十四年，凭着大惊大险千奇百怪的事，也经了些。"

所以她当然知道生活从来就不是一帆风顺的。

不然她女儿贾敏的排场为什么没有套用到她的孙女儿、外孙女儿身上呢？尤其是她把吃剩的菜都一一分配了，她可不是寻常人家的老太太，这个舍不得、那个放不下，书中第七十五回写道："上几次我就吩咐过，如今可以把这些蠲了罢，你们还不听，如今比不得在先辐辏的时光了！"而且红稻米粥自己吃了半碗，便吩咐："将这粥送给凤哥儿吃去，这一碗笋和这一盘风腌果子狸给颦儿、宝玉两个吃去，那一碗肉给兰小子吃去。"并且让鸳鸯、琥珀、银蝶都和尤氏一起吃饭。所以说老太太心里什么都明白。

贾琏为什么要找鸳鸯借当，那是因为他和王熙凤夫妻二人一内一外当着荣国府的家，谁有钱，他们俩心里明镜似的，用贾琏的话说："宁撞金钟一下，不打破鼓三千。"贾母作为贾府内宅的第一大土豪那是绝对名副其实的！

其实老太太攒钱也还是为了儿孙，贾赦打老太太钱的主意直接遭到拒绝，贾琏通过鸳鸯偷偷将老太太的东

西运出去当掉,以鸳鸯对贾母的忠诚度,肯定是要请示贾母的,老太太则假装不知情,任由他去。何以贾母对儿子和孙子的态度有如此天壤之别呢?且待下回分解。

第二十一回 混蛋贾老大

上回说到贾母对儿子和孙子的态度截然不同,这就不得不再强调一遍贾老太太不是寻常人家的老太太,绝对不仅仅是所谓的隔代亲的缘故,同样是儿子,她就更喜欢二儿子贾政,同样是孙子,谁也比不过贾宝玉,连重孙子贾兰也不行。她喜欢贾政,是因为贾政爱读书,有仕子之风,她喜欢宝玉因为他长得像他爷爷,她更喜欢贾敏则是因为贾敏其实更像她自己,聪明、美丽(看贾琏、贾宝玉和林黛玉就知道贾赦、贾政和贾敏都是俊男美女,所以贾母年轻时肯定也是大美女)、风雅,她喜欢林黛玉恰恰是因为林黛玉的身上烙着贾敏的影子。凡是她喜欢的丫鬟,没一个不是聪明俊俏、伶牙俐齿的,书中更有诸多场景描述,从听书看戏到赏花玩月,到家居摆设乃至服饰赏析,无时无刻不体现这个贵族老太太高品位、高素质的鉴赏能力。所以这就不难理解她为什么不喜欢贾赦了。

有关贾赦的评价最早在书中出现应该是出自林如海之口,他向贾雨村极力推荐了贾政,对贾赦却一句话带过,实质上赞美贾政的话恰恰是反衬了贾赦的为人:不"谦恭厚道",无"祖父遗风",实"膏粱轻薄之流"。林如海乃是探花郎,自然不屑于背后议论自己那个大舅子,唯恐有污自己清操。事实上贾赦那个烂人,的确是书中数一数二坏到家的货色。

先看看他老妈对他是怎么评价的:"老爷如今上了年纪,作什么左一个小老婆右一个小老婆放在屋里,没的耽误了人家。放着身子不保养,官儿也不好生作去,成日家和小老婆喝酒。"再看他打鸳鸯的主意,想让儿子把鸳鸯的爹妈找来说事，没想到贾琏对鸳鸯家的情况很了解，说鸳鸯的父母就是废人一对，叫来也没什么用，气得贾赦大骂儿子："下流囚攮的，偏你这么知道，还不离了我这里！"等第二天鸳鸯的哥哥明确回复说妹子不愿意，贾老大这个糟老头子气得口不择言，一口咬定鸳鸯不是看上宝玉就是看上贾琏了。

王熙凤乘贾琏外出替贾赦办事之际把尤二姐带回贾府，邢夫人肯定要将此事告知贾赦。而贾赦明知道自己的儿媳妇王熙凤的为人，却在贾琏为他办完事一回到家就把自己的一个通房大丫鬟秋桐赏给儿子。秋桐的性格老头儿不可能不了解，分明是要看儿子媳妇的笑话。果然这秋桐不是盏省油的灯，帮着王熙凤弄死尤二姐，自己也没落好。

再看看他对于子女的教育，当贾政对贾环写的诗表示不满时，他却说："咱们的子弟都原该读些书，不过比别人略明白些，可以做得官时，就跑不了一个官的。何必多费了工夫，反弄出书呆子来。"言下之意讥讽贾政不过是个书呆子罢了；又赏了贾环许多自己的玩物,还拍着贾环的头,笑道:"以后就这么做去,方是咱们的口气,将来这世袭的前程,定跑不了你袭呢。"活活要气死贾政的节奏啊!就这还怨他老妈偏心?中秋赏月时说了那个著名的父母偏心的笑话,搞得贾母很不爽。

众所周知,贾宝玉挨打那是贾政教子,却很少有人知道贾琏挨打之事。这是曹公最喜欢的笔法,一明一暗,明的嚷嚷得世人皆知,暗的却只有有心人才会注意到,而往往那暗的才是紧要处。

第四十八回平儿去找宝钗要上棒疮的药,原来贾琏被贾赦打得躺在床上动不了了。挨打的原因可不像宝玉那些什么调戏母婢、结交戏子之类,而是因为贾赦看中了一个被称作石呆子的穷书生的几把古董扇子,便差贾琏去买来,石呆子抵死不卖,贾琏束手无策。被平儿称作"半路途中哪里来的饿不死的野杂种贾雨村"却将石呆子拿到衙门里,讹他拖欠官银,变卖家产赔补,直接把扇子抄了,作了官价送给贾赦,石呆子生死不明。既生死不明则无疑是给后面贾府败亡时追责留下了有力的人证。贾赦质问贾琏:"人家怎么弄了来?"贾琏回:"为这点子小事,弄得人坑家败业,也不算什么能为!"老头儿本来因为疑心鸳鸯喜欢贾琏而不愿意跟自己而含羞忍怒呢,这回终于逮着机会了,借口儿子拿话堵他,把贾琏暴揍了一顿。

最夸张的是他对于亲生女儿迎春的婚姻,贾母不乐意,贾政"深恶孙家",劝了两次,无奈贾赦不听。贾赦从来都不管迎春的事,为什么这回这么关心女儿,且一意孤行?他女婿孙绍祖骂迎春的话就是答案:"你别和我充夫人娘子,你老子使了我五千银子,把你准折卖给我的。"迎春的结局大家都知道,我就不啰唆了。

这样的货色,就算是亲儿子,贾母也不能让钱落到他手里啊!而贾琏借当干什么用呢?"明儿要送南安府里的礼,又要预备娘娘的重阳节礼,还有几家红白大礼。""暂且把老太太查不着的金银家伙偷着运出一箱子来,暂押千数银子支腾过去。不上半年的光景,银子来了,就赎了交还。"老太太除了装糊涂,装不知道,还能做什么呢?

好在贾府内宅第一大土豪的东西多的是,用王熙凤的话说是:"金的银的圆的扁的压塌了箱子底。"那么贾母是首富,谁排第二呢?且待下回分解。

第二十二回 贾府福布斯榜

上回说到贾母乃是贾府内宅第一大土豪,关于谁能排第二的人选,我想了很久,反复对比了几位大财主的财富背景与现金流情况,最后选定王熙凤作为贾府福布斯榜上排名第二的大土豪。

有读者可能会问:不是说内宅的财富也要靠时间积累吗?王夫人、邢夫人都比王熙凤年长,而且王夫人也当过家,现在也还是当家的,第七十一回书中叙述:

"这费婆子原是邢夫人的陪房,起先也曾兴过时,只因贾母近来不大作兴邢夫人,所以连这边的人也减了威势。"可见邢夫人也曾得过贾母的宠,为什么王熙凤却排在她俩前面呢?关键我是考虑到她们的现金流问题才如此排名的。

王夫人的财富主要靠嫁妆,她做执行总裁时,上面就是董事长贾母,所以她是绝对不敢而且以王夫人的为人看,她也不屑于搞各种小动作的,她看重的更多的是权而非钱。虽说她有个皇妃女儿,但元春并不是皇帝的宠妃,且无子嗣;也许为了搞好后宫的各种关系,她还需要娘家的经济援助。

书中记载了两个打秋风的太监,一个夏太监要买房子,派了小太监来借二百两银子,说是过两天就还,小太监说:"夏爷爷还说了,上两回还有一千二百两银子没送来,等今年年底下,自然一齐都送过来。"王熙凤答得好:"你夏爷爷好小气,这也值得提在心上。我说一句话,不怕他多心,若都这样记清了还我们,不知还了多少了。"又有贾琏道:"昨儿周太监来,张口一千两。我略应慢了些,他就不自在。"所以并不是有个皇妃的女儿就能发多少财的。

据此推断,王夫人的钱应该都是些明钱,不可能有什么灰色收入。即使皇妃有所赏赐,关乎皇家脸面,也一定是明的,而且皇帝那么多小老婆,单针对王夫人的赏赐想想也有限。元春省亲的派头,完全是靠王子腾以及贾家祖宗余荫所致。因此王夫人最多只能排第三。

至于邢夫人,嫁妆是肯定没法跟王夫人比的,用王熙凤的话说:"把我们王家的地缝子扫一扫,就够你们过一辈子呢。"话肯定是有点夸张了,但至少说明王家的豪富,"把太太和我的嫁妆细看看,比一比你们的,哪一样配不上你们的?"这足以证明一个问题,即王熙凤姑侄二人的嫁妆是很丰厚的,比贾府眼下待字闺中的小姐们的嫁妆要多很多。王熙凤曾算过一笔账:"二姑娘是大老爷那边的,也不算。剩了三四个,满破着每人花上一万银子。"也就是说,探春等人的嫁妆差不多为一万两银子。

不过邢夫人是把自己娘家的整份家私都带入贾府做

了陪嫁，即使没有王夫人多，但也不会太少。关键是邢夫人先天不足后天补啊，"出入银钱，一经她手，便克扣异常，婪取财货"。

当她得知贾琏和鸳鸯借当的事，直接向儿子敲竹杠，要二百两银子过中秋节。当贾琏回答没钱时，她干脆把话挑明："前儿一千银子的当是哪里的？连老太太的东西你都有神通弄出来，这会子二百银子，你就这样。幸亏我没和别人说去。"吓得王熙凤赶紧拿自己的首饰押了二百两银子送给她当了封口费。前面我也曾提过，这邢夫人是个连邢岫烟二两银子的月钱还要搞一两的家伙，真是大小通吃，连蚊子腿都不嫌肉少啊！和那个混蛋贾老大两人也真是绝配。不过积少成多啊！经年累月这么疯狂攒钱，终于可以在财富榜上排名第四了。

排名第三、第四的王夫人、邢夫人的钱我们大致梳理了一下，那么排名第二的王熙凤到底有多少钱呢？且听下回分解。

第二十三回 贾府第二大土豪

王熙凤的财富能超越王夫人,主要胜在现金流上。王夫人的钱是明钱,也是死钱,有数的,用一个少一个;而王熙凤的则不然。

让我们先来看看王熙凤有哪些资金来源:第一,人人都有的月钱。不过这一份经济来源实在是可以忽略不计的,用王熙凤的说法:"我和你姑爷一月的月钱,再连上四个丫头的月钱,通共一二十两银子,还不够三五天使用的呢。"

第二,所谓管理,不过就是人、财、物三项;首先就是人事权给王熙凤所带来的利益。以金钏儿死后所留下的空缺为例:金钏儿跳井后,王夫人屋里缺了一个一两银子月薪的大丫头,诸多仆人都来打点王熙凤,希望能让自己的女儿来补缺。对于这些送礼的,王熙凤始终是来者不拒。书中道,那王熙凤"只管耽延着,等那些人把东西送足了,然后乘空方回王夫人"。最终结果却是:王夫人没有增加人,把每月一两银子给了金钏儿的妹妹玉钏儿。那些个送礼的自然是活该了,难道谁还敢叽歪半句?!想当初贾芸想谋份差事不是也跟倪二借钱送礼给王熙凤才成事的吗?贾府偌大一个摊子,大事小情每天都在发生,理所当然这人事权就成了王熙凤的一条财路。

第三,自然就是财权,阖府主子奴才的月钱都是由王熙凤管理发放的,看看平儿和袭人的悄悄话就明白这条财路有多牛了。袭人问平儿:"这个月的月钱,连老太太和太太还没放呢,是为什么?"平儿悄悄告诉她:"这个月的月钱,我们奶奶早已支了,放给人使呢。等别处的利钱收了来,凑齐了才放呢。"袭人道:"难道他还短钱使,还没个足厌?何苦还操这心。"平儿笑道:"何曾不是呢。这几年拿着这一项银子,翻出有几百来了。她的公费月例又使不着,十两八两零碎攒了放出去,只她这梯己利钱,一年不到,上千的银子呢。"写到此处,忽然就忍不住笑了,这王熙凤有钱成这样还十两八两地攒了放高利贷,读者中倘有"月光族"抑或是喜欢打肿脸充胖子在朋友圈各种晒的,可真得向凤姐儿学习,向凤姐儿致敬呢!

第四条财路本不是闺阁之内赚得了的,可是王熙凤偏偏就把手伸出了深宅大院。铁槛寺弄权是她牛刀小试,活活逼死了一对痴情鸳鸯,只为三千两银子,还要说:"这三千银子,不过是给打发说去的小厮做盘缠,使他赚几个辛苦钱,我一个钱也不要他的。便是三万两,我此刻还拿得出来。"

回目虽叫"王熙凤弄权铁槛寺",实际上事发地点是在馒头庵；妙玉最为欣赏石湖居士的一句诗："纵有千年铁门槛，终须一个土馒头。"这"土馒头"指的是死后的坟头，因果循环，铁槛寺、馒头庵是王熙凤弄权的发源地，将来必是她的终结地。只不过局中人凤姐儿自是浑然不觉，反而对老尼姑说："你是素日知道我的，从来不信什么是阴司地狱报应的，凭什么事，我说要行就行。你叫他拿三千银子来，我就替他出这口气。"重要的是"自此凤姐儿胆识愈壮，以后有了这样的事，便恣意的作为起来。也不消多记"。这真是：天作孽尤可恕，自作孽不可活。

有了这四条生财之道，王熙凤想不做贾府内宅的第二大土豪都不行啊！即使是贾母，如果不是时间问题，恐怕也很难胜出呢！

那么贾母第一、王熙凤第二、王夫人第三、邢夫人第四，谁能排第五呢？且待下回分解。

第二十四回 深藏不露的尤大姐

上回说到贾府内宅福布斯榜的前四位排名,分别是贾母、王熙凤、王夫人、邢夫人,那么这排第五的是谁呢?我说出来一定是绝大部分读者都要摇头的。您先别急着摇头,先听我分析分析,看是否有理。我认为这排名第五非尤氏莫属,我甚至觉得排得都有点靠后了,她也许可以排到邢夫人前面去。不过我考虑了一下内宅排行榜的两大决定因素：一是陪嫁，二是时间；所以勉强把她排到了邢夫人的后面。下面我们就来细细地聊聊这个尤氏。

尤氏是宁国府的大少奶奶，贾珍的续弦，和邢夫人一样没有子嗣；而且有一点她还明显不如邢夫人，邢夫人是带了全份家私做陪嫁进入贾府的，而她肯定是赤条条一个人来到贾府的，书中从未提及她有过什么陪房之类的，邢夫人好歹有个王善保和费婆子两家陪房。而尤氏的父亲续的弦尤老娘是个带了两个拖油瓶的寡妇，可见尤家必非富贵之家，否则决不会续这么个弦。尤氏父亲已殁，事实上她是孤儿一个，那两个妹妹其实与她毫无瓜葛。要说这尤氏三姐妹也是够可怜的，尤二姐、尤三姐因为跟着老娘改嫁，早失了自家姓名，她们原本姓什么无人知晓。

但是尤氏靠着自身的先天条件（以贾珍的德行，尤氏若不是个大美人他是绝对不会把她娶回家的）成功逆袭，成了诰命夫人；这是王熙凤始终望尘莫及的。要不怎么说生得好不如嫁得好呢?！在贾府这样一个"人人一双富贵眼"的地方,她稳坐宁国府当家奶奶的位置,无人能撼动。是贾珍对她一往情深吗?开玩笑。是贾珍的小妾们纯洁善良吗?天方夜谭。她既没有娘家做靠山,又无儿女可依靠,那她凭什么呢?当然是智慧。

我知道有读者读到此处要大叫"胡说八道";的确,尤氏留给我们的印象一直都是在贾珍面前唯唯诺诺,贾琏要娶尤二姐,她反对也没办法,根本没人理她的茬。尤其是东窗事发,王熙凤大闹宁国府那场大戏更是给众多读者留下了深刻的印象。

"把个尤氏揉搓成一个面团,衣服上全是眼泪鼻涕,并无别语,只骂贾蓉。""妻贤夫祸少,表壮不如里壮。你但凡是个好的,他们怎得闹出这些事来!你又没才干,又没口齿,锯了嘴子的葫芦,就只会一味瞎小心图贤良的名儿。总是他们也不怕你,也不听你。"这一段文字声情并茂,王熙凤的强悍、泼辣,尤氏的懦弱、无能都跃然纸上。这也是为什么大多数读者都会认为尤氏根本不值得一提,战斗力这么弱的一个人,提她都没劲。那我不得不提醒诸位了,这可是《红楼梦》,一本步步陷阱、处处坑的绝世之作，若你只看字面意思，就又上了曹公的当啦！

我们冷静地分析一下这一场闹剧中，字面上的获利者是谁？当然是王熙凤。她出了气，要了威风，还赚了钱。凡事都有它的两面性，我们反过来看看，则是王熙凤在众人（一大帮仆人）面前又哭又叫，与市井村妇别无二样，到底是涨价呢还是掉价呢？无论是她胡诌的太太的五百两银子还是打发张华的若干银子，尤氏、贾蓉全都说了要全力承担，但最终这个钱除了贾琏掏难道会有第二个人来埋单？所以王熙凤不过是拿自己家的钱从左口袋掏到右口袋而已。

这场声势浩大的闹剧是怎么结束的呢？"众姬妾丫鬟媳妇已是乌压压跪了一地"，贾蓉也是跪着磕头不止，尤氏哭道："我何曾不劝，也得他们听。叫我怎么样呢，怨不得妹妹生气，我只好听着罢了。"而王熙凤呢？"见他母子这般，也再难往前施展了，只得又转过一副形容言谈来，与尤氏反陪礼说话。"

王熙凤这个大老粗，斗狠谁也不是她的对手，可是她的拳头全都打在了棉花上,她也只好弄两个钱图个实惠,然后吃喝一顿,与尤大姐前嫌尽释。至于她回到家怎么收拾尤二姐那是后事。

那么这一场大戏有没有赢家呢?当然有。尤氏呀!为什么这么说呢?且待下回分解。

第二十五回 尤大姐 PK 王熙凤

上回说到王熙凤大闹宁国府的赢家乃是尤氏,为什么要这么说呢?我们先看看尤氏在本次事件中失去了什么?要看她失去了什么还得先看王熙凤赢得了什么?上回我们说过王熙凤这一闹出了气、耍了威风、赚了钱;尤氏呢?她本来理亏,亏就亏在她没有向王熙凤及时通风报信。实际上她压根儿就没想通什么风、报什么信,

这根本就是她刻意导演的一场大戏。

让我们回过头来看看,红楼二尤是怎么来到贾府的?贾敬(贾珍的爹)死了,贾珍、贾蓉都不在家,尤氏便将她的继母尤老娘接到宁国府看家,这尤老娘只得将两个未出嫁的小女带来,一并起居才放心。

问题来了:首先,宁国府可不是咱们这样的小门小户,什么三室一厅、四室一厅,撑死了搞个别墅,偌大一个宁国府,一应仆从都各司其职,更何况荣国府近在咫尺,谁敢造次?哪里用得着一个市井老太太来看家?看大门都嫌她人头不够熟呢!其次,两个未出嫁的小女,又不是两个未成年的小女,为什么非要一并起居方才放心?再看贾珍和贾蓉听说尤二姐、尤三姐来了是什么反应?"贾蓉当下也下了马,听见两个姨娘来了,便和贾珍一笑。"这一笑,是心照不宣的一笑,是情不自禁的一笑。难道这些尤老娘和尤氏都毫不知情?当然不可能,大家都心照不宣罢了。

果然父子二人快马加鞭,店也不投,连夜换马飞驰,一日便到了都门。那贾蓉更是"得不得一声儿,先骑马飞来至家","忙着进来看外祖母两个姨娘"。那位负责看家的尤老娘"年高喜睡，常歪着"。拜托！"年高喜睡"这"年"是得多"高"方能"喜睡"？两个小女都还未出嫁，以那个时代的婚嫁年龄计算，所谓尤老娘最多也就四十来岁，正是徐娘半老，风韵犹存之际呢！不然，贾珍去找尤三姐喝酒也不可能连她一起喊上了。而这位"老人家"一直睡到贾蓉说："二姨娘，你又来了，我们父亲正想你呢。"然后又一通热火朝天的调情，连众丫头都看不下去了，又引出贾蓉一番信口开河的话，这尤老娘才悠悠醒来。

当贾蓉戏她说："放心吧，我父亲每日为两位姨娘操心，要寻两个有根基又富贵又年轻又俏皮的两位姨爹，好聘嫁这二位姨娘的。这几年总没拣得，可巧前日路上才相准了一个。"（可见这二尤和贾蓉父子的热络已有几年了，而这热络何尝不是尤氏笼络抑或拿捏贾珍的砝码呢？君不见邢夫人为了讨好贾赦，不是还亲自帮他去找鸳鸯吗？）贾蓉的鬼话尤老娘马上信以为真，忙问谁家的。她之所以相信，是因为尤氏就是个活生生的逆袭成功的案例啊！那尤老娘在那个时代带着两个女儿改嫁，也是够前卫的了，带着两个貌美如花的女儿一起做做梦，把希望寄托在贾珍父子身上还是比较现实的。所以当贾琏情遗九龙佩时，尤二姐马上就应承了，这和母亲与尤大姐平时的教诲是绝对分不开的。

所以说贾琏偷娶尤二姐，尤氏实际上是幕后推手，当然她不可能想到王熙凤会狠到要置尤二姐于死地，也不会想到尤二姐在小花枝巷自在为王，而且贾琏的小厮兴儿明明告诉她，王熙凤"嘴甜心苦，两面三刀，上头一脸笑，脚下使绊子，明是一盆火，暗是一把刀"，而她却不等贾琏回家就一个人傻呵呵地跟着王熙凤进了贾府，更不曾料到和王熙凤旗鼓相当的尤三姐会殉情自杀，搞得尤二姐这个真软蛋只能任人摆布。这只能说人算不如天算了。所以王熙凤闹上门来，她也只能装孙子了。何况她装孙子有百利而无一害。为什么这么说呢？

首先，当王熙凤来到宁国府时，贾珍和贾蓉听人报信本来是想要躲起来的，但王熙凤动作更快，所以贾珍、贾蓉是和她迎面撞上的，贾蓉上前请安，被王熙凤一把拉住，贾珍趁机溜之大吉，骑马跑了。王熙凤当然不能伸手去拉大伯子，只能拖着贾蓉去上房，迎面遇到尤氏，于是尤氏正好撞上了盛怒的王熙凤的枪口，当了贾珍的替罪羊。所以无论她受到王熙凤什么样的辱骂，她都是代夫受过。更何况王熙凤恶名昭著，宁荣二府无论是谁在斗狠撒泼方面输给王熙凤都谈不上有什么丢人的。

  尤氏在一众姬妾以及仆从面前，那绝对是树立了顾全大局的贤良形象，那一干跪在地上求情的人肯定都在庆幸自己没摊上王熙凤那样的主子。这一对比，尤氏的形象是不是顿时高大起来？而且她曾明确对王熙凤说过："我劝你收着些好，太满了就泼出来了。"可见她虽然出身贫微，但身在宁国府这个大染缸里久了，看到的、想到的和王熙凤这样出身豪门、始终身处内宅且接触的大多又是些达官显贵的奶奶小姐们，那绝对不是一个级别的。并且尤氏无论是为人还是处世那都要比王熙凤高明出好几个档次来。此话怎讲？且待下回分解。

第二十六回 贾府第五大土豪

上回说到尤氏的为人和处世要比王熙凤高出好几个档次,有书为证啊。最体现王熙凤能力的可以说是秦可卿的丧事办理——第十三回,名为《王熙凤协理宁国府》。宁国府的当家奶奶尤氏犯了胃疼的老毛病,睡在床上不能理事。至于尤氏到底犯了什么病,此处不深究,有兴趣的读者可参阅刘心武老先生的大作,他老人家写小说的出身，对于秦可卿与贾珍之间爬灰故事的想象与描述甚是细微，我就不重复了。此文只论王熙凤与尤氏的能力短长。

贾珍主外，内部少个当家主事的与之配合，于是贾宝玉举荐了王熙凤，贾珍对于王熙凤的要求是："妹妹爱怎样就怎样，要什么只管拿这个（对牌）取去，也不必问我。只求别存心替我省钱，只要好看为上。"也就是说只要外头体面够了，银子随便花。

秦可卿死在第十三回，宁荣二府尚处繁盛阶段；读者中如有企业管理层定会有所体会：一个好的平台是有多么重要，那会儿贾府这个平台用来办理秦可卿的丧事还是够高、够大也够结实的；管理层更明白巧妇难为的是无米之炊；银子随便花，对于搞一场秀来说是件多么爽歪歪的事！所以王熙凤的工作是在平台与资金双保险的前提下展开的；坦率说，我个人认为：干成那样，不足为奇！

曹公的老习惯：两两对应着写。与《王熙凤协理宁国府》相对应的是第六十三回《死金丹独艳理亲丧》，光看标题就已经分出高下,一个是"协理",一个是"独理",而且所处的大环境也有了天壤之别;更要命的是:王熙凤协理宁国府忙得落下了病根。书中写道:"赶乱完了,天已四更将尽,总睡下又走了困,不觉天明鸡唱,便梳洗过宁府中来。"庚辰本的脂评于此处夹批:"此为病源伏线。后文方不突然。"

而尤氏独理父丧是个什么情形呢?尤氏突闻噩耗,先卸了妆饰,区区一个卸了妆饰的细节,足见尤氏处变不惊;然后到公公贾敬修行的玄真观内将一干涉事者统统都锁了,等贾珍回来审问,免除后顾之忧;因天气炎热,当机立断,自行主持,命天文生择了日期入殓;同时做起道场来等待贾珍父子归来。事若至此打住,还不见得尤氏有多高明,高明处在于贾珍父子星夜往家赶的半路上遇到贾瑀、贾珖二人领着家丁飞骑而来,原来尤氏恐贾珍父子皆回,一同去守国丧的老太太路上无人,所以派了他们来护送老太太的,可谓思虑周全。贾珍听了,赞称不绝,又问了家中如何料理,听完汇报,贾珍忙说了几声"妥当"。不过曹公也是够损的,这"妥当"二字他偏放在"听见两个姨娘来了"之后,叫读者自己去琢磨其中滋味。

这一场尤氏独理的亲丧,虽然办得是"丧仪焜耀,宾客如云";但是一如既往,曹公的手法是明暗交替,明写王熙凤的是事无巨细,逐一记之,暗写尤氏的则简单说说,轻轻便放下了。

再看尤氏为人,王熙凤过生日,贾母让尤氏全权负责,老太太图好玩,学人家"凑份子"集资。王熙凤人前说替李纨出钱,尤氏不用点就猜到王熙凤是假要好看,真可谓玲珑剔透。当面拆穿了王熙凤,叫她心服口服;但当王熙凤面对事实无话可说时,她却并未得理不饶人,而是放了王熙凤一马,还将平儿的一份也退还了。临走前把鸳鸯的、王夫人大丫头彩云的也退还了;更为重要的是她把周姨娘、赵姨娘的也都还了。

要知道赵姨娘可是连自己的亲生女儿探春都不待见的人;可以说这两个名为主子,实际不知多少手握实权的奴才都比她们在贾府要有脸得多。尤氏见王熙凤不放过两个姨娘,悄悄骂她:"没足厌。"(袭人也曾对平儿说过同样的话)"又拉上两个苦瓠子作什么?"当尤氏把钱退给两个姨娘时,两人根本不敢收,尤氏道:"你们可怜见的,哪里有这些闲钱?凤丫头便知道了,有我应着呢。"二人这才千恩万谢地收了。

那么尤氏拿着有限的银子到底把贾母交办的这项工作完成得怎么样呢?书中道:"园中人都打听得尤氏办得十分热闹,不但有戏,连耍百戏并说书的男女先儿全有,都打点取乐顽耍。"

话说到这儿,诸位还觉得尤氏是个"又没才干,又没口齿,锯了嘴子的葫芦"吗?以尤氏的能耐,作为宁国府当家大少奶奶、诰命夫人,老公贾珍又是个挥金如土的主,她身处宁国府那个与荣国府截然不同的销金窟,把自己搞成贾府内宅福布斯榜排名第五应该不是什么难事,没准真是委屈她了呢!又有读者问了:你把尤氏说得这么能,她怎么都没入金陵十二钗的册子呢?是啊!这是为什么呢?连妙玉这个不曾嫁进门的出家人、巧姐儿那样的小屁孩都在册,而尤氏堂堂宁国府当家奶奶却似乎被遗忘了一般;依我拙见,这恰是曹公怜惜尤氏出身贫微，生存不易，又能与人为善，所以才放了她一条生路。诸位细想想，在册的哪个有好结果？全都在劫难逃。

还是接着聊富豪榜的事吧。这排行榜排到这儿，我是真的纠结了。不是不知道谁有钱，而是觉得真的不能一锅炖了，还是该分个类，不然真排不准呢！

贾母牵头凑份子给王熙凤过生日，贾母出二十两，薛姨妈是客人也出二十两，邢、王两位夫人比婆婆低一级，每人十六两，尤氏、李纨孙媳妇级别的每人十二两，赖大家的等有头脸管事的媳妇们本来打算比少奶奶们低一个等级的，贾母却说："这使不得。你们虽矮一等，我知道你们这几个都是财主，分位虽低，钱却比他们多。"贾母虽老，却一点都不糊涂，贾府的这些个大管家们，俨然如同今天的职业经理人，月薪、年薪拿着，各种差旅费、招待费报着，关键岗位吃吃回扣、拿拿提成；那可是真比小主子们要富得多了。又或者就像一些基层干部，县官不如现管，小官巨贪，比比皆是。

以赖大家为例，家里也建了个"小观园"，孙子和贾宝玉一样"也是丫头、老婆、奶子捧凤凰似的"长大,而且这孙子还花钱捐了个州官做着。晴雯原本便是赖大家的奴才,被当作礼物送给了贾母。

所以这些管家媳妇们虽然有钱,却不能让她们入这排行榜的;实在是她们的财富无法估量。就算是最后贾府被抄家,彻底玩完,于她们不过是树倒猢狲散,换个地方一样干活吃饭,偶有涉水深的兴许受个牵连,总不至于抄家之类的。君不见近几年国内多少民企老板因为各种缘由摔跟头,有的甚至像贾府一样被连根拔起,可怜的老板们各种倒霉,家破人亡的都大有人在;但是有几个经理人跟着受牵连的呢?又有几个经理人会因此不顾自己温暖的家,为曾经的老板操心劳神的呢?此处不留爷,自有留爷处,不像巧姐儿的舅舅王仁同志那样落井下石就已经不错了。

因此排行榜排到少奶奶们也就差不多了,至于姑娘小姐们,眼面前是绝对没钱的,有两个钱说起来是预备给她们的,但那是要等她们出嫁的时候作为陪嫁给娘家撑脸面用的。因此排在尤氏后面的必然是李纨了。所以由此可见贾母真是明察秋毫啊,尽管李纨时时刻刻占着"公家"的便宜,而她实际上还是贾府内宅福布斯榜的最后一名。

另有三个半人,一直以来为广大红学爱好者们所争论不休的,她们到底有钱没钱?有钱的钱去哪儿了?没钱的为什么没钱?怎么可能没钱?怎么还有半个人呢?到底是哪三个半人呢?且待下回分解。

第二十七回

只恐夜深花睡去

上回说到有三个半人的财富一直以来为广大红学爱好者所争论不休，今天我也凑个热闹，这几个人虽不姓贾，亦非贾府少奶奶，但她们和贾府密不可分，大观园里少了她们顿时就黯然失色。她们是谁呢？别急，且容我慢慢道来。就从她们几个人进入贾府的先后作为顺序说起吧。

第一个当然是史湘云。贾母的侄孙女,前面我曾提到过史湘云的体态,"蜂腰猿臂、鹤势螂形",再加上她爽朗的性格,不输钗、黛的才气,"是真名士自风流"的雅量;真可谓是人见人爱。她一出场就是在贾母跟前"大笑大说的",这和林黛玉"步步留心,时时在意,不肯轻易多说一句话,多行一步路,唯恐被人耻笑了她去"是多么鲜明的对比啊!两个都是孤儿,截然不同的性格,虽说都是来历劫的,但绝对不可能是一模一样的结局。高老先生对于湘云的结局猜想的确是有点草率了。

湘云的坦诚与热心只要她一出现就能立刻感染到读者,当香菱向她请教如何作诗时,她便"越发高了兴,没昼没夜高谈阔论起来"。当宝琴得了贾母的凫靥裘时,宝钗酸溜溜地调侃"我就不信我哪些儿不如你",而她却瞅了宝琴半日,笑道:"这一件衣裳也只配她穿,别人穿了,实在不配。"还毫无顾忌地叮嘱跟自己脾胃相投的新人宝琴:"你除了在老太太跟前,就在园里来,这两处只管顽笑吃喝。""到了太太屋里,若太太不在屋里,你别进去,那屋里人多心坏,都是要害咱们的。"而最为世故的宝钗显然也是很赞同她的观点的:"说你没心,却又有心,虽然有心,到底嘴太直了。"

湘云的魅力听我只言片语定然是不过瘾的,必要参阅原著才不辜负了这一人物。曹公对她的赞美那是真不吝辞藻"幸生来,英雄阔大宽宏量,从未将儿女私情略萦心上。好一似,霁月光风耀玉堂"。湘云醉卧诚为大观园最著名的四美图之首啊!春有湘云醉卧,夏有宝钗扑蝶,秋有黛玉葬花,冬有宝琴抱梅,真是美不胜收啊!深恨不能成为书中人,也好一亲芳泽啊!

我想贾母最初的孙媳妇候选人很有可能是史湘云,只是后来林黛玉的出现综合条件上占了上风。因为贾母当然不甘心让荣国府全盘落入王家手中,其实这也是为什么她明知薛宝钗的性格更适合做当家少奶奶,(她曾当着众人的面说:"不是我当着姨太太的面奉承,千真万真,从我们家四个女孩儿算起,全不如宝丫头。")却绝对不想让宝钗做自己孙媳妇的根本原因,所以宝姐姐也真是躺着中枪的呢。虽然她嘴上说"不管他根基富贵，只要模样儿配的上"，但是她肯定不愿意找个不知底细的哪家小姐回来，因此老太太选孙媳妇的范围其实也很有限，她选娘家的侄孙女史湘云作为候选人的确在情理之中。而且林黛玉没进贾府前，史湘云实际上是和贾宝玉青梅竹马的小伙伴，袭人原先就是伺候她的。

但是林黛玉的到来，或者说贾母屡次打发人去接林黛玉其实一则是思念，二则也是让孙媳妇多个候选人；果然林黛玉的长相、修养都没让她失望。而且林黛玉是自己的亲外孙女，史湘云是侄孙女，更重要的是，史湘云还在襁褓之中便已是个孤儿，依傍叔婶生活，说到这儿就不得不聊聊史湘云的财富了；众所周知，史湘云请个客还得宝姐姐赞助大螃蟹，平时在家还得像丫鬟一样正经做针线活，经常干到很晚。这就奇怪了，秦可卿死的时候，书中写道："听喝道之声，原来是忠靖侯史鼎的夫人来了。"这史鼎何许人也？乃是尚书令史公的第三孙，史鼐之弟、史湘云的三叔、贾母的亲侄儿。史湘云就跟着他们一家过日子呢！这么个侯爵之家"差不多的东西多是他们娘儿们动手"。那湘云和宝钗拉家常，

"见没人在跟前，她就说家里累的很"，再问两句连眼圈儿都红了。

这史湘云不但要义务劳动，而且每个月的零花钱只有几串，简直就是贾府的三等、四等丫鬟一般。但是贾母过生日时，南安太妃对湘云说的一段话却又令人费解："你在这里，听见我来了还不出来，还只等请去。我明儿和你叔叔算账。"很显然，南安太妃是把她作为史侯府上的大小姐对待才说这样亲近的话的，太妃之所以和湘云如此熟络，肯定是通过她叔叔熟悉起来的，不然不能说要找她叔叔算账；这说明她叔叔必不止一次让她有机会见一些尊贵的客人，这也就是说她叔叔应该还挺喜欢她的，却又为什么让她在家过得如此辛苦？当湘云也想凑热闹开一社时，宝钗便道："你家里你又作不得主，一个月通共那几串钱，你还不够盘缠呢。这会子又干这没要紧的事，你婶子听见了，越发抱怨你了。况且你就都拿出来，做这个东道也是不够。"看来这狗屁史侯夫人不是什么好鸟！

同为史公后裔，没理由才第二代史湘云的爹妈就已经一贫如洗，毫无疑问这忠靖侯史鼎是连人带家产一并收留了。侵吞弱女钱财，还不善待其人，读者也唯有气得咬牙切齿罢了，世间此类大有人在，岂独史侯一家?！然而这样的生存环境，史湘云却是个豁达大度的性格，怎不叫人怜爱！可见这世上事也罢、人也罢，从来就没有完美的。

　　三个半人，这才说了一个，下一个是谁呢？且待下回分解。

第二十八回 世外仙姝

上回说了最先进入贾府的史湘云,这回接着说随后而来的林黛玉。

林黛玉初进贾府的时候还是小屁孩一个,她的年龄一直争议纷纷,从六七岁一直猜测到十二三岁的都有,不过我认为应该是六岁。贾雨村曾道,"今只有嫡妻贾氏,生得一女,乳名黛玉,年方五岁","堪堪又是一载的光阴,谁知女学生之母贾氏夫人一疾而终"。也就是说,贾雨村做了林黛玉一年的家庭教师后贾敏病故,林黛玉哀痛过伤，于是连日旷课，贾雨村闲居无聊，外出闲逛遇到旧相识冷子兴，聊到贾宝玉，称"如今长了七八岁"，宝玉长黛玉一岁；贾、冷二人聊完正要各自散去，遇到了贾雨村当年在任时一起瞎搞的同案犯——张如圭，了解到了朝廷最新动态，冷子兴出主意让贾雨村求林如海帮忙，第二天，贾雨村一开口，林如海便应承了下来，同时确定了林黛玉入都的日子在下个月初二；书中说"有日到了都中，进入神京"。可见这一系列事件都发生在同一年，林黛玉六岁那一年。

以前的人又不像现在，还论个周岁什么的，都是虚岁，一个虚六岁的小屁孩刚进贾府就经历了一场礼仪考核："正房炕上横设一张炕桌，桌上垒着书籍茶具，靠东壁面西设着半旧的青缎靠背引枕。王夫人却坐在西边下首"，"见黛玉来了，便往东让。黛玉心中料定这是贾政之位。因见挨炕一溜三张椅子上，也搭着半旧的弹墨椅袱，黛玉便向椅上坐了。王夫人再四携她上炕，她方挨王夫人坐了"。我为什么不厌其烦地几乎是完整地摘录了这段话？实在是怕话不齐全，便弱化了这场暗流涌动的礼仪考核。记得初读红楼时，此处不过一眼带过，并未觉得有什么特别，随着年龄的增长，对《红楼梦》解读日深，每读至此处都替黛玉暗暗捏把汗。还好，林黛玉是有备而来的，她老妈在世时早就给她打过预防针了："外祖母家与别家不同。""因此步步留心，时时在意。"结果自然是林妹妹完胜。

想来当年才华横溢的贾敏伤王夫人的自尊心太深，以至于王夫人多年以后见到她女儿忍不住要检测一下，以期逮着点什么教养方面的纰漏好平复一下积聚多年的怨气。这就不难理解为什么王夫人瞧不上那个"水蛇腰，削肩膀，眉眼有些像你林妹妹"的晴雯了。爱屋及乌，反之亦然嘛！

不过要说林黛玉进贾府时才虚岁六岁，书中的描述又确实有些不妥："闲静时如姣花照水，行动处似弱柳扶风。心较比干多一窍，病如西子胜三分。"这是宝黛初会的描述，这些词句非但用来描述一个六岁的小屁孩不太妥当，让一个比她大一岁的同样也是个小屁孩的贾宝玉具备这样的鉴赏力和观察力也是不恰当的。

这也是为什么红楼人物的年龄历来被争论不休的根本原因所在。何况书中关于人物年龄也确实有多处自相矛盾之处。我想曹公本意是想要雕琢出一群天赋异禀、超凡脱俗的人物来，同时又想让男女主人公处于两小无猜、青梅竹马、纯洁无瑕的状态，所以故事就不得不从他们五六岁时讲起了，再小的话，吃喝拉撒尚且自顾不暇呢。因此只得用书中人小小的躯壳来承载曹公一颗饱经风霜的心了。

　　本回我们是要谈林黛玉的钱的，其他的就先不多扯了。可以肯定的是林黛玉一进贾府时是两手空空的。"只带了两个人来：一个是自幼奶娘王嬷嬷，一个是十岁的小丫头。"行李自然也是有的，但想必不会有什么钱财让一个六岁的小姑娘，外加一个十岁的小丫头和一个奶娘携带的。

　　林黛玉二进贾府是贾瑞调戏王熙凤不成，反赔了自家性命那年的年底，林如海病重，寄信来接女儿回家，于是贾琏陪黛玉回扬州去了。恰好在林黛玉回扬州期间秦可卿死了，于是曹公笔锋一转，排班布阵地开讲秦可卿之死，可谓是事无巨细，逐笔记之。还忙里偷闲，把秦可卿的弟弟秦钟（情种）的故事也顺带给讲了，趁乱把这妖孽般千娇百媚的姐弟俩都给交待了。

又把贾元春晋级的好消息散布了一下，算是为后面的元妃省亲埋下伏笔。等这一揽子活忙完了，林黛玉和贾琏也回来了。烦人的是这次又是和贾雨村一起来的！那贾雨村是来候补京缺的，因"与贾琏是同宗弟兄，又与黛玉有师从之谊，故同路作伴而来"。甄士隐接济过贾雨村落了个家破人亡，贾琏这会子把他顺路带来，后来因为他被贾赦揍了个半死，他会给林黛玉带来什么厄运呢？绝对不可能相安无事，这不是曹公的风格。同样的事情，他安排一个人干了两回，要是后来不弄出点事来，他还叫曹雪芹？！估计是要应在黛玉将来的婚姻上，不然她一个小姑娘实在也没什么事能跟贾雨村牵扯上。

林黛玉这次进贾府与上次大有不同，上次是来走亲戚，这次是来投奔的，因为她老爸林如海死了，探亲直接变成了奔丧。而且她不是从扬州来，是从苏州祖籍而来；这里面有什么玄机呢？且待下回分解。

第二十九回 风露清愁

上回说到林黛玉由贾琏和贾雨村陪同重回贾府,从一个走亲戚串门子的直接变成了投亲靠友的孤女。为什么这么说呢?上次来的时候是因为母亲病故,父亲工作比较忙,外祖母思念,父亲任上居所又无合适的人选照看,林如海的原话是:"汝父年将半百,再无续室之意,且汝多病,年又极小,上无亲母教养,下无姊妹兄弟扶持。"女儿投奔贾府"正好减我顾盼之忧"。估计林如海那几个小老婆当中并没什么善茬,或者贾敏在世时性格和林黛玉相似，也是不太会搞人际关系的，否则怎么说也该有一个站出来抚养林黛玉，这才是合情也合理的。何况林黛玉长得一副聪明伶俐的样子，小姑娘看上去应该还是很惹人怜爱的。

不过说到林如海的姬妾，诸位是不是有种吃着苍蝇的感觉？大家是不是和我一样，特别希望林黛玉的父母是一对志同道合、完美无瑕的金童玉女？但事实就是这么残酷，林如海并非只爱贾敏一人，林探花绝对不是古大侠笔下的小李探花，所以那种虐心的爱在他这儿是根本不存在的。

曹公为什么要这样做呢？自己苦心塑造的两个几乎是完人的结合，难道他们不应该像郭靖、黄蓉那样是一对最完美的伴侣？为什么非要加上这一笔墨点呢？只是为了说明林家有钱，娶得起好几个小老婆？还是为了说明林如海求子心切，多找几个生育工具？当然不可能是这么浮浅的原因，我认为曹公这看似随笔的轻轻一带，恰恰是为了将来林黛玉有可能成为北静王的小妾埋下了伏笔。因为她从小就目睹父母相亲相爱，但是父亲一样有姬妾，这就使她从心理上完全能够接受姬妾这个身份，就如同她完全能够接受袭人。

第三十一回，晴雯、袭人、宝玉三人拌嘴，正哭成一团，林黛玉来了，见情形便拍着袭人的肩膀笑道："好嫂子，你告诉我。必定是你两个拌了嘴了。告诉妹妹，替你们和劝和劝。"可见黛玉内心是认同将来宝玉是必然有姬妾这一现象的，她的内心并不排斥姬妾这一角色；这样她将来才不可能因为做了北静王的姬妾而心理失衡，从而做出什么过激的行为。

言归正传，林黛玉一进贾府走亲戚的身份随着父亲的离世结束。贾琏本来送黛玉回扬州省亲，既然林如海死了，当然是要继续陪着黛玉扶灵回原籍，更重要的是贾琏是要代表林黛玉回苏州去处理家务的；"林家支庶不盛，子孙有限，虽有几门，却与如海俱是堂族而已，没甚亲支嫡派"。而且紫鹃也曾说过："林家实没了人口，纵有也是极远的。族中也都不在苏州住，各省流寓不定。"所以贾琏应该是先在扬州打发完了林如海的几个小老婆，然后到苏州和林家的远亲们做了个彻底的了断，那些个林氏的远亲是肯定不敢和贾府较什么劲的。于是林黛玉就和史湘云一样，连人带钱一起被贾琏代表贾府全盘承接了。

那么林家到底有钱没钱呢？我想：钱肯定是有一些的，就算是贾敏的陪嫁也应该是笔不小的财富。不过林家虽然四代封侯，到了林如海这一代却是硬碰硬考出来的，这林如海和贾政也差不多，想必也是不善理家的，而且虽然官居别人艳羡的肥差却未必以此生财，所以家中未必豪富。不然贾敏不可能让自己的掌上明珠林黛玉对于自己当年的千金大小姐的生活只当故事听听了。而且关键是林家人丁凋零，若果有巨资，子孙又怎会"各省流寓不定"？

但是到底林家有多少钱？真是不好估算。只能从书中的字里行间寻找一些蛛丝马迹了。有不少研究者都觉得贾琏的一句话泄露了秘密："这会子再发个三二百万的财就好了。"确实，贾琏经手的数额有可能高达二三百万的钱财书中确实没有明确记载，而且从他的语气分析这是一笔凭空飞来的横财。那么的确也只有处理

林家的事有这种可能性。

但是黛玉和宝钗谈心时,却又明明说:"我是一无所有,吃穿用度,一草一纸,皆是和他们家的姑娘一样,那起小人岂有不多嫌的。"如果林如海临终前托孤给贾琏,不可能不当着林黛玉的面,林黛玉那么精明的一个人,几百万的银子随行带入贾府,她不可能一无所知。况且我在前文也说过,林黛玉闲来也是会算算账的。如果她真是带了几百万进贾府,她就根本不可能羡慕宝钗"一应大小事情,又不沾他们一文半个,要走就走了"。

那么林黛玉到底有钱没钱呢?且待下回分解。

第三十回 腰缠十万贯　骑鹤下扬州

上回说到林黛玉到底有钱没钱，要想回答这个问题还得回过头来看看林黛玉这趟探亲假到底休了多久？前面我们说过贾瑞死的那年年底，林黛玉接到老爸的病危通知书，和贾琏一起匆匆赶回扬州。然后直到王熙凤协理宁国府忙得不亦乐乎的时候,曹公突然安排贾琏的贴身小厮昭儿回家了,昭儿回来的任务有四个:一是报告林如海九月初三没了;二是"讨老太太的示下";三是问候王熙凤;四是回来取几件衣裳。

小小的昭儿,带来了海量的信息。首先是林如海死在九月初三,以前人算日子通常是以农历为准的,农历九月天气渐凉,所以昭儿回来取的衣服是大毛衣裳。这说明林如海是熬过了年,在第二年的秋天才死的。这里有一个问题就出现了:贾琏和林黛玉是头年冬天回扬州的,在扬州过了春天、夏天以及秋天,之所以要回家取衣服,是因为要去苏州过冬,没衣服穿;这个说法是不是听上去很滑稽?好几个季节的衣服都在当地置备了,唯独缺几件大毛衣裳?钱呢?前面几个季节花光了?去的时候正值冬天,是穿什么衣服去的呢?如果是旧衣服不够新潮不想穿了,何必又回家拿旧衣服呢?

昭儿同时还预报了林黛玉和贾琏的归期"大约赶年底就回来了",头年年底去,次年年底回,也就是说林黛玉这一趟探亲假差不多休了整整一年。所以宝黛重见时，宝玉才在"心中品度黛玉，越发出落的超逸了"。本来一年不见，贾宝玉心中还有点敬畏之心，但是当他将北静王所赠鹡鸰香串珍重转赠黛玉时，黛玉道："什么臭男人拿过的！我不要他。"原来那个林妹妹立刻就回来了！

说完了林妹妹的探亲假，还得再来说说贾琏这个人。贾琏是个百分百的公子哥，人也不算坏，就是有个坏毛病，太过纵欲，连好色都算不上，他简直是个女人对他勾勾手指他立刻就能灵魂出窍，而且不分好孬，什么多姑娘、鲍二家的，通吃。这样一个人，在扬州城待了将近一年时间；扬州是个什么地方？早在南北朝的时候，殷芸就已经高呼"腰缠十万贯，骑鹤下扬州了"；到了明清时期，著名的扬州瘦马更不知销断多少公子王孙的魂魄。

林如海是干什么的？钦点的巡盐御史，他病了，他的内侄从京都来了，扬州的盐商们自然有事可干了。贾琏这样一个人，待在这样一个地方，又是这样一个大环境；难不成他天天伺候林如海去？当然是想也不要想啦!对于钱财方面,贾琏同志用平儿的话叫作"油锅里的钱还要找出来花呢"!

现在我们还得来说说林妹妹在贾府和在自己家里待遇上的差别。诸位不要嫌我烦,更别说我东一榔头西一棒子的,等我把想要提醒诸位留心之处都说完了,不用我啰唆,各位自然就明白林妹妹到底有钱没钱了。

林黛玉一进贾府时只带了两个人:一个是奶娘王嬷嬷,一个是雪雁。于是贾母便将自己身边的二等丫头鹦哥,应该就是后来的紫鹃(红极则色紫,这名字应该是黛玉为其后改的,估计是取"杜鹃啼血"之意,林黛玉此生的历史使命就是哭、还泪,泪尽则啼血。)给了黛玉做大丫头。然后和贾府的小姐们一样,每人配了四个教引嬷嬷、两个贴身小丫鬟、五六个打杂的小丫鬟,这一来就有十四五个人伺候黛玉一个人。

就这样王夫人还感慨:"你这几个姊妹也甚可怜了。""你林妹妹的母亲,未出阁时,是何等的娇生惯养,是何等的金尊玉贵,那才像个千金小姐的体统。"(用脚后跟想想也能想明白,这千金大小姐的嫁妆肯定少不了。)可见当年的贾敏给王夫人留下的印象实在是太深刻了！不过曹公高明就高明在对于人物的刻画绝对不是脸谱化的，每个人物都有血有肉、有善有恶，譬如此刻的王夫人，就有其善良的一面，提到贾敏也全无一丝妒意或恶意，这是她和自己的侄女王熙凤私聊的话，自然是真心话。"这几个姊妹，不过比人家的丫头略强些罢了。""我虽没受过荣华富贵，比你们是强的。如今我宁可省些，别委屈了她们。"诸位一定奇怪我怎么会好好的扯到王夫人身上，我是想提醒各位王夫人的观点其实也代表了一群人的观点，哪些人呢？当然是目睹过贾敏未出阁情形的那些人，这其中当然也包括贾琏。

所以行文至此，终于可以得出一个概念：贾琏口中的"三二百万的财"确实是存在的，可为什么聪明伶俐的林黛玉却对薛宝钗感慨自己"一无所有"呢？难道她不知道有这么一笔钱？难道她在宝钗面前故意装穷？当然都不是。只是因为她和贾琏对于同一笔财富有着不同的认知程度和计算方式。那么他俩到底是怎么算账的呢？且待下回分解。

第三十一回　超级小富婆

上回说到贾琏和林黛玉对于同一笔财富有着不同的认知程度和计算方式。

先说贾琏,他接手的钱财足有二三百万,但是以他的性格在扬州待了将近一年,不用说也能想出他过的是什么样风流快活的日子,等他打发完林如海的几个姬妾,再到苏州安置好林如海及林家相关事宜,在苏州再逍遥快活一阵子;回到贾府,用剩下的钱自己再私藏一部分,然后公开一下账目,上交贾母。要知道这件事他是奉了贾母的旨意行事，回来后当然是要向贾母复命的，怎么复命他定有自己的说辞。

林黛玉所了解的账目情况一定和贾母掌握的是一致的。她就算再聪明，毕竟是闺阁的小姐，根本不可能确切了解资金的真实使用情况。所以贾琏让昭儿回家取几件衣裳，恰恰是他心虚，故意做给林黛玉以及林氏族中人看的，以示清白罢了。至于顺带问候王熙凤，我都怀疑这不过是昭儿的面子话罢了，毕竟没点儿眼力见儿也不可能混上贴身小厮嘛！

而贾母即使明知贾琏的所作所为，也是绝对不可能说穿的，对于她来说，只要贾琏能把林家的事妥善处理了，又把林黛玉安然无恙地带了回来，就算是圆满完成了任务。至于什么扬州的瘦马、苏州的小囡，玩就玩了吧，用她的话说："什么要紧的事，小孩子们年轻，馋嘴猫似的，哪里保得住不这么着。从小世人都打这么过的。"至于钱，花就花了吧！贾琏悄悄地跟鸳鸯借当，机灵的平儿不是对王熙凤说过嘛，"鸳鸯虽应名是他私情，其实是回过老太太的。老太太因怕孙男弟女多，这个也借，那个也要，到跟前撒个娇儿，和谁要去，因此只装不知道"。第四十四回王熙凤过生日，贾琏因为趁乱和鲍二家的瞎搞被王熙凤逮了个正着，贾琏倚酒三分醉，拔剑要杀王熙凤，两个闹到贾母跟前，"贾琏明仗着贾母素昔疼他们"，根本不听众人劝说，"撒娇撒痴，涎言涎语的还只乱说"。每读至此处，想象一下贾琏撒娇卖萌的样子都笑得前仰后合的。

不过贾琏还算有些分寸，把剩下的钱上交了贾母一部分，而老太太正好借着林黛玉是带了巨资进贾府的这个由头而对黛玉特别关照，因为她太知道这大观园里的游戏规则了，别看是闺阁小姐，没钱一样寸步难行。诸位还记得我前面提过的邢岫烟吗？每月二两银子，一两交给邢夫人，一两自己用根本不够，只能典当衣物搞个几吊钱打发迎春的那伙嘴尖毛长的妈妈丫头们。贾母当然不会让自己心爱的外孙女受这个委屈，反正黛玉到底带了多少钱来，只有她、贾琏、林黛玉仨人知道，别人都只能是猜想而已。

上回我们提到钗黛谈心，黛玉说自己"一无所有"，但是当蘅芜苑的婆子送燕窝来时，黛玉一赏就是几百钱。而且那婆子笑道："又破费姑娘赏酒吃。"可见这出手不是头一回。再有最著名的第二十六回，佳蕙获赏一事：宝玉的小丫头佳蕙奉主子之命去给黛玉送茶叶，正好遇上贾母给黛玉送钱，而且正在给众丫头分呢，可巧佳蕙来了，林黛玉就随手抓了两把给她，完全无所谓数目多少。要知道那可怜的贾环，还是个少爷的身份，因为输了一二百钱就和莺儿等人耍赖，因此还被王熙凤着实教训了一顿。有研究者怀疑这钱是丫鬟们的月例钱，不然不会说"正在给众丫头分呢"，依我看，绝对不可能。首先月例钱不可能是贾母派人送来的，其次，月例钱是有定额的，怎么可能随手抓两把给人呢。

钗黛谈心时，黛玉亲口说："细细算来，我母亲去世的早，又无姊妹兄弟，我长了今年十五岁。"从林黛玉一进贾府，除了中途省亲年把，其他时间都在贾府待着，除了享受着贾府正经小姐们一模一样的待遇外，贾母还有额外的钱贴补,外人都以为这是林黛玉自己的钱,这一点在书中第五十七回曾有个不起眼的小节足可证明:黛玉的丫头雪雁("血雁",正好和紫鹃的名字凑成"杜鹃啼血")在王夫人房中和玉钏儿说话,赵姨娘招手叫她,替自己的小丫头小吉祥儿借衣裳。雪雁当然是没借,但赵姨娘这一举动恰恰说明贾府众人都认为林黛玉有钱,不然她怎么会凭空想起要向雪雁借衣服呢?书中可从来没提到过赵姨娘和林黛玉有什么交集。连雪雁也说:"借我的弄脏了也是小事,只是我想,她素日有些什么好处到咱们跟前。"所以赵姨娘借衣不过是想碰碰运气,看能否占个小便宜罢了。

而这正是贾母想要达到的效果,她就是要让阖府上下的人全都认为林黛玉是个超级小富婆,绝对不能让钱给委屈了。试想,探春想要宝玉帮她买点新奇的小玩意还得自己攒个十几吊钱才行;而林黛玉赏人一抬手就是几百钱。以贾母的老到是绝对不会一碗水端得不平成这样的;她就是要让黛玉像宝玉一样地生活。

第五十一回晴雯生病时,宝玉想给太医打赏个车马费,都完全搞不清银子多少,连丫鬟麝月都是大小姐的气派,当婆子说她拿的银子是五两的锭子夹了半边的,让她换块小的,她却笑道:"谁又找去!多了些你拿了去罢。"试想贾母怎么可能让邢岫烟的故事在自己心爱的外孙女身上重演呢?!当然贾琏是绝对不会自己打脸说破实情的,而且这些待遇在他看来也是理所应当的,就像前面提到的王夫人的观点一样。不过王夫人是肯定不知道黛玉的财政实情的。更何况贾琏心里最明白,按照林黛玉眼下的花钱模式,她的实际财富是她一辈子也花不完的。

在内宅的女人眼里,赏钱论把抓,也不管多少,这简直就是挥金如土了。可是和爷们比起来,实在是不值得一提。抄检大观园时,在惜春的丫鬟入画箱中曾搜出"一大包金银锞子来,约共三四十个,又有一副玉带板子"等物,都是贾珍赏给入画的哥哥的。那贾珍、贾琏本就是一丘之貉,为人行事诸多相似,赏个小厮尚且如此,贾琏花着别人的银子本来不用心疼,更何况是要在美女面前耍帅装酷呢!所以林家的钱他到底花了多少只有天知、地知、他自己知了。

不过林黛玉自己心里自有一本账，而她那本账的总额则是贾琏提供的；她自己进贾府这些年，各种吃穿用度，而且自己又是个病秧子，比别人又更多了几许开销，带来的那几个钱早就空空如也了。这也是为什么她"虽不管事，心里每常闲了替你们一算计"，她岂止替别人算计，每常闲时也必替自己算计算计的。所以她才会在和宝钗谈心时，由衷地感叹自己"一无所有"。也正是在这样的指导思想下，她也才会感慨"一年三百六十日，风刀霜剑严相逼"。不过坦率说，我个人认为这句诗用在林黛玉身上，实在是有点言过其实了。如果她都是"风刀霜剑严相逼"了，那湘云岂非早就被逼死了。所以这句诗对于黛玉个人而言，不过是个青春期的少女多愁善感罢了。但是我想整篇《葬花吟》只不过是曹公借黛玉之口写了一篇大观园群芳的集体诗谶而已。"伤心一首葬花词，似谶成真不自知"。这群"有命无运"的"薄命司"榜上有名的姑娘们最终都难逃陷于污淖、沟渠的命运。因此我们在读《葬花吟》时，如果只把它看成是林黛玉一个人的诗谶就未免有失偏颇了。

这已经说了两个人了,第三个人是谁呢?且待下回分解。

第三十二回 薛家兄妹

前面说了史湘云和林黛玉,这回不用猜肯定是要说薛宝钗啦!

要说薛宝钗还真不能单独说她,因为人家史湘云和林黛玉都是独生子女,而她还有个哥哥,不管他们家有多少钱,那都是他俩共有的。更重要的是,我认为只有把宝钗和薛蟠放在一起说,才能看到真正的宝钗;平时跟大观园里的太太小姐们混的只是她的一个面而已。也唯有把薛蟠和宝钗放在一起,才能看到在她身上曹公一样留下了许多闪光点。

书中宝钗一出场便是和薛蟠两两对应着的,说薛蟠五岁开始就"性情奢侈、言语傲慢","一应经济世事,全然不知"。而宝钗则是虽比哥哥小两岁,但"生得肌骨莹润,举止娴雅"。"较之乃兄高过十倍。自父亲死后,见哥哥不能依贴母怀,她便不以书字为事,只留心针黹家计等事,好为母亲分忧解劳。"

想象中薛家也是个牛气冲天的人家,"丰年好大雪,珍珠如土金如铁"说的就是薛家。但事实上那都是过去的事啦,实际上薛宝钗兄妹俩也是幼年丧父,虽是皇商,不过赖祖父余荫,户部挂个虚名,支领钱粮,当然也少不了王子腾和贾皇妃的周旋;薛大公子只负责吃喝玩乐,生意则都是老爸以前留下的那伙职业经理人在打理;这伙人"见薛蟠年轻不谙世事,便趁时拐骗起来,京都中几处生意,渐亦消耗"。

薛家一来因为薛蟠为抢香菱闹出了人命,二来薛宝钗也想走贾元春的套路,准备入宫先当公主郡主之类的陪读。后来书中就再未提及此事,估计是种种原因落选了。这才退而求其次，打上贾宝玉的主意。正好又有据说是和尚送的一个金锁做由头。

且说那薛蟠本来住到贾府只是为了敷衍一下母亲，没想到一进贾府，在以贾珍为首的族长领导下，今日会酒，明日观花，甚至聚赌嫖娼，令从小地方来的薛大公子大开眼界，如鱼得水，"引诱的薛蟠比当日更坏了十倍"。他那厢眠花宿柳，花天酒地，他妹子的蘅芜院却是"雪洞一般，一色玩器全无，案上只有一个土定瓶中供着数枝菊花，并两部书，茶奁茶杯而已。床上只吊着青纱帐幔，衾褥也十分朴素"。难道宝钗是个极简主义？当然不是。且看她见到邢岫烟身上戴的探春所送的玉佩对邢岫烟所说的一席话："这些妆饰原出于大官富贵之家的小姐，你看我从头至脚可有这些富丽闲妆？然七八年之先，我也是这样来的，如今一时比不得一时了，所以我都自己该省的就省了。""咱们如今比不得他们了，总要一色从实守分为主。"是啊！哪个女孩不爱美呢？！但家里有个败家精的哥哥，当妹妹的只能做出牺牲了。所以难怪有人说：懂事的孩子没糖吃呢！

薛宝钗省成那样,而薛蟠呢?除了强抢香菱那个众所周知的故事外,最经典的莫过于调戏柳湘莲被暴揍的那场大戏了。怪只怪柳二郎生得太过俊俏,又和赖尚荣、贾宝玉、蒋玉菡、秦钟之流交好,偏不带薛大呆子一起玩,结果呆霸王一着急就不按套路出牌了,大庭广众就乱嚷乱叫:"谁放了小柳儿走了!""小柳儿"这称呼实在太过轻薄,怎么说柳湘莲也是世家子弟,串个戏那是人家的业余爱好,可你要真拿他当戏子看,那可不行。那会儿戏子的地位可绝对不能跟今天相提并论,你敢说哪个当红的明星不咋地,一大帮粉丝跟你玩命,那会儿可是不到万不得已,谁当戏子啊?!所以柳湘莲见薛蟠把自己当作风月子弟,称呼中饱含轻薄之意,气得"火星乱迸,恨不得一拳打死"。碍着赖尚荣(就是前面我说的赖大家花钱买官做的那孙子)的脸面,将薛蟠哄到北门外,一顿死捶,把薛蟠打得"衣衫零碎,面目肿破,没头没脸,遍身内外,滚的似个泥猪一般"。这场大戏里有两个情节最为精彩,一是柳湘莲在北门外桥上等候薛蟠,那呆子骑一匹大马,远远赶来,张着嘴，瞪着眼，头似拨浪鼓一般不住往左右乱瞧，及至从湘莲马前过去，只顾望远处瞧，不曾留心近处，反踩过去了。湘莲又是笑，又是恨，每读至此处，都笑得肚子疼；真是服了曹公了，几句话，一个呆霸王，真是如描如画。再一个情节是：贾蓉找到泥猪般的薛蟠，笑道："薛大叔天天调情，今儿调到苇子坑里来了。必定是龙王爷也爱上你风流，要你招驸马去，你就碰到龙犄角上了。"关键是后面更绝，贾蓉使坏故意要把薛蟠抬往赖家继续赴宴去。哎哟！我实在是笑不动了！贾珍也猜到是柳湘莲打了薛蟠，也笑道："他须得吃个亏才好。"你说这呆子混得……

但是总是有人心疼他呀！他老娘薛姨妈看见儿子被打成这样，当然舍不得，骂一会子儿子，骂一会子柳湘莲，打算要告诉王夫人替儿子伸张一下正义，这个时候宝钗说了一席话，实在是让人钦佩："这不是什么大事，不过他们一处吃酒，酒后反脸常情。谁醉了，多挨几下子打，也是有的。况且咱们家无法无天，也是人所共知的。""如今妈先当件大事告诉众人，倒显得妈偏心溺爱，纵容他生事招人，今儿偶然吃了一次亏，妈就这样兴师动众，倚着亲戚之势欺压常人。"好宝钗，这样的孙媳妇哪儿找去？唉！真替贾母着急啊！

薛蟠、宝钗这兄妹俩的故事还很长，且待下回分解。

第三十三回 薛大少

上回说到薛蟠挨揍老娘心疼,打算找人收拾一下肇事者,却被宝钗劝阻。这薛蟠挨了打,羞于见人,在家躲到十月份,正好有个叫张德辉的老员工要回家过年,辞行时聊了些工作上的事,薛蟠向来不关心业务,但是这回例外,呆子也有自己的算盘,他心想自己挨了揍,一时半会儿的也不好意思继续出去嘚瑟,天天在家装病也不是个事。而且自己长这么大,连个戥子算盘都没拿过,不如跟着张德辉这个老江湖出去逛个年把,赚不赚钱无所谓,且躲躲羞去。本来这是件难得的好事,没想到他和老妈一说，薛姨妈立刻反对："好歹你守着我，我还能放心些。况且也不用做这买卖，也不等着这几百银子。你在家里安分守己的，就强似这几百银子了。"这次薛蟠倒是说了一番硬道理："天天又说我不知世事，这个也不知，那个也不学。如今我发狠把那些没要紧的都断了，如今要成人立事，学习着做买卖，又不准我了，叫我怎么样呢？我又不是个丫头，把我关在家里，何日是个了日？"

这母子二人的对话，放到今天都是一部活教材。难怪薛蟠"一应经济世事，全然不知"。看来薛姨妈实在是要负主要责任的。

而宝钗听说了这件事，态度和薛姨妈截然相反，全力支持哥哥外出游历："这么大人了，若只管怕他不知世路，出不得门，干不得事，今年关在家里，明年还是这个样儿。他既说的名正言顺，妈就打谅着丢了八百一千银子，竟交与他试一试。"

这几回我们一直是在聊钱的事，从薛姨妈母女的对话可以发现，薛家也真不是浪得虚名，别看宝钗勤俭节约的,就以为薛家一穷二白了,瘦死的骆驼比马大。

宝钗说服了母亲放薛蟠出门。估计薛蟠这趟差出得应该是比较靠谱的,书中没什么反面记录,倒是通过这趟差给薛蟠添了几笔光彩。一是他路上遇到打劫的,柳湘莲鬼使神差又救了他,二人还结拜了生死弟兄;柳湘莲后来的故事众所周知,前面也提到过,和尤三姐闹了一出后心灰意冷,跟着神秘的跏腿道士出家去了。柳湘莲和尤三姐的媒人是贾琏,贾琏向柳湘莲提亲时正好是柳湘莲和薛蟠刚拜了把子,薛蟠当时就表示愿意替柳湘莲出聘礼,豪爽的性格由此可见一斑;当贾琏顺便就把自己偷娶尤二姐的事告诉了他俩,同时叮嘱薛蟠别跟家里人说,且看薛蟠的回答:"早该如此,这都是舍表妹之过。"诸位有没有觉得薛大少出门一趟懂事了?可见儿子的确是需要历练啊!及至后来听说了柳湘莲出家的消息,薛蟠回到家,"眼中尚有泪痕"。由此可见薛蟠本性还是善良的。

而此时宝钗的反应则太过现实了。她妈问她有没有听说珍大嫂子的妹子和他哥哥的义弟柳湘莲的故事,并且还随口感慨了几句；书中用了八个字来描述她的反应："宝钗听了，并不在意。"既不觉得奇怪，也没有半点感触，而是并不在意，一个认识的大活人突然自杀身亡了，这反应也太淡漠了点。反而马上忙着处置薛蟠带回来的东西，同时冠冕堂皇地说道："妈妈和哥哥商议商议，也该请一请，酬谢酬谢才是。别叫人家看着无理似的。"好一个懂事的宝钗，可怎么就叫人爱不起来呢？实在是太过无情了。

宝钗的讲求实效，不仅仅体现在柳湘莲和尤三姐的事上，当金钏儿跳井而亡时，她的反应同样是无比淡定的，连王夫人也得自愧不如，她总能找到听上去头头是道的场面话来掩饰各种不堪的由头。金钏儿之死，王夫人本来心中有愧，但是宝钗一席话立刻就让她释怀了。宝钗先是说金钏儿可能是贪玩失足掉井里了，接着又顺着王夫人编的谎话说："纵然有这样大气，也不过是个糊涂人，也不为可惜。"可见宝钗骨子里其实冷漠得很，一切与己无关的人和事都绝对不愿意多余操心。王熙凤看得清，对她的评价是"不干己事不开口，一问摇头三不知"。平时的细致入微那是她认为和自己或家人有利益关联的，名誉、口碑也是利益的一种呀，有人重名，有人重利，宝姑娘不缺钱，贤良的美名自然就看得重些。

不过我想曹公安排这出戏，自有其深意，只不过宝钗身为局中人而不自知罢了。金钏儿前面我曾提到过，这名字本身就影射宝钗，她曾对宝玉说："金簪儿掉在井里头，有你的只是有你的。"有研究者认为这是暗示薛家掉进自己挖的陷阱，我却不这么认为，首先金玉良缘本来就不能称之为陷阱，我想金钏儿既是宝钗的一个侧影，她的死法有可能恰是宝钗将来死法的一个预演，而且书中也有描述，金钏儿的装裹用的就是宝钗的衣服。这实在是再明显不过的暗示了。

非但是宝钗，我认为金钏儿之死同时还是另一个人的未来的预示。此人是谁？且待下回分解。

第三十四回 聪明累

上回说到金钏儿之死除了影射宝钗的将来,同时还是另一个人的未来的预示,此人便是大名鼎鼎的王熙凤。诸位可能想不明白我是怎么把这两人给扯到一处的吧?书中第四十四回,王熙凤过生日,最爱热闹的贾宝玉却是"一日不乐",因为这一天也是金钏儿的生日。前面我也说过,凡被曹公安排在同一天生日的,必定有所牵连。

说实话我一直以来都觉得第四十三回、第四十四回这两回是最为诡异的章节,王熙凤生日当天闹得天翻地覆，贾琏还仗剑要杀了她，而宝玉在当天前去祭奠了和她同一天生日的金钏儿；金钏即金钗，古代金钗多打成凤凰形状，不然不能有个词牌名叫《钗头凤》；而从古至今各路词人骚客的《钗头凤》唯有陆游的最有名，"错、错、错"，"莫、莫、莫"；让我们来看看王熙凤的曲文《聪明累》："机关算尽太聪明，反算了卿卿性命！生前心已碎，死后性空灵。""枉费了，意悬悬半世心"；"呀！一场欢喜忽悲辛。叹人世，终难定！"曲到此处戛然而止；但是不知诸位看官是否有同感，此曲若续上放翁的经典名句方才完美："呀！一场欢喜忽悲辛。叹人世，终难定！错、错、错，莫、莫、莫。"不是我想得太多，实在是曹公的风华文采绝世无双，如果照字解字，真的是空辜负了他老人家十年心血！也许更久！所以我说金钏儿之死同样预示着王熙凤的结局。

但是宝玉祭奠金钏儿的地点却是在水仙庵，这水仙庵里供的是洛神宓妃，曹子建的《洛神赋》出于《湘君》《湘夫人》，众所周知林黛玉是潇湘妃子，并且在第四十四回开篇便是众人看演《荆钗记》，林黛玉看到

《男祭》时对宝钗说:"这王十朋也不通的很,不管在哪里祭一祭罢了,必定跑到江边子上来做什么!俗语说,睹物思人,天下的水总归一源,不拘哪里的水舀一碗看着哭去,也就尽情了。"这一席话分明是暗喻宝玉刻意祭奠金钏儿之俗。宝玉偷祭金钏儿的借口是"北静王的一个爱妾"没了,联系到前面对林黛玉和北静王之间的猜想,这样一来似乎宝玉祭奠金钏儿又是遥指他日宝玉娶妻宝钗后偷偷外出祭奠黛玉了。更何况宝玉是"遍体纯素",这可不是区区一个金钏儿能当得起的。尤其是宝钗听了黛玉的话竟"不答",而宝玉也一反常态"回头要热酒敬凤姐儿"。要知道那宝玉是黛玉打个喷嚏他都恨不得当作金刚经念叨的,这一番宏论他竟只当没听见;与此同时,看戏的贾母、薛姨妈等则都看得心酸落泪,也有叹的,也有骂的。几位观众的反应让人不由自主就联想到"空对着,山中高士晶莹雪;终不忘,世外仙姝寂寞林"的未来场景。

不过围绕宝玉偷祭金钏儿这事,有个细节很有意思。《洛神赋》中"从南湘之二妃,携汉滨之游女"这两句的意思是说娥皇、女英以及汉水女神都是洛神的小跟班的,可是书中早已明写黛玉是潇湘妃子,于是曹公只好在后面的《芙蓉女儿诔》中把这地位给找补了回来:"素女约于桂岩,宓妃迎于兰渚。"又让洛神恭迎了一回妃子。曹公为颦儿真可谓煞费苦心啊!

上面啰唆这一堆都是因为金钏儿之死扯出来的,还是接着聊薛家兄妹吧。宝钗把哥哥带回来的土特产,一一分送众人,连贾环都没落下,把个赵姨娘乐够呛,"怨不得别人都说那宝丫头好,会做人,很大方,如今看起来果然不错。"赵姨娘朴素的评价绝对代表了广大人民群众的意见,"若是那林丫头,他把我们娘儿们正眼也不瞧,哪里还肯送我们东西?"诸位还记得我们前面说过的赵姨娘借衣的事吗?这个世界上,得罪君子问题不大,得罪小人可就防不胜防了,赵姨娘显然不是什么君子。而贾政跟赵姨娘却比和王夫人要亲近得多,谈话的内容涉及面相信也要广得多,两人不是就曾经聊过宝玉和贾环的小老婆的事吗?宝钗想得是真周到啊!所以林妹妹嫁不成宝哥哥是必然的,实在是林黛玉太不会做人了。

宝钗的礼物当然也有黛玉一份,而且还比别人的加厚了一倍,极大地满足了黛玉的自尊心抑或是虚荣心。第七回薛姨妈安排周瑞家的给姑娘们送宫花,林黛玉因为是最后送给她的,就让周瑞家的当场下不来台,冷笑道:"我就知道,别人不挑剩下的也不给我。""周瑞家的听了,一声儿不言语。"

不过这回争强好胜、多愁善感的林妹妹在自尊心得到满足的同时,却又生出了别样思绪。而这思绪则被曹公妙笔一挥,便让黛玉与薛蟠有了关联。那么曹公的妙笔是如何生花的呢?且待下回分解。

第三十五回 林黛玉与薛文龙

上回说到曹公妙笔一挥,便将林黛玉和薛蟠这两个风马牛不相及的人联系到了一起。别人收了宝钗的礼物都很高兴,唯有林黛玉看见家乡的东西,睹物伤情,再加上一番自怜,想起自己父母双亡,又无兄弟,寄人篱下,不免又哭了个稀碎。正好宝玉来到,约她一起去谢谢宝钗,黛玉道:"自家姊妹,这倒不必。只是到她那边，薛大哥回来了，必然告诉她些南边的古迹儿，我去听听，只当回了家乡一趟的。"诸位看官，原先是不是担心黛玉若真嫁了那呆子，必定是寂寞凄清，相对无言？放心吧！不会。薛蟠完全可以向郭靖学习，扬长避短，聊自己擅长的，人家郭靖就只和蓉儿聊骑马、放鹰、抓兔子之类的事，林妹妹读本《西厢记》都看得废寝忘食，薛大少手里的相关素材那可太多了。

这想法虽然有点邪恶，但谁又能猜透曹公心思呢？！他自然是不会无缘无故在第二十五回里写上这么一笔："忽一眼瞥见了林黛玉风流婉转，已酥倒在那里。"并且在对这一场景描述的同时，把薛蟠虽然手忙脚乱但是忠厚老实的本性也顺带点了一下："别人慌张自不必讲，独有薛蟠更比诸人忙到十分去：又恐薛姨妈被人挤倒，又恐薛宝钗被人瞧见，又恐香菱被人臊皮。"他首先担心老娘安危，继而考虑到妹妹的体面，然后还不忘小妾的安全。

尤其是紧随其后的第二十八回，王夫人询问黛玉病情，说起一味灵药，或可治愈黛玉，叫作"天王补心丹";这药方是宝玉的,可是配成这服药的却是薛蟠,并且还有宝钗和王熙凤同时做证,连配药所需的珍珠还是薛蟠求了王熙凤现拆的两支珠花。看官细想:薛蟠,字文龙,这文龙岂非天王?唯天王可配成此补心神丹。不过想来终究也是白忙活的,书中借王夫人之口已做了了断:"不当家花花的!就是坟里有这个,人家死了几百年,这会子翻尸盗骨的,作了药也不灵!"这所谓的天王补心丹费时不算,还得上千两的银子,最难的是要古坟里装裹的头面,活人戴过的只能算凑合用用,王夫人当然不高兴。别说儿媳妇了,就是侄儿媳妇也难行啊!

接着这"补心丹"的事还没完,黛玉继续为这事耍小脾气,宝玉还没来得及哄,有人进来回说"外头有人请",只好先去应付外头场面上的事,黛玉追在后面说了句:"阿弥陀佛!赶你回来,我死了也罢了。"所以据此推断,黛玉死的时候宝玉一定是不在场的。

那么外头什么人请宝玉呢?薛蟠。然后就是薛大少吟诗大戏开场,其中最著名的一句"洞房花烛朝慵起",

把众人都给镇住了，皆诧异道："这句何其太韵？"这可能是薛大少这辈子吟诵的唯一一句风雅之词了，林黛玉恰好有一句与之相配："每日家情思睡昏昏"。当黛玉吟诵这句《西厢记》里的台词时，曹公对于场景的描述是"只见凤尾森森，龙吟细细"。（再提醒诸位一遍：薛蟠字文龙）恰好宝玉走来听见，我以为此处明写宝玉，暗喻薛蟠；宝黛二人调侃未毕，小厮焙茗（也作茗烟）来报说贾政找宝玉，宝玉当然不敢怠慢，不料却是薛蟠找他一起为自己提前过生日。此处曹公还不忘表扬一下薛蟠的孝心，他得了些稀奇的食品，首先是"连忙孝敬了母亲，赶着给你们老太太、姨父、姨母送了些去。如今留了些，我要自己吃，恐怕折福，左思右想，除了我之外，惟有你还配吃，所以特请你来"。

接着聊到生日礼物，宝玉觉得金银珠宝皆不是自己的，唯有书画方才是自己的，这就又引出了薛蟠错将"唐寅"读成"庚黄"的笑话；笑料之下，看官可曾想到那唐寅最精于画什么？仕女图呀！此处放一幅唐寅的仕女图，配字"洞房花烛朝慵起"，抑或是"每日家情

思睡昏昏",是不是毫无违和感?另外诸位可还记得那位集宝钗和黛玉于一身的秦可卿的卧室里就挂着一幅唐伯虎的《海棠春睡图》。

这么多忽明忽暗的描述,曹公若不在黛玉和薛蟠之间搞点事出来,打死我都不信。

不过史湘云才是海棠花,这幅《海棠春睡图》理应是史湘云在书中的专利,且又有黛玉的点评"只恐石凉花睡去";这句诗出自苏轼的《海棠》,原句是:"只恐夜深花睡去,故烧银烛照红妆。"而且薛蟠吟出"洞房花烛朝慵起"这句时,在他身边的女孩是锦香院的姑娘名叫云儿。要知道大观园里把湘云称作"云儿"的可是大有人在,曹公是绝对不会平白无故地设这么个巧合的。会不会他日湘云落魄之际遭遇薛蟠呢?除了曹公谁又能知道呢!

还是得回到谈钱的主题上来,那么这薛家到底有钱没钱?有多少钱?看官您自己算去吧!我反正是算不出来。那么还有那半个人,到底是谁呢?且待下回分解。

第三十六回 财富榜上的半个人

前面已说了湘云、黛玉和宝钗,这回该说说那半个人了;此人便是妙玉。为什么她只能算半个人呢?只因我们要排的是贾府内宅的财富排行榜,前面那三位多少都和贾府有点亲;唯有这妙玉,若说她和贾府沾着亲,确实是没有;若说她和贾府带着故,书中亦未明言,皆是有心人从字里间猜测而得。但她却又赫然名列十二钗正册，且从判词分析，她这一生和贾府是纠纠缠缠，不死不休。何况她又是个跳出红尘的槛外人；所以只好算她作半个人了。

前面已不止一次提到过妙玉是个爱嘚瑟、好显摆的家伙，对她的财富也有过涉及，主要是那几个茶杯。其实书中真正对于妙玉财富的描述也就是那几个杯子。为了搞清那几个杯子的价值，我也曾用心查阅过相关资料，此处我就不卖弄查来的内容了，诸位看官只要知道那几个杯子很值钱，值很多钱就可以了。

妙玉一边自称槛外人，藐视世俗；一边却又忍不住像俗人一样各种炫耀，杯子、茶叶乃至泡茶的水。所以邢岫烟臭她"僧不僧，俗不俗"，她这不甘寂寞的毛病早晚给她招来灾祸。前面我们曾提到过她送给刘姥姥的那套茶具有可能通过冷子兴之流的手落入他人之手，从而招灾引祸。我猜也许石呆子的故事便是妙玉结局的部分预演，须知"石之美者谓之玉"。我们不能因为石呆子其人是个男人便忽视了他，这《红楼梦》原本便叫作《石头记》。那石呆子因为几把古扇毁家败业，妙玉那几个茶杯自然亦可叫她"终陷淖泥中","到头来,依旧是风尘肮脏违心愿"。

据我分析,妙玉手头也未必有什么金银之类的,毕竟是个出家修行之人,即使是带发修行,以她的性格也必不以真金白银为意。所以我以为她应该也就是收藏些自己喜欢的风雅之物而已,当然那些东西自然是价值连城啦!

而且我认为,妙玉的结局和贾雨村应该也有所关联。前面我曾提到过香菱的故事,香菱和妙玉以及林黛玉、邢岫烟都是姑苏人氏,妙玉在苏州蟠香寺修行,做了邢岫烟的老师。这岫烟与岫岩谐音,岫岩玉乃是中国历史上四大名玉之一,以我们前面对于邢岫烟的相关描述,单凭一句咏梅诗"看来岂是寻常色,浓淡由他冰雪中",她也当得起这个"玉"字。结合书中其他关于邢岫烟的描写,这邢岫烟分明就是璞玉一块。而香菱则除了做了薛蟠的小妾还百回千折成了林黛玉的学生。而薛蟠之所以能够顺利把香菱搞到手,全仗了贾雨村之功,贾赦之所以能把石呆子的扇子搞到手,同样是贾雨村出的力，为这事贾琏还挨了一顿打。

　　林黛玉两次进京，都有贾雨村随行。第二次到贾府定居，更是贾琏和贾雨村两人把她送了来。香菱长得像秦可卿，而秦可卿则兼具钗黛二人之美。既然贾雨村又一次获得了做官的机会，那么前面所铺陈的这些千丝万缕的关系，后面必然是要起作用的。并且贾雨村在书中的明场戏份虽然不多，却是一直若隐若现地贯穿全书的人物，何况整部《红楼梦》本就是"假语村言"哪。他在开篇第一回里有个名句："玉在椟中求善价，钗于奁内待时飞"，这句诗表面看来是他对自己怀才不遇的感慨，但《红楼梦》是要为闺中女子立传的一本书，作为引子存在的贾雨村开篇所说的话当然不可能和主要人物无关。

　　所以这个"玉"字，到底是和哪块玉有关呢？我想首先可以排除宝玉。因为他同样是为了串联起一群女孩儿而存在的，那么到底是妙玉还是黛玉呢？抑或和邢岫烟那块璞玉相关？这个"钗"又是什么意思呢？那贾雨村"生得腰圆背厚，面阔口方，更兼剑眉星眼，直鼻权腮",一副威武雄壮的外表,其性格应该也是比较大男子主义的,再看他办事的手段,所以即便是为了抒发情感他也该仿效古人以"剑在匣中"之类自比,怎么会用"钗"这样一个纯女性化的物件来自我比拟呢?因此我想这个钗是否暗喻宝钗呢?

诸位可还记得为宝钗招来骂名的那句诗:"好风凭借力,送我上青天"?是不是和贾雨村的诗字面意思正好是一对呢!而且贾雨村这"雨村"二字其实只是他的别号而已,他实际上姓贾名化,字时飞。这下诸位品出点滋味没有?"钗于奁内待时飞"。要说为人处世,贾雨村和薛宝钗还真是天生的一对呢!两人的世界观、价值观那是真的很一致哪!他二人的故事就不在本书探讨的范畴了,还是先交代完妙玉的事再说吧。鉴于以上分析,所以我说妙玉的结局恐怕和贾雨村也脱不了干系。究竟会有什么样的牵连呢?且待下回分解。

第三十七回 四大家族最后的掌门人

上回说到妙玉的结局只怕与贾雨村是脱不了干系的。为什么这么说呢?正如上一回所提到的,石呆子的故事乃是妙玉的结局预演,试想以妙玉的性格,若有人要索取她心爱的东西,一定也是和那石呆子一样,无论对方怎么出价,出什么价,全都抵死不从的。那么这个时候当然就需要贾雨村这样的角色上场了，没了贾府这座靠山，妙玉这样草芥一般的弱女子，再心高气傲又能如何？石呆子毕竟是个男人，大不了拼命而已。而妙玉则恐怕连死都很难，所以判词才说她"可怜金玉质，终陷淖泥中"。又在曲中进一步阐明了她的结局之悲催："到头来，依旧是风尘肮脏违心愿；好一似，无瑕白玉遭泥陷。"

这"风尘"二字，有研究者说未必是指风月场所，可能只是泛指世俗，我却以为此二字必指风月场所无疑。明清时期的"沦落风尘"一词是专指娼妓生涯，"终陷淖泥中"分明是沦落的意思，更何况"肮脏"二字，再加上后面的注解"无瑕白玉遭泥陷"，曹公一直在反复地强调妙玉的悲惨结局。虽然我也不希望妙玉堕入青楼，但是《红楼梦》本就是一出悲剧，什么是悲剧啊？就是把美好的东西毁灭给人看。前文我曾提到过史湘云都保不准和唱曲的云儿之间将来有些牵连，何况妙玉呢？！

结合上一回所阐述的内容，我想很可能薛蟠是最后的既得利益者。薛蟠外号"薛大呆子",中国有句老话:呆人有呆福。谁知道会不会让他享了齐人之福呢?!不过也许妙玉归了贾琏亦未可知。那妙玉先许了贾珠未果,日后机缘巧合随了贾琏,也算是珠联(琏)璧(玉)合了,这样将她安在十二钗正册内就更加合理了。且贾府中对贾雨村有较深了解的,非贾琏莫属,他俩结伴护送林黛玉回京的漫长旅途中必然是朝夕相处,彼此都有了深刻的了解。那贾雨村得王子腾保荐,一路飞升,一直做到大司马,协理军机参赞朝政,但在第七十二回,书中借林之孝之口道:"方才听得雨村降了,却不知因何事,只怕未必真。"而贾琏立刻说:"真不真,他那官儿也未必保得长。将来有事,只怕未必不连累咱们,宁可疏远着他好。"可见贾琏深知其人。不过贾琏也不是什么正义的化身,这两人保不准哪天为了某个利益点就搞到一起了,而妙玉作为酬劳的方式之一,就被贾雨村当成礼物送给贾琏了。

又或者薛虬成了四大家族挥斥方遒之人?此话怎讲?这就得重新来看看薛虬是怎么来到贾府的。他是听说了凤姐儿的哥哥王仁进京,所以带着妹妹薛宝琴赶来同行的。他本身和贾府是没什么瓜葛的,他的婶娘薛姨妈寄居在自己的姐姐王夫人家,而他如今和王夫人的侄儿同行,理所当然就进了贾府。书中没有直接描述薛蚪的长相,但是通过一干观众的嘴把这个帅哥夸了个透。书中第四十九回,宝玉对袭人、麝月、晴雯等笑道:"你们还不快看人去!谁知宝姐姐的亲哥哥是那个样子,他这叔伯兄弟形容举止另是一样了,倒像是宝姐姐的同胞弟兄似的。"

后面又将薛蚪和薛蟠两两对照着写,一个是呆霸王,只知道吃喝玩乐;一个却主动承担起各项工作责任,而且薛蚪兄妹从小就跟着父亲各处游历、经商,给他个平台随时都能唱出大戏的角色;所以假如薛蟠能成为那个享齐人之福的人,那么各取所需,呆霸王就当个傀儡继续高乐好了,而薛蚪以及前面提到的贾芸则成为四大家族最后叱咤风云的人物。不过想把这个设想一步步落实,恐怕就真得重新著书立传了,非此文所能表述了。

行文至此，总算把这三个半人都给交代清楚了，但一定有细心的读者发现我漏掉了一个人，其实并非遗漏，而是刻意留到最后再来说她的，此人便是秦可卿。她既是宁国府的长房长孙媳妇儿，又是十二钗正册中人，既是贾母最得意的重孙媳妇，又是警幻仙子妹妹的化身；更是集黛玉、宝钗、香菱于一身的人物。尤其是前几年作家刘心武先生以她为切入口新解了《红楼梦》，所以我也在纠结该如何讲述此人，刘老先生的许多观点都非常新颖独特，且跳出书外，结合曹公家族以及清朝历史变迁进行了深入研究，更了不起的是发扬了自己作家的长项，写了本小说与自己的研究成果相配套；诸位看官如有兴趣，可找来看看，很有意思。

而我思来想去，决定还是不要跳出书外，以书中人解书中人吧，若能把这几个主要人物都找到个合理的结局已经不枉自己作为一个红学的业余爱好者了。何况我也有个自己的小见识：许多作家写作都会在身边寻找素材，也会把自己作为原型，但又有谁会把生活原型原封不动地搬入作品的呢？那岂非干脆叫某某传了吗？只因为曹公此生虽也写过一本关于怎么扎风筝的书《南鸢北鹞考工志》，一本记载工艺技术性的作品《废艺斋集稿》，但正经传世的小说就这么一本，所以后人难免就会时刻把他本人套入书中了。

那么我打算怎样来说这个秦可卿呢？且待下回分解。

第三十八回 秦可卿

这回该说说这个争议最多的人物秦可卿了。秦可卿之所以招致种种争议我总结了一下,大致有以下几个原因:一是她的出身,书中说她是"宦囊羞涩"的营缮郎秦邦业从养生堂抱来的养女,许多研究者认为这样的出身太过低微,配不上贾府,于是就有人猜测她是朝中某遭罢免的高官后人,假借养生堂潜入贾府,更有人引经据典地推算出她的原型可能是康熙朝废太子胤礽之女。二是她的见识,专家们认为以秦可卿那样的出身,她是不可能在临终托梦那出戏里说出那么有见地的话来的，诸如"月满则亏，水满则溢""登高必跌重""乐极悲生""树倒猢狲散""否极泰来，荣辱自古周而复始""盛筵必散"等等；尤其是她所提出的具体举措：在祖茔附近多置房舍地亩，便是有了罪，凡物可入官，这祭祀产业连官也不入的，便败落下来，子孙回家读书务农，也有个退步，祭祀又可永继。专家们觉得这么内行到位的话，怎么可能是秦可卿这样一个出身卑微的人所能够知晓的呢?！三是她的葬礼，档次实在是高到匪夷所思，"八公"子孙齐集，更有四大王搭棚路祭。

下面我便来针对以上几点说说我的个人拙见，因为这几个问题若不讲通，下面的话便无从谈起。首先，我还是要强调最好别跳出小说看人物，这个秦邦业的营缮郎和贾政的工部员外郎一样，都是曹公编撰的，不过明清两代工部都设有营缮司，主要负责皇家宫廷、陵寝建造、修理等工作，明清时期倒是有个营缮司郎中一职，正五品。李纨她爹是国子监祭酒，从四品。李纨能嫁贾珠，秦可卿为什么就不能嫁贾蓉呢？有学者提出营缮司郎中级别颇高，工资也不低，与文中所述秦邦业"宦囊羞涩"不相符。当秦钟巧遇宝玉得到了入贾府私塾上学的机会时,秦邦业东拼西凑地封了二十四两贽见礼,亲自带了秦钟,前往贾代儒家拜师。

不少研究者都从"东拼西凑"这几个字来判断秦家寒微,我却不这么认为。前面我们曾提到过薛宝钗赞助史湘云大螃蟹请客时,刘姥姥曾算过一笔账,感慨"这一顿的银子,够我们庄稼人过一年了!"所以这二十四两贽见礼本就不是个小数目。即使营缮郎工资不低,如果不善钻营光靠工资;不算计过日子是不可能的。我就见过不少生于四五十年代靠死工资生活的人,攒点钱赶紧存银行,遇到急事再求亲告友东拼西凑。

没准秦邦业也将钱放给别人收利息,一时取不回来呢?王熙凤那么有钱不是还把月银凑个十两、八两的就放出去吗?而且书中第十六回分明写着:"那秦钟魂魄哪里肯就去","又记挂着父亲还有留积下的三四千两银子";诸位看官细想想,这一类家庭我们现实生活中非但不稀奇,还比比皆是;中国式的老头儿老太太守着万贯家财省吃俭用,只为留与儿孙。"那秦邦业至五旬之上方得了秦钟",标准的老来得子,那还不是豁出命来替儿子打算?!

另书中第五十三回,贾蓉代贾珍入朝领春祭恩赏回到家给父亲带来同僚的问候"光禄寺的官儿们都说问父亲好,多日不见,都着实想念",贾珍听了笑道:"他们哪里是想我。这又到了年下了,不是想我的东西,就是想我的戏酒了。"光禄寺卿是这个部门的最高长官,正五品,不是一样想方设法沾贾府的光?哪怕是混点儿吃吃喝喝。

秦邦业和贾政同在工部为官,从秦邦业听说儿子能进贾府私塾就读,十分喜悦,只因为贾家司塾者贾代儒乃当今之老儒,便以为儿子此去必学业进益,成名可望这一点分析,秦邦业和贾政属于同一类人,而贾政两个儿子,大的已婚,小的还小,侄孙贾蓉恰好与秦邦业的女儿秦可卿年龄相仿,结个亲家,情理之中,贾家高门望族,秦邦业自然也就不会在乎从同事突然变得小了一辈了。包括李纨的父亲李守中、秦邦业以及林黛玉的爹林如海甚至贾雨村,这些个以科举入仕途的人贾政自认为和自己都属于同类，自然就会相亲相近。当然贾雨村是肯定不归贾政这一类的，他应该和冷子兴之流属于同类吧。

所以我非但不觉得秦可卿嫁入贾府存在着地位上的差距，我甚至以为说不定就是贾政保的媒呢。而且我以为这也是为什么贾母在重孙媳妇中最得意秦可卿，除了秦氏自身条件以及后天努力外，先决因素也很重要，因为她是贾母心爱的小儿子保的媒。尤其是秦可卿死后，贾珍为了寄托哀思，大把地花银子，还从薛蟠手中弄来了原本给忠义亲王准备的棺材，唯有贾政劝他："此物恐非常人可享。殓以上等杉木也罢了。"这个举动和贾政媒人的身份也很相符。

说这一堆闲话才刚聊了一个观点，另外两点留待下回分解。

第三十九回 解惑秦可卿

上回说到了导致秦可卿成为红学界争议最多的人的主要三个原因:出身、见识、葬礼。上一回解释了第一个原因;这回来说说其他两个原因。

这第二点见识,我们首先要看看秦邦业是干什么的?他是专门负责搞皇家各种建筑的,其中包括陵寝建造,陵寝也就是新皇帝的祖坟,所以秦可卿从父亲口中顺便了解些王侯伯爵们的祖茔附近的祭祀产业不入官的国家政策实属正常。至于说那些"登高必跌重""否极泰来"之类的话，那就更寻常了，连小红都会说"千里搭长棚，没有不散的筵席"呢。何况道理人人懂，但并非人人都能做到。贾珍、贾政、贾赦等难道会不知道这些，当然不可能不知道，只是没人理这个茬罢了，且乐一日算一日，若不如此，这样一株盘根错节的大树怎能被连根拔起呢?!

更何况秦可卿在书中本就是个半神话的人物，其实不单秦可卿，所有十二钗正副册上的都是有些来历的人，这伙人本就是因为绛珠仙子要下凡以泪还水而勾出的一干风流冤家。而这伙人当中背景最牛的其实就是秦可卿，人家那是警幻仙子的妹妹。警幻仙子是干吗的？"居离恨天之上，灌愁海之中"，"司人间之风情月债，掌尘世之女怨男痴"。所以荣宁二府这一帮来历劫的痴男怨女以及与之相关的秦钟、柳湘莲等人都是归她管的，是掌握他们的命运之人。所以现在秦可卿即将身归太虚，撂几句话给尚未历完劫的小伙伴有什么不正常的？

再说第三点，要看秦可卿的葬礼合适不合适，首先要看看来的是什么人，有和荣宁二家合称八公的镇国公之孙现袭一等伯牛继宗，理国公柳彪之孙现袭一等子柳芳，齐国公陈翼之孙世袭三品威镇将军陈瑞文，治国公马魁之孙世袭三品威远将军马尚德，修国公侯晓明之孙世袭一等子侯孝康，还有一个缮国公的孙子石光珠在家守孝没来；我为什么不厌其烦地罗列出这些人的职位呀？是为了让诸位看官方便分析，贾珍是什么？世袭三品威烈将军。前面这伙看着这公那公的，其实都是明日黄花，无一例外都是世袭的孙子辈，贾珍还是个曾孙子辈的。连同后面所述的什么这侯那侯之孙们，诸多王孙公子，皆不过是一群有名无实靠着祖宗余荫装大尾巴狼的家伙。更兼书中列出的几个人名冯紫英、卫若兰等人也都是平时就和贾珍、贾蓉等人混在一处吃喝玩乐的，秦可卿死了，贾家又摆出大办的架势，他们当然是要来捧个场的。

　　至于那四大王的路祭，分明是王子腾和贾元春的面子问题，而且曹公也是借机让北静王水溶隆重登场，并且特意让贾宝玉和水溶二人一见倾心，最关键的点是水溶把自己腕上皇上所赐的念珠赠予了宝玉，林黛玉从扬州一回来，贾宝玉便把这串念珠献宝似的给了她，书中用了"珍重取出来转送黛玉"几个字。至于其他那几个什么东平郡王、西宁郡王、南安郡王都不过是些打酱油的而已。

并且曹公若不将场面写得如此宏大，便衬托不出王熙凤这个脂粉堆里的英雄形象来，也正是王熙凤经手了这么一件大事，才越发英雄胆壮，书中写道："尤氏犹卧于内室，一切张罗款待，都是凤姐儿一人周全承应。合族中虽有许多妯娌，也有言语钝拙的，也有举止轻浮的，也有羞口羞脚不惯见人的，也有惧贵怯官的，越显得凤姐儿洒爽风流，典则俊雅，真是万绿丛中一点红了，哪里还把众人放在眼里？挥霍指示，任其所为。"这一场丧事，可以说是让凤姐儿自信心爆棚，这才使得后面的弄权铁槛寺处于趁热打铁的状态下一蹴而就。所以我以为秦氏的葬礼实则是曹公特意为凤姐儿而搭建的一个舞台。

说清楚以上三点，我们才好继续讲秦可卿其人，详情且待下回分解。

第四十回 秦可卿到底有没有钱呢？

上两回将引起秦可卿被争议的原因做了个大概的解释，这回该说说秦可卿其人了。还得回到主题上来，我们的本意是要给贾府内宅排个福布斯榜的，秦可卿作为宁国府的长孙媳妇当然是应该将她排进去的，但是一则她死得实在是太早了，二则我认为她根本就没什么钱，排不上号，所以才将她放到最后来说。我知道一定有人不同意这样的说法，别急，且听我慢慢道来，最后您再下结论不迟。

要说秦可卿还得和薛宝钗一样，得姐弟二人一起说，方能说得明白。秦可卿的弟弟秦钟，字鲸卿，前面曾提到过，这可不是盏省油的灯。秦可卿为了他可没少背骂名。这还得再重提一下前面提到过的秦邦业东拼西凑搞了二十四两银子送他去贾府私塾上学的事，许多读者都以此为据，指责秦可卿对娘家太过凉薄，自己身在锦绣丛中，每天挥金如土，老爸用二十四两银子还得东拼西凑，用刘姥姥的话说"要是他发一点好心，拔一根汗毛比咱们的腰还粗呢"。这秦可卿怎么就不能"拔一根汗毛"给她娘家呢？

我以为原因不外乎这么几点：首先，那贾家上上下下都是一双富贵眼睛，秦可卿和王熙凤二人最要好，自然是同类相亲，都是争强好胜之人，只不过是家庭背景、文化修养、个人性格不同所以两人的为人处世方式方法也不尽相同；王熙凤是"如今合家大小除了老太太、太太两个人，没有不恨她的，只不过面子情儿怕她"，"如今连她正经婆婆大太太都嫌了她"；而秦可卿死时则是"那长一辈的想她素日孝顺，平一辈的想她素日和睦亲密，下一辈的想她素日慈爱，以及家中仆从老小想她素日怜贫惜贱，慈老爱幼之恩，莫不悲号痛哭者"。夫妻之间的关系，秦氏自己的原话是贾蓉"虽说年轻，却也是他敬我，我敬他，从来没有红过脸儿"；而王熙凤在贾琏的口中则是"我命里怎么就该犯了夜叉星"。两个同类人混出了截然不同的人际关系状态，这背后隐含了多少秦氏打落牙齿和血吞的无奈。凤姐儿是基本上由着自己的性子来的，而秦可卿却没有她那样的娘家做靠山，只能靠自己谨慎做人、做事才能混个好人缘。

当秦钟在学堂受了气，她也只好自己生闷气。婆婆尤氏对她的评价是："虽则见人有说有笑，会行事儿，她可心细，心又重，不拘听见个什么话儿，都要度量个三日五夜才罢。"所以这秦可卿岂止是长得兼具钗黛之美，连性格都是集二人于一身呢。无论是林黛玉还是邢岫烟哪个不是要想法讨好贾府的用人们的？只为别叫他们背后长长短短地议论自己，秦氏当然也不例外，所以她怎么好去拔那根汗毛呢？！何况二十四两银子对贾府来说，实在太少，对秦氏这个不当家的媳妇来说，却是虽不多却也不少，她也许认为不值得为这么点小钱惹人非议，倒不如让弟弟先进私塾再说，那私塾中"茶也是现成的，饭也是现成的"。

另外我认为也不能排除是秦邦业爱护女儿，他和贾政是同事，和贾珍、贾赦也都是同朝为官的老熟人，对于贾府应该也有所了解，自己不能给女儿有力的支撑已自愧疚，所以尽可能不给女儿添麻烦，而且若不是为了儿子的前程，书中用了"终身大事"几个字来显示秦邦业对于秦钟上学之事的重视程度；若非为儿子，老秦根本就不想和贾府有太多纠葛；只要女儿过得好就行。这老秦头的做法，用刘姥姥的话叫作"拉硬屎"，话糙理不糙；往雅里说，是这秦老先生还是有几分文人气节的。

不过也有研究者据此推断，秦可卿和娘家根本就没有任何感情，因为所谓的养生堂抱养一说只不过是为了掩人耳目，把秦可卿送入贾府，秦邦业的使命就算完成了。我当然是不认同这样的说法的，后面我们还会提到秦可卿与秦钟的感情问题，足以推翻这一论断。

问题解释清楚我们还回到盘点秦可卿身家的主题上来，依照惯例，首先得盘一盘她的嫁妆，这一点通过上面说的那一大通，我想不用我说诸位心里也有数了。其次便是月例，秦可卿的官方收入充其量也就是和小姐们差不多，要知道她婆婆尤氏是和王熙凤、李纨一个级别的，前面我们曾经细致地核算过王熙凤等人的月钱，每月五千文，等于二两银子二吊钱；所以秦可卿的官方收入一年最多也就是二十四两。另外就是年底的那项类似年终奖的封赏，年例。这虽是个变数，但是有一堆人作为参照，同样也是有定例的。秦氏不当家不理财，宁国府的内当家实际上是尤氏，那么她的钱从何而来呢？当然不可能无中生有。

我猜有读者马上就会以秦氏卧室的陈设来反驳我

的观点。那秦可卿的卧室内墙上挂的是"唐伯虎画的《海棠春睡图》,两边有宋学士秦太虚写的一副对联",联上写着:"嫩寒锁梦因春冷,芳气笼人是酒香。""案上设着武则天当日镜室中设的宝镜,一边摆着飞燕立着舞过的金盘,盘内盛着安禄山掷过伤了太真乳的木瓜,上面设着寿昌公主于含章殿下卧的榻,悬的是同昌公主制的联珠帐。"床上铺的是"西子浣过的纱衾""红娘抱过的鸳枕"。恰是这段话被一帮学者引以为证,作为证明秦可卿不是寻常人,其原型乃是康熙朝废太子胤礽之女的重要证据之一。那么区区又是怎么看待这段文字的呢?且待下回分解。

第四十一回 秦可卿卧室之谜

上回说到秦可卿那香艳无双的卧室,我个人是不赞同以此为据推论出秦氏的皇族出身这一论断的。持该论断的主要理由是卧室的陈设铺排出了一连串的皇家人物;持这一论点的研究者们首先就无视了红娘和西施的存在,因为她俩压根就和什么皇族挂不上钩,一定生拉硬拽,西施倒是和吴王有点牵连,红娘则怎么也扯不上了。

而依在下拙见,我们最好换个角度来看看这几位大神级的人物。首先是唐伯虎,诸位还记得前面我们曾提到过的薛蟠将其读成"庚黄"的事吗?薛大少是在一张春宫图上看到了唐寅的落款,而唐寅的春宫画也的确是名噪一时。然后是擅写"淫词艳曲"的秦太虚,其实秦观写了不少好东西,但哪个也没有他的《鹊桥仙》脍炙人口,将士大夫欲说还休的那点子闷骚小心情表达得十分到位,绝对可以与苏东坡的"一树梨花压海棠"相媲美,无愧于"苏门四学士"的称号。

至于武则天、赵飞燕的故事,在中国可谓是家喻户晓了,她俩简直就是淫娃荡妇的代名词了。西施比她俩也强不了多少,直接祸国殃民了。红娘放在这儿,我想是要让她充当个淫媒的角色。我们现在是说这小红娘是冲破了封建礼教,提倡婚姻自由,但事实上曹公是并不欣赏红娘乃至整本《西厢记》的,他认为这些根本就是穷书生意淫罢了,书中第五十四回,曹公借贾母之口狠狠地批了一通这伙做白日梦的家伙:"开口都是书香门第,父亲不是尚书就是宰相,生一个小姐必是爱如珍宝。""只一见了一个清俊的男人,不管是亲是友,便想起终身大事来,父母也忘了,书礼也忘了,鬼不成鬼,贼不成贼,哪一点儿是佳人?""比如男人满腹文章去做贼,难道那王法就说他是才子,就不入贼情一案不成?""便是告老还家,自然这样大家人口不少,奶母丫鬟伏侍小姐的人也不少,怎么这些书上,凡有这样的事,就只小姐和紧跟的一个丫鬟?""编这样书的,有一等妒人家富贵,或有求不遂心,所以编出来污秽人家。再一等,他自己看了这些书看魔了,他也想一个佳人,所以编了出来取乐。"绝对的一针见血啊!至此,秦可卿的卧室就已经如同苏童笔下的作品一样,字里行间到处都弥漫着令人沉醉、无法自拔的甜蜜而腥膻的腐朽、堕落的气息。贾宝玉一下子就沦陷了。

而同昌公主除了她奢华的人生,将她安放在这段文字里,我想更多的是因为《新唐书》有载:"女为同昌公主,下嫁韦保衡。保衡处内宅,妃以主故,出入娱饮不禁,是时哗言与保衡乱,莫得其端。"这段话说的什么意思呀？这里的妃是指同昌公主的母亲郭淑妃，简单点说就是同昌公主她妈和女婿韦保衡通奸淫乱之事被传得沸沸扬扬。这一点直接对应秦可卿与贾珍的关系。

这个寿昌公主据考证应该是笔误，应为宋武帝的女儿寿阳公主，这一点是得到了广大红学爱好者的一致认同的。这寿阳公主白天躺在含章殿檐下，有朵梅花落在她的额头，拂之不去，三天后，虽然洗掉了但却演化成了流行一时的梅花妆。寿阳公主本人史书上并无不良记录，所以此处写她应该有两层用意：一是说秦可卿不仅天生丽质，还巧于妆扮；二则是为了影射史湘云。此话怎讲？《红楼梦》中只要是说女人白天睡在户外的那一定是直接联想到史湘云，何况那幅《海棠春睡图》在书中本就是史湘云的专利，是她的符号。

不过这一朵梅花又叫我纳闷了，与梅相关的一共就那几个人，前面都曾说到过：宝琴、妙玉、李纨；是否象征着宝琴嫁于梅翰林之子三年后便没了？然后与宝玉尚有一段故事？而且书中第七十八回那梅翰林与杨侍郎、李员外送宝玉的礼物也很有意思，"扇子三把，扇坠三个，笔墨共六匣，香珠三串，玉绦环三个。"恰好暗合了三媒六证之说，也许儿子去世后，梅翰林将宝琴许给了宝玉。

再看那幅画两侧的对联："嫩寒锁梦因春冷，芳气笼人是酒香。"书中描述湘云用手帕包了一包芍药花瓣当枕头，醉卧于青板石凳上，芍药花飞了一身，满头脸衣襟上皆是红香散乱，掉在地上的扇子也被落花埋了一半，一群蜂蝶闹嚷嚷围着她，口内犹作睡语说酒令："泉香而酒洌，玉碗盛来琥珀光"；这一幅活《海棠春睡图》必得这样的诗来配它。并且这副对联的关键字乃是"冷"字，湘云也是用"冷"字的高手，《对菊》中她说"清冷香中抱膝吟"，《供菊》中她说"圃冷斜阳忆旧游"，《海棠诗》中她说"自是霜娥偏爱冷"，每一句都与"嫩寒锁梦因春冷"有异曲同工之妙。当然最经典的"冷月葬诗魂"出自林黛玉之口。而拥有"冷香丸"的则是宝钗。

所以秦可卿卧室里的陈设绝对和达·芬奇密码有一拼，不仅仅是用那几个出自汉唐的人物来对应贾蓉口中的"从古至今,连汉朝和唐朝,人还说脏唐臭汉,何况咱们这宗人家",来揭示宁国府的"脏、臭",同时用一张画、一副对联将和宝玉有关联的几个女子逐一列出。

余情且待下回分解。

揭秘秦可卿的卧室

上回说到秦可卿的卧室之谜,这回还接着揭秘。

我们接着说和那幅画对应的湘云醉卧,湘云醉卧时念叨的酒令下半句是什么?"直饮到梅梢月上,醉扶归,却为宜会亲友。"众所周知,"月上柳梢头,人约黄昏后。"此处却偏偏用了"梅梢月上",我以为是专为宝琴而设的。宝琴在《梅花观怀古》中写道:"不在梅边在柳边,个中谁拾画婵娟。"这一句"不在梅边在柳边"语出《牡丹亭》,是书中的原句,汤显祖是要在此句中暗伏柳梦梅的名字,宝琴已然明许梅家,所以也有研究者认为宝琴或许和柳湘莲也有段姻缘,我也深以为然。

这一幅画、一副对联牵扯到湘云、宝钗和黛玉,几个人物暗喻宝琴和可卿。不过,这还没完呢。我们还得再说说那副对联,"芳气笼人是酒香"若换成"花气袭人知骤暖",诸位觉得和"嫩寒锁梦因春冷"是否也很配?没错,不但配,而且"芳气笼人""花气袭人"无论是字面还是意境都大同小异,大家一定已经猜到我在说谁了:袭人。在贾宝玉的梦中,由秦可卿作为巫山云雨的启蒙老师,现实中袭人作为实际演练者。

另外还得再来说说寿阳公主眉心那一朵梅花,这朵梅花不用说,肯定是红梅,近看是朵花,远看自然是个红点点,那么大观园里有谁是眉心有颗红痣的?她就是整部《红楼梦》第一个出场的十二钗副册排名第一人:香菱。书中不止一处提到香菱长相酷似可卿。而她是薛蟠的小妾，她出现在这个情境中，要么是她将来与宝玉有故事，要么就是这一群女子将来和薛蟠有瓜葛。因为前面我也曾提到过唐伯虎的画本身和薛蟠之间就是有典故的。

也正是在这个房间里，贾宝玉在秦可卿的带领下得以神游太虚幻境，说到此处，不得不插句话：实在是佩服曹公用笔，一副秦太虚的对联在实处，一副"假作真时真亦假，无为有处有还无"在虚处；一幅唐寅的画在实处，一群美女的命运之签在虚处；秦氏嘱咐小丫头们看着猫儿狗儿打架在实处，一众夜叉海鬼将宝玉拖将下去在虚处。这真真假假，仁者见仁，智者见智，听凭后世读者们自己天马行空自由想象去吧。

回到秦氏卧室，宝玉这梦醒得更有意思，那宝玉吓得汗如雨下，失声叫道："可卿救我！"所以我想来日宝玉结局不一定是随着什么和尚道士之类的直接就走了，没准秦可卿还会再露个面，当然那时她是以警幻仙子妹妹的身份出现，贾宝玉看见她自然就恍然大悟，原来不过是红楼一梦罢了。要知道她死的时候贾宝玉可是心疼到吐血的。

所以书中涉及秦可卿卧室这一回请诸位务必用心看,可以说看懂此回,至少是看熟此回,再接着读后面的才有可能看出点滋味。曹公不是感慨"谁解其中味"吗?切莫辜负了作者十年心血。

费了这许多口舌,其实不过是为了要证明秦可卿卧室里的陈设和金钱无关,都是些虚构的玩意儿,不过是曹公拿来隐喻故事情节的道具而已。我个人认为实在是和什么康熙的孙女扯不上关系。

还是回到书中人身上,秦可卿虽然没什么钱,这钱是专指私房钱,但她的吃穿用度皆是公中的,贾蓉是宁国府的嫡长孙,别说她和贾珍有一腿了,就是没有,也不可能让她过得寒酸呀。虽说秦邦业也攒下了三四千两银子,但是如果出嫁的时候没让她带出来,其实就等于说那全都是给秦钟的了。这个秦钟前面我曾提了一句,说他不是盏省油的灯,为什么这么说呢?且待下回分解。

第四十三回 秦鲸卿

上回提到秦可卿的弟弟秦钟不是一盏省油的灯,为什么这么说呢?且先看看他第一次出场曹公的描述:"较宝玉略瘦些,眉清目秀,粉面朱唇,身材俊俏,举止风流,似在宝玉之上,只是怯怯羞羞,有女儿之态。"别看他表面上"腼腆含糊",实际上胆可大着呢,绝对的色胆包天,而且是男女通吃。那贾宝玉和他一比,简直是太纯洁了,满心钦慕他人品出众,深恨自己没能和他早日结交。而秦钟见了宝玉,心里想的却是"可恨我偏生于清寒之家,不能与他耳鬓交接"。贾宝玉想的是神交，秦钟则想的是肌肤相亲；不管怎么想的，反正是二人一拍即合，秦可卿顺水推舟让弟弟进了贾府学堂。

前文中我也曾细致地算过贾府内宅各个级别的月例情况，其中也曾提到过贾府在月例发放方面男女平等，少爷小姐都一样，每月二两银子，上学的每年多八两茶钱；诸位还记得邢岫烟那二两银子是怎么来的吗？是她只要在大观园住满一个月，王熙凤就给她二两月银；那么以秦可卿和王熙凤的交情，王熙凤能不给秦钟这二两银子月例外加八两茶钱吗？即使不按我的推测秦可卿和贾蓉是贾政保的媒，王夫人也不会不同意她这样做，要知道秦钟就读之事实际上是王熙凤和贾宝玉两人一起在贾母跟前讨的情；贾母这个老太太向来是喜欢俊男美女的，见了秦钟也是十分爱惜，"也时常的留下秦钟，住上三天五日，与自己的重孙一般疼爱"，何况秦可卿本就是贾母最得意的重孙媳妇。所以秦可卿不显山、不露水就为秦钟谋了个年薪三十二两，还管吃管喝的好去处，又何必非得替秦邦业掏那二十四两贽见礼惹人非议呢?!

这秦钟上学没多久,就在学堂引发了一场混斗。起因是他和薛蟠的旧爱香怜两个勾搭时被金荣逮个正着,而且是秦钟先勾的香怜。这金荣是贾府远支贾璜的内侄儿,和秦钟一样,也是来贾府学堂附学打秋风的,不过想必他是没有那三十二两银子的,但他在这儿勾搭上了薛蟠,一年也能搞个三四十两银子。这薛蟠来学堂的目的从一开始就很明确,听说家学中"广有青年子弟,不免偶动了龙阳之兴""却不曾有一些进益,只图结交些契弟。谁想这学内就有好几个小学生,图了薛蟠的银钱吃穿,被他哄上手的"。这金荣便是其中之一。

这天老师贾代儒有事早回,这秦钟便不安分,为着香怜和金荣有了口角。贾代儒离开,留了孙子贾瑞看着这帮学生,这贾瑞更不是个好鸟,以后有空再说他的事,这贾瑞和薛蟠要好,当然也就纵容着金荣,金荣有人撑腰更加信口开河,秦钟惹了事却又没能耐摆平,贾宝玉纵想帮他又何尝会吵架?

诸位可还记得前面提到过的和龄官要好的贾蔷?他

是贾珍养大的，和贾蓉最好，贾蓉的小舅子吃了亏他当然不能坐视不理，但是薛蟠又与他交好，金荣是薛蟠的人，他也就不好直接出面了，于是这小子找了个人当枪使，自己溜了。那贾蔷找的是贾宝玉的贴身小厮：茗烟。书中说这茗烟无故就要欺压人的，如今听贾蔷说有人欺负秦钟，连宝玉都牵连在内了；于是一场大戏开场。骂的骂，打的打，叫好的叫好，打太平拳的打太平拳，爬桌子的，抽门闩的，挥板凳的，甩马鞭子的，一屋子的笔墨纸砚飞舞。混战中，秦钟还挂了彩，一直到李贵等大仆人赶来才停战，最后以金荣给秦钟磕头赔礼告终。

然而此事并未就此了结，随后还有贾璜的老婆要找秦可卿理论的情节，书中没说秦钟怎么和姐姐告状，也没说秦可卿的具体反应，只是通过尤氏之口对贾璜的老婆描述了秦可卿对于此事的态度："又是恼，又是气。恼的是那群混帐狐朋狗友的扯是搬非，调三惑四的那些人，气的是他兄弟不学好，不上心念书""今日索性连早饭也没吃"。从这席话不难看出秦可卿对这个弟弟秦钟是情深义重，又爱又恨，完完全全的长姐作风。所以仅此一处便足以否定关于秦可卿和娘家根本没有任何感情的说法。

这秦钟后来更在给姐姐送葬途中和馒头庵的小尼姑智能儿搞了一腿，并且最终还因此事丢了性命。这小子之死和贾瑞之死正好一虚一实，同死于一个"色"字；那贾瑞是对着镜子里的王熙凤空自意淫，而他却是和智能儿有实事以致犯了弱症；死之前还把他老爹秦邦业先给气死了。

秦钟其实是死在秦可卿后面的，所以我们还得回过头来再说说秦可卿之死。且待下回分解吧。

第四十四回 焦大之骂

上回说了秦鲸卿之死,这回该说说秦可卿之死了。这姐弟俩,一个是贾宝玉初识儿女之情的导师,一个是贾宝玉通晓龙阳之道的教师爷。曹公安排他俩教会了徒弟,师父也就算是功德圆满,该干吗干吗去了。不过书中这秦可卿之死可不简单,原本书中第十三回该叫"秦可卿淫丧天香楼",但据说是位自称畸笏叟的大神级的人物因为有"魂托凤姐儿""贾家后事"两处情节,觉得秦可卿"其意则令人悲切感服,姑赦之。因命芹溪删去"。于是这秦可卿之死便成了半部红楼中的不解之谜,后辈小子们,有劲你们就猜吧,这谜中之谜、局中之局,几百年来,也不知迷死多少红学爱好者。

我亦难逃此"劫"。

依我之见,要说秦可卿之死得从那著名的焦大之骂说起。首先来看看焦大骂人的起因是什么?是贾宝玉和秦钟初遇,二人相见恨晚,不知不觉天色已晚,因此尤氏吩咐派人送秦钟回家,派的便是这焦大,于是引出了著名的焦大之骂;那焦大先骂管家赖二,也就是那位和柳湘莲等人交好的拿钱买了个官做的赖尚荣的二叔,骂他是没良心的王八羔子,瞎充管家。紧接着骂贾蓉混使主子性儿,要和他红刀子进白刀子出。最后越发连贾珍都说了出来:"我要往祠堂里哭太爷去。哪里承望到如今生下这些畜牲来!每日家偷狗戏鸡,爬灰的爬灰,养小叔子的养小叔子。"这一骂,一下子将罩在宁国府头上的面纱扯了个精光。然而曹公犹嫌骂得不过瘾抑或唯恐读者疏忽,特借宝玉之口又重复三遍:"姐姐,你听他说爬灰的爬灰,什么是爬灰?"

贾珍只有贾蓉一个儿子,他除了秦可卿也没别的灰可爬,这一点没什么可斟酌的,倒是王熙凤和尤氏的对话耐人寻味。王熙凤先是责怪尤氏太过软弱,把家里的仆人纵容得无法无天,尤氏抱屈,说了焦大辉煌的往事,表示自己无可奈何,而且申辩道:"我常说给管事的,不要派他差事,全当一个死的就完了。"王熙凤回答:"我何尝不知这焦大。倒是你们没主意,有这样的,何不打发他远远的庄子上去就完了。"二人的对话到此便不了了之。

是啊!像焦大这样不能辞退的员工,为什么还要把他放在眼皮子底下找气生呢?反正是要养他一辈子的,贾府那么多田庄,打发到哪个庄上不行?眼不见心不烦,大家省心。可是尤氏就是把他留在眼皮子底下,由他一次次地撒酒疯。书中明确写着:"谁知焦大醉了,又骂呢。"这一个"又"字,足见不止一次。

前面我们已经分析过尤氏其人,绝对不是表面看上去的窝囊废一个,更不是压不住仆人的软蛋。除了我们前面所述的《死金丹独艳理亲丧》充分显示了尤氏当机立断，思虑周全的特性外，另有一处不太容易被读者注意的细节，更可见尤氏之圆滑与老到。书中第七十一回，因贾母八旬寿诞，阖府欢庆，尤氏也过荣国府帮忙助兴，晚间便留宿于李纨处，因见大观园中正门与角门至晚未关，就让小丫头叫该班的人，结果这个宁国府丫头和两个荣国府的婆子起了口角，小丫头自然学舌给主子听，书中道："尤氏听了，冷笑道：这是两个什么人？""冷笑"二字让尤氏不怒而威的形象跃然纸上；在场的宝琴、湘云都慌忙劝解，袭人更是要赶紧差人去圆此事，尤氏却说："你不要叫人，你去就叫这两个婆子来，到那边把他们家的凤儿叫来。"这不依不饶的凌厉劲何尝有半点"锯了嘴子的葫芦"的模样？

到底此事传到王熙凤跟前，两个不听尤大奶奶指使的婆子被关进了马圈。然而这事最后传到了邢王两位夫人跟前，邢夫人因为向鸳鸯提亲未遂之事一直记恨儿媳妇，因此借题发挥当着众人的面羞辱凤姐儿；尤氏当场笑道："连我并不知道。你原也太多事了。"平心而论，王熙凤的做法并无半点不妥，为了尤氏的面子问题，自然是要把奴才捆了送给尤氏发落；但王夫人当着众人自然是要和邢夫人站在一条线上的，当场就命人放了那两个婆子。搞得王熙凤"越想越气越愧，不觉的灰心转悲，滚下泪来"，跑回自己房里偷哭，却因她平时张罗惯了，热闹场面上没了她立时就有人来找，凤姐儿赶紧擦干眼泪继续人前装欢，被鸳鸯有所察觉，凤姐儿却硬着头皮称"谁敢给我气受"？每读至此处，都真心心疼凤姐儿；什么样的女强人她首先还是个女人哪！而此事的始作俑者尤氏却置身事外，出了气、立了威，毫发无损。

　　所以这样的一个尤氏，怎么可能会听凭一个老且无用的奴才在家里随时随地任意发威呢？！造成这种局面只有一种可能性，那就是焦大的存在是尤氏有意无意间刻意安排的。就像尤二姐、尤三姐的出现和存在一样，看似无意，实则有心。贾珍和秦可卿的关系肯定是阖府皆知，但是谁又敢吱个声儿呢？包括尤氏在内也是敢怒不敢言，于是那位劳苦功高、喝点酒便天王老子第一的焦大就成了尤氏手中的一把利刃，只要时机恰当，便在秦可卿的心头戳上一刀。

那焦大一听说让他送秦钟回家,自然是不屑为之的,一场辱骂在所难免。不过他骂的养小叔子是指谁呢?且待下回分解。

第四十五回 自寻死路的贾瑞

上回说到著名的焦大之骂,这回该说说焦大骂的"养小叔子"指谁了。

这就不得不说说茗烟闹书房时的那位管理员同志贾瑞了。他本是贾府的远支贾代儒的孙子,因为贾代儒颇有文名,那秦邦业便是慕他当代老儒之名,才不惜血本送儿子到他门下就读,偏这样的老学究却调教出贾瑞这样提不上台盘的下三烂,连仆人李贵都当面说他:"不怕你老人家恼我,素日你老人家到底有些不正经,所以这些兄弟才不听。"可就这么个被一群顽童折腾得毫无章法的猥琐男,却出人意料地公然挑逗王熙凤,而且言辞之中颇有威胁之意:"嫂子连我也不认得了?不是我是谁!"照理贾瑞和王熙凤压根就没有见面的理由,但贾瑞的语气中分明他和王熙凤是老熟人了,王熙凤见他"望后一退"的行为显然让他很不爽,因此话语当中便颇有几分怨愤之情。

这就奇了!贾瑞虽说是贾家的亲戚,但实际上不过是个寄人篱下的穷书生的孙子,怎么敢用这样的语气和荣国府的CEO讲话?更何况凤姐儿的威名谁人不知?哪个不晓?贾瑞这种平时赶着拍薛蟠马屁混两个小钱花的货色,看见她理应躲着走才是,岂有迎上去的道理?我想这其中必有隐情,且听我慢慢道来。

贾瑞调戏王熙凤的地点是在天香楼附近,关于天香楼的故事不用我多说,各路研究者都快把楼给讨论塌了,总而言之,此处既是贾珍与秦可卿"爬灰"的所在，也是秦可卿最终命丧九泉的地方。王熙凤与尤氏每次见面都要半真半假地嬉笑怒骂一阵，好多人认为这是她俩交情好的象征；我却从不这么认为。我以为这分明就是二人面和心不和的体现。而王熙凤和秦可卿的友谊才是发自内心的，真正的要好，两人时常聊着聊着便各自红了眼眶，触动心经。说话从来都是低声细语地互诉衷肠，哪里像和尤氏那样大说大笑，不过做戏罢了。

秦王二人怎么会有这么深厚的情谊的呢？有人说：男人之间最铁的友谊是一起扛过枪，一起嫖过娼；我想女人也差不离，秦王二人定然是守着共同的秘密才会有如此紧密的阶级友情；那就是一起偷过腥。不然秦王二人怎么可能建立起这样的友谊呢？哪里来的这"许多衷肠话儿"呢？王熙凤向来目中无人，凭什么会对宁国府这个既不当家也不理财、毫无身家背景的孙少奶奶情有独钟呢？而此事恰被无意闲逛的贾瑞窥见，于是这贾瑞的闲逛便从此无心变有意了，他与王熙凤的相遇就绝非偶然了，而是功夫不负有心人了。

那么秦王二人偷腥的对象是谁呢？先来说说王熙

凤,当贾瑞在天香楼附近出现在她面前,说了几句不疼不痒的话后,她便在心中暗自发誓:"几时叫他死在我的手里,他才知道我的手段!"什么样的深仇大恨,才能叫王熙凤必置对方于死地呢?直接死在王熙凤手上的一个是尤二姐,那是夺她丈夫,甚至有可能毁她家的,所以恨之入骨。那么这个贾瑞呢?仅仅是对她说了几句轻慢之语,便要弄死他?当然不至于。有人说关键是贾瑞后来上门找了王熙凤好几次呢!错!王熙凤对贾瑞的杀心在书中明写的第一次见面时已起,后来贾瑞不知死活上门找的那几次,不过是给自己多烧了几道催命符罢了。是王熙凤深感这贾瑞仿佛一张甩不脱的狗皮膏药,粘上自己了。所以要么就等着这只癞蛤蟆握着自己的把柄,恣意要挟,要么主动出击,弄死他拉倒,一了百了。

想必当贾瑞撞破王熙凤秘事之时,王熙凤当时一定是迫于形势,低头服软了,抑或给过什么承诺,如今贾瑞是要她兑现来了。而且这贾瑞遇到凤姐儿的当天,邢王二位夫人都在场呢,那贾瑞"犹不时拿眼睛觑着凤姐儿"。这可实在是个高度危险的非死不可的家伙啊!

一点儿也不懂得贵族们的游戏规则,三纲五常那是必须放在面子上的。此处更有尤氏的一句话用以点睛,凤姐儿离了贾瑞来到天香楼见男士都不在了,开玩笑说他们"背地里又不知干什么去了",尤氏立刻笑道:"哪里都像你这么正经人呢。"这分明是句暗讽之语,放在平时凤姐儿的嘴巴岂肯饶人,但这次却没有还击,显然是还沉浸在偶遇贾瑞的惊魂未定的状态之中。

  这个贾瑞既然让天不怕地不怕的凤姐儿陷入了恐慌之中,那他的确是死定了。但是王熙凤毕竟是个闺中女子,而且贾瑞又不是什么家养的奴才,想打想杀听凭主子摆布,所以想弄死他哪那么容易?必须得有帮手才行。可是这样的事得找什么人做帮手呢?可不是膀大腰圆有力气就行的,杀贾瑞的根本目的是因为怕他泄密,那么就只有同为局中人方才可行,通俗点说也就是必须得是一条绳上的蚂蚱才最靠谱。

  那么王熙凤选了谁做帮手呢?书中第十二回,王熙凤对贾瑞说:"果然你是个明白人,比蓉儿兄弟两个强远了。我看他那样清秀,只当他们心里明白,谁知竟是两个糊涂虫,一点不知人心。"这么此地无银三百两的话,可是贾瑞正"喜的抓耳挠腮",色迷心窍,哪有心思细想王熙凤说了什么,因此一步跨入了王熙凤、贾蓉、贾蔷所设的相思局中,最终一命呜呼。

那么为什么贾蓉、贾蔷和王熙凤是一条绳上的蚂蚱呢?且待下回分解。

第四十六回

病入膏肓的宁国府

上回说到王熙凤找了一条绳上的蚂蚱贾蓉、贾蔷做帮手,设下相思局,一举搞定贾瑞这颗定时炸弹;这回来说说为什么王熙凤和贾蓉、贾蔷是一条绳上的蚂蚱。先来说说贾蓉。贾蓉出场借炕屏那一回历来备受争议,只为贾蓉借完东西已出门,王熙凤却又把他叫了回来,而王熙凤却只管慢慢吃茶,出了半日神,忽然把脸一红，笑道："罢了，你先去罢。晚饭后你来再说罢。这会子有人，我也没精神了。"而贾蓉呢？"抿着嘴儿一笑，方慢慢退去。"

　　说王熙凤贞洁者认为喊贾蓉回来或许是要说放高利贷的事，因为刘姥姥在场所以就不说了；或许是想到和贾琏的房事细节所以才把脸一红。我自然是站在王熙凤和贾蓉有故事的那支队伍里的，不过论证的观点有所不同。首先若是谈钱的事，王熙凤干吗要脸红？什么刘姥姥、周瑞家的在她眼里算哪根葱呀？她用得着因为她们在，自己想到钱就脸红？再就是把侄儿喊到跟前心里却没来由地想起老公贾琏，当王熙凤花痴哪？花痴也没这么花的呀！实在是说不通啊！更何况"晚饭后你来再说罢"这句话分明是有约在先，若无，应该说"晚饭后你来一趟，到时再说"。而这句话的意思则是反正晚饭后你是要来的，"晚饭后你来了再说吧"。

　　更别说炕屏没借之前，贾蓉听见王熙凤说已经借人了，根本不理她的茬，心知肚明地"笑嘻嘻的在炕沿上下个半跪"，撒了个娇，果然王熙凤笑嗔着就答应了。

要知道王熙凤虽说是个婶娘，比贾蓉也大不了几岁，那这个娇撒得是不是有点暧昧呢？炕沿也就是床沿子啊，已经结婚成人的侄儿，挨着床边子跟叔伯的婶娘撒娇，我就不信有谁还能嘴硬，瞪着眼睛说瞎话，硬说这是纯亲情的。尤其紧接着这一回后面就是著名的焦大之骂，而"凤姐儿和贾蓉等也遥遥的闻得，便都装作没听见"。当少不更事的宝玉虚心请教：姐姐，什么叫爬灰时，凤姐儿则赶忙"立眉嗔目断喝"了贾宝玉一顿；这一系列的表现不是心虚又是什么呢？

再来说说贾蔷，书中只说他是宁国府的正派玄孙，父母早亡，贾珍将他一手抚养成人，长得比贾蓉还要风流俊俏。他兄弟二人最相亲厚，常相共处。多么和谐的一家人啊！小朋友贾蔷虽然是个孤儿，但是有叔父一家照料，堂兄弟相亲相爱，诸般无忧；不料紧跟着曹公笔锋一转，写道："宁府人多口杂，那些不得志的奴仆们，专能造言诽谤主人，因此不知又有了什么小人诟谇谣诼之辞。"至于到底造了什么谣？如何诽谤主人的？书中不曾交代。倒是谣言之下，"贾珍想亦风闻得些口声不大好，自己也要避些嫌疑"，避什么嫌疑？为什么明明是说贾蔷与贾蓉的兄弟之情突然凭空扯进贾珍来？这些曹公一概不提，只自顾往下写："如今竟分与房舍，命贾蔷搬出宁府，自去立门户过活去了。"可以说宁国府那点不得见光的秘密几乎全都藏在这几句话里了。

　　本来当叔叔的收养侄儿是件光荣的事情啊，史湘云在家虽然时常受点她婶子的窝囊气，但对外她叔叔还是要博个抚养孤女的美名的；前面我们也曾提到过，南安王妃把史湘云当作史鼎的掌上明珠，和她开玩笑说自己来了湘云躲着不见，所以要和她叔叔算账呢。而贾蔷"总恃上有贾珍溺爱，下有贾蓉匡助，因此族中人谁敢来触逆他"。这可是实实在在的得宠啊！而贾珍确确实实地对侄儿付出了这许多，到头来却因为怕奴仆们背后议论便让贾蔷小小年纪搬出去单过了，岂非前功尽弃？！

　　要说这贾蔷年纪虽小，鬼却大，年方十六，但是其为人处世却像个六十的。茗烟大闹书房实则他是始作俑者，但他在战火尚未点燃之前，先"跺一跺靴子，故意整整衣服"，关键是还装模作样地看看日影儿，煞有介事地自言自语道："是时候了。"然后大摇大摆地全身而退，随他身后翻江倒海好了。每读至此处，都忍不住又好气又好笑，回头看看那一屋子打得稀巴烂的小屁孩，一帮二傻子！包括贾宝玉、秦钟在内，跟贾蔷根本就不是一个段位的。

  不过人言确实可畏，连惜春这样深居闺中的小姑娘都"每每风闻得有人背地里议论什么多少不堪的闲话"，尤氏虽然嘴上硬撑着："谁议论什么？又有什么可议论的！"但是曹公的旁白却是："尤氏心内原有病，怕说这些话。听说有人议论，已是心中羞恼激射。"尤氏的心病也是贾珍的病、贾蓉的病、贾蔷的病乃至秦可卿的病啊！那到底是什么病呢？且待下回分解。

第四十七回 心病

上回说到病入膏肓的一群人,包括贾珍、贾蓉、贾蔷、秦可卿和尤氏,那么他们到底得的什么病啊?心病。按秦可卿的说法是"这如今得了这个病,把我那要强的心一分也没了"。并且断言:"任凭神仙也罢,治得病治不得命。"秦可卿说得这么悲观的病,其实按书中所述,不过就是个月经不调罢了。而按照贾蓉的说法则是"她这病也不用别的,只是吃得些饮食就不怕了"。可见秦氏根本就是自己作死,不想活了,所以自己绝食,认为自己命该绝矣。

那什么事情叫秦可卿如此生无可恋呢？她和贾珍的"爬灰"事件，阖府皆知，再弄个一喝多了就骂通街的焦大。再加上贾蔷的离开，前面我们提到贾珍为着自己也需避嫌，让贾蔷搬出了宁国府，有研究者说贾蔷也许是贾珍的私生子，依我看，贾蔷父母早已亡故，不管贾蔷他妈有没有养小叔子，私生子这个称呼是不足以让贾珍心存忌惮的。宁国府蓄养娈童，书中不止一处提到，所以我以为贾蔷实际上是被贾珍作为娈童蓄养的；但在日常生活中因为和贾蓉年龄相仿，二人又长期生活在宁国府那样的大染缸里，不免日久生情，玩儿个断背山什么的一点也不奇怪。

但是不知内情的贾政按照正常思维给贾蓉保了个媒，为了掩人耳目，贾蓉也的确需要结个婚，成个亲；没想到却娶了个可以说是倾国倾城的秦可卿，这对贾珍来说实在是个意外的收获。不过正如贾赦所说的"自古嫦娥爱少年"，贾蓉的心思既不全在秦可卿身上，秦氏自然难免闺中寂寞，不管贾珍和贾蔷谁先与秦可卿挂上钩，反正贾蔷这个小叔子秦可卿是养定了。所以我想贾珍不过是以避嫌为借口，调开日渐成为自己情敌的贾蔷罢了。不然以贾珍的德行，他会在乎谁的议论？看他给秦可卿办丧事那不管不顾的劲，他岂是顾及人言的角色？同样是通过秦可卿的丧事，的确也能感觉到贾珍对秦可卿那可是动了真情了。

贾蔷搬出去单过，对于贾珍和贾蓉而言，只有更加便利，唯有秦可卿则与贾蔷从此咫尺天涯了。而贾蔷也恰恰是因为有了秦可卿才知道了男欢女爱方是人间正道，这才有了后来他与龄官之间的一段情。那龄官长得"大有林黛玉之态"，而秦可卿长得是兼具钗黛之美的，所以龄官身上自然就有秦可卿的影子。我想这也许就是贾蔷为什么会如此深爱这么个地位低下的小戏子的根本原因吧！

非但贾蔷与贾蓉有断袖之谊，我认为秦钟搞同性恋的本事应该也是从宁国府学会的。贾蓉或许就是他的启蒙老师呢。虽然秦可卿自称和贾蓉相敬如宾，但贾蓉对秦可卿的淡漠是众多研究者有目共睹的，我也就不重复了。而贾蓉对秦钟的关爱却是罕见的，当凤姐儿要见秦钟遭到尤氏劝阻时，他赶紧上前解围："他生的腼腆，没见过大阵仗儿，婶子见了，没的生气。"而且亲自出去将秦钟带了进来。并且第二天一大早就亲自带了秦钟前去拜见贾母。试问贾蓉这小子什么时候对别人这么好过？当然还有一个人，贾蓉也是同样对待的，那就是贾蔷。

贾蓉与贾蔷除了书中笼统的一句说辞"他兄弟二人最相亲厚，常相共处"外，另有书中第十六回，贾珍将去苏州采买小戏子，组建戏班子的美差给了贾蔷，贾琏疑虑地将贾蔷上下打量了一番说："你能在这一行么？这个事虽不算甚大，里头大有藏掖的。"贾蓉赶紧就在身旁的灯影下悄悄拉凤姐儿的衣襟，王熙凤心领神会赶快圆场："你也太操心了，难道大爷比咱们还不会用人？偏你又怕他不在行了。谁都是在行的？""依我说就很好。"

有读者疑惑，怎么可能像我说得如此不堪？！诸位，就宁国府那堆事，怎么说都有过之而无不及；不然柳湘莲也不会说"你们东府里除了那两个石头狮子干

净,只怕连猫儿狗儿都不干净。我不做这剩王八"。上述种种,哪一桩不是尤氏的心病呢?!又哪一桩不是秦氏的心病呢?!那到底这病该如何医治呢?且待下回分解。

第四十八回 穿了一双高跟鞋的秦可卿

上回说到尤氏、秦氏共同的心病,那么有什么药可以医治此病呢?无药可治。唯有一死。所以秦可卿作为局中人的结局只能是"淫丧天香楼"了。有研究者认为秦氏与贾珍偷情被尤氏撞破,羞愧难当,所以只好上吊自我了结；更有甚者还以小说的形式绘声绘色地将这一场景描绘了一番。依我之见，这个结局是最没可能的。尤氏何等样人，千锤百炼，何况贾蓉又不是自己亲生的，没有秦可卿贾珍一样消停不了，所以气归气，她是不会去捅破这层纸的。有人说也许是无意间撞破的呢？那就更不可能了，正如贾母所说，无论是贾珍还是秦可卿，怎么可能单独一个人，身边怎么也得有几个丫鬟小厮的，所以尤氏除了自找难堪，否则绝不可能搞个什么无意撞破的。所以秦可卿之死依我看不过是个早晚的事。很难说是不是因为贾蔷的离开让她生无可恋呢。综合前面所述的各种情况看，秦可卿不过就像我多年前看过的一篇文章，说婚姻就像鞋子，有的是高跟鞋，有的是草鞋，有的是运动鞋，总之各种比喻，很形象也很恰当，给我留下了深刻的印象；这秦可卿的婚姻就是穿了双高跟鞋，看着光鲜，脚疼得钻心只有自己知道。

至于被一众红学爱好者赋予各种想象的秦可卿的两个丫鬟：瑞珠和宝珠，我以为根本不必假设出若干突发事件，主子没了，知道太多秘密的奴才当然也命不久矣，只不过两个丫头一个笨点，一个精点；笨的那个越想越怕，一死了之，精的那个搞了个终身守灵，不但逃过一劫，还混了个小姐的身份。可见人生处处是机遇啊！危机与转机，完全取决于思路。

不过宁国府这"爬灰"的恶名一直以来都是贾珍在背，不知诸位是否注意到红楼梦曲《好事终》，这本是写秦可卿的曲子，但其中有句话却令人颇费猜疑"箕裘颓堕皆从敬，家事消亡首罪宁。宿孽总因情！"这个敬字毫无疑问是指贾敬，书中似乎并没有对贾敬不利的言辞，因此大部分红学爱好者都将这句话理解为：贾敬教子无方，纵容贾珍胡作非为。我却不这么认为，如果只是教子无方，就像是秦邦业、贾代儒，谁会把秦钟、贾瑞之死的责任归到两个老头的身上呢？怎么贾珍的错偏偏就要算到贾敬的头上呢？显然是说不通的。

因此我们只能自己好好地来琢磨琢磨这个贾敬了。贾敬第一次在书中出现是第二回《冷子兴演说荣国府》时，冷子兴感叹："次子贾敬袭了官，如今一味好道，只爱烧丹炼汞""只在都中城外和道士们胡羼。""胡屦"这两个字一看就不是褒义词啊,大概是鬼混的意思。这贾敬将自己所袭爵位给了儿子贾珍,照理他除了宁国府老太爷这个称谓其实就是一介白丁,但在他死后却由礼部代奏:"系进士出身,祖职已荫其子贾珍。"诸位,进士出身,也就是说贾敬曾经也是个学霸级的人物;而天子的答复更有意思了:"贾敬虽白衣无功于国,念彼祖父之功,追赐五品之职。""朝中由王公以下准其祭吊。"撇开祖宗余荫不谈,一个进士是怎么变成一介白丁的?诸位可还记得不久前我们刚提过的秦可卿的丧事?那可是四大王都设棚路祭的,而贾敬之丧却只准王公以下前往祭吊。

秦可卿的丧事在书中第十三回,贾敬的丧事在第六十三回;短短五十回,书中所描述的大都是些风花雪月、花团锦簇之事,然而波澜不惊的太平盛况下,贾敬身份的变迁无疑暗藏着贾府在朝中地位的变迁,天子的态度同时也是明白昭示了贾元春在宫中的地位,书中第十六回贾元春"晋封为凤藻宫尚书,加封贤德妃"。贾府开始筹备元妃省亲事宜,在此之前已有周贵人家动了

工了，吴贵妃家也已经往城外踏看地方去了。可见如"鲜花着锦，烈火烹油"的元妃省亲并非是独得恩宠，不过是雨露均沾罢了。

一个书中的边缘人物贾敬，对于整部《红楼梦》而言，简直就是个打酱油的角色，诸位如果你以前是这么看贾敬的，那你可真是辜负了曹公的十年心血了！虽然已经唠叨了上面这一堆闲话，但和贾敬相关的事我还没说完呢，且待下回分解吧。

第四十九回 贾惜春

上回说贾敬,这贾敬身上的疑点可不仅仅是他莫名其妙丢掉的进士出身;我以为他身上最大的疑点乃是惜春。惜春同样是个容易被人遗忘的角色,她似乎应该是大观园众姐妹中最小的一个。前面我们说林黛玉一进贾府时只有六岁,但书中对她的形容样貌、言谈举止已经有了详细的描述,而对惜春则是"第三个身量未足,形容尚小"。可见这惜春撑死了也就四五岁,而这个四五岁的小丫头却是贾珍的亲妹妹,也就是贾敬的女儿。贾蓉当时有十六七岁,假设贾珍也是十六七岁成的亲,那么贾珍此时至少就该有三十四五岁,如果贾敬同样是十六七岁结婚,那么这会儿贾敬怎么也得有五十二三岁了。而贾敬只有贾珍与贾惜春两个孩子,并不曾见有第三个出现,那么也就是说贾敬时隔三十年,老树发新芽又生了个小娃娃,贾惜春。

不过五十多岁的男人发个新芽不稀奇,可五十来岁的老蚌想怀珠可就不那么容易了。贾惜春的妈是谁?书中借冷子兴之口特别强调:"二小姐乃是赦老爷姨娘所出","三小姐政老爷庶出",唯有"四小姐乃宁府珍爷胞妹";有人怀疑惜春和贾珍同父异母,这是绝对不可能的,君不见冷子兴接着又说了贾敏"目今你贵东家林公的夫人,即荣府中赦、政二公的胞妹"。可见"胞妹"二字在冷子兴的概念里那绝对是一母同胞的亲兄妹,所以我们完全可以断定理论上贾珍和贾惜春是同一个妈。而惜春是"因母早逝"才被贾母接到荣国府抚养的。那么问题来了,就算我们假设贾敬是个情种,对发妻一往情深,老婆死了,他也万念俱灰,所以才去和道士们胡屑；那尤氏呢？尤氏这么能干，为什么不能长嫂为母呢？何况又不必像寻常的小户人家那样凡事都得亲力亲为，为什么反而是贾母收留了惜春呢？

而惜春的日常生活中，从未和贾珍有过任何交集，连薛蟠那样胡作非为的呆霸王出差还会给妹妹买点纪念品，书中第三十五回更是细心了"妹妹的项圈我瞧瞧，只怕该炸一炸去了"。又说："妹妹如今也该添补些衣裳了。要什么颜色花样，告诉我。"贾珍一个场面上的人，难道不及薛蟠这个混世魔王？贾珍的小厮是惜春的丫鬟入画的哥哥，这兄妹俩隔着重重关卡还私下往来呢！身为一族之长的贾珍，看他分配年货时的风采，也算是面面俱到，颇有长者风范，连打点送贾母的针线礼物，看戏时赏人的零钱都无不想得周到，却是对自己的同胞妹妹从无半点关照。尤氏也一样，到大观园逛过无数遍，却从来不曾专程去看望一下亲小姑子。尤其是无论是秦可卿死还是贾敬死，这一切仿佛都与惜春无关。

就算惜春再小，到贾敬死的时候已是书中第六十三回，第四十五回时，林黛玉已经自称十五岁了，第六十三回恰是《寿怡红群芳开夜宴》，一群人扎堆过生日，虽说书中并未交代具体年龄，但从第四十五回到第六十三回又不知过了几度春秋了；这惜春到了第六十三回，怎么说也该是十五六岁的人了（或许更大），她亲爹死了，既不见尤氏派人给她报丧，也不见她有什么送终尽孝之类的描述。总之，曹公仿佛把这个宁国府唯一的正牌大小姐忘得一干二净了。当然，他老人家这一部书玩了十来年，是绝对不会忘了任何一个人的，不写就是要埋下伏笔，可惜如今无从得知了！也好！听凭各路大神自由发挥、任意想象了。

  书中只说尤氏是贾珍的继室，而对贾珍的原配是谁、怎么死的都不曾提及，只在第六十八回《酸凤姐闹翻宁国府》时王熙凤骂过贾蓉一句"你死了的娘阴灵也不容你"。我小时候看过一出戏，叫《李慧娘》，从那出戏开始我才明白，原来所谓的鬼都是横死的，那善终之人是不入鬼道的，只有一股怨气郁结于胸，才能有所谓的阴灵。所以我有个大胆的设想：贾珍的原配会不会是

和秦可卿一样,自缢身亡?秦可卿的死是历史的重演,所以贾珍难以自抑的悲才会过分得如此令人匪夷所思。此话怎讲?且待下回分解。

第五十回

箕裘颓堕皆从敬

上回说到贾珍原配很可能和秦可卿一样,也是自缢身亡,因此当秦可卿重蹈覆辙时,贾珍才越发痛彻心扉;往事历历在目:当他发现自己的妻子行为不检且身怀有孕,而登徒子正是自己的父亲贾敬时,他痛不欲生,却又难以启齿;很快他发现母亲也是知情者,母子二人不免抱头痛哭;为了家族荣誉,自身颜面,贾珍之母对外谎称怀孕,贾珍之妻同时称病不起;于是当这个孩子出生之日便是老少两个女人命断之时。而这个孩子便是贾惜春。贾母作为宁荣二府唯一健在的老祖宗,贾珍抑或贾敬主动找她坦白了一切,于是贾母出手将惜春接到荣国府和孙女儿们一起抚养。这样好歹不至于让活着的人乱了辈分。

而无论是尤氏还是惜春,随着时间的推移,往事陆陆续续地从"有人背地里议论什么多少不堪的闲话"中知晓,因此惜春才会对尤氏说:"古人说得好:善恶生死,父子不能有所勖助,何况你我二人之间。我只知道保得住我就够了,不管你们。"也正因如此,惜春才会最终与青灯古佛相伴。实在是看透了人世无常了!而贾敬呢,老少两代媳妇因他而死,出家与道士们为伍也就不难理解了。将爵位传给儿子,也算是个补偿吧。这才真是"箕裘颓堕皆从敬"哪!

不知诸位是否注意到书中第十一回,王夫人问及秦可卿病情时,尤氏答:"她这个病得的也奇。上月中秋还跟着老太太、太太们顽了半夜,回家来好好的。""这将近半个多月了。经期又有两个月没来。"邢夫人马上接口道:"别是喜罢?"等贾珍出去了,尤氏才回答:"从前大夫也有说是喜的。"后来的大夫说不是,却又并未说出什么明确的病名来,只说是"很大的一个症候"。给贾府中人看病的大夫,岂是寻常庸医?连给晴雯看病的都是太医院的太医,怎么可能连区区滑脉都搞不明白?那日常行走于皇帝的后宫岂不早就被砍了十八回脑壳了?

所以我说秦可卿必是和她死了的婆婆一样,怀上了自己老公公的孩子了。惜春的存在无时无刻不提醒着所有相关人员那不堪回首的往事,再加上前面我所说的诸般原因,二五一凑,得!秦可卿步了婆婆后尘。

你说这贾珍能不伤心吗?哭今人,悼先人;思前想后,痛断肝肠!所以秦可卿的丧事可以说在贾珍的心目中是将母亲、原配、儿媳妇三个人的葬礼一块给办了;当年很可能因为贾珍、贾敬心虚,诸事仓促;如今贾珍自己当家做主了,正好借题发挥,恣意奢华一把。这样盛大的场面,可以说宁荣二府男女老幼全都到齐了,可是，唯独惜春没有出现。她若出现的确是太尴尬了！贾敬的葬礼也一样，还是别来的好。

至此，总算是将秦可卿给交代完毕了。那贾府内宅太太、奶奶们的福布斯榜也应该告一段落了吧？还早着呢！下面该说说那个位居姨太太，实则连个有头脸的大丫头都不如；更别说和管家娘子们比的贾府三小姐、刺玫瑰贾探春的亲妈——赵姨娘。

这赵姨娘可以说是红楼梦里唯一一个被全盘否定的人物，贾府上下几百口老少，没有一个人说她一句好话，她自己也对周围的一切充满了怨恨。凡是和她相关之处，字里行间无不透露出曹公对于这个角色的厌恶之情；这我就纳了闷了，这么个烂人，曹公为什么偏偏就安排她做了探春的妈呢？哪怕让毫无声息的周姨娘作为探春的生母也比这个人强百倍啊！是啊，那这到底是为什么呢？且待下回分解。

第五十一回 赵姨娘

上回说到赵姨娘,那么为什么曹公这么讨厌她呢?又为什么安排她做探春的亲妈呢?要知道探春也是曹公心爱之人呢!探春第一次出场在第三回,"削肩细腰,长挑身材,鸭蛋脸面,俊眼修眉,顾盼神飞,文采精华,见之忘俗"。这是林黛玉眼中的探春,无疑,即使是在林黛玉的眼里,探春也是超凡脱俗的。可这么个风神俊秀之人偏偏出自赵姨娘;我想曹公这么做原因无外乎两点:一、所有的作者都会从自己身边搜集素材,曹公的成长过程中一定曾遇到过类似人物,印象深刻;

二、则是为了给探春加戏,使探春这个人物形象更加丰满。书中和赵姨娘相关的有三出大戏:一是赵姨娘利用巫蛊之术算计王熙凤和贾宝玉,二是赵姨娘为兄弟争丧葬费,三是大闹怡红院。我们暂时将赵姨娘有多少银子的事撂一边,先来聊聊这几出戏。

先说第五十五回赵姨娘为自家兄弟争丧葬费的事,这件事是直接与探春相关的;这一回的回目名叫《辱亲女愚妾争闲气,欺幼主刁奴蓄险心》,看题目就能窥见曹公心事,探春处处要强、时时自爱,可偏偏是心比天高,命比纸薄,大观园里像她这样的女孩儿太多了,晴雯、司棋等都一样,只不过探春比她们的运气还略好些,是个小姐的身份,但她的亲妈却偏是个家生子的女儿,也就是生来就是个奴才。此处不免想起鸳鸯,也是个家生子的女儿,差一点也成了姨娘。当时邢夫人就曾亲口对她说:"过一年半载,生下个一男半女,你就和我并肩了。"赵姨娘就是那个成功生了一男半女的角色,可她和王夫人并肩了吗?书中第二十回,贾环和莺儿赖账,搞得不欢而散,赵姨娘训他正好被王熙凤听见，王熙凤毫不客气地把赵姨娘反过来训了一顿，并警告赵姨娘："他现是主子，不好了，横竖有教导他的人，与你什么相干！"别说和王夫人并肩了，在王熙凤眼里她永远都是个奴才。

当赵姨娘的兄弟赵国基死时，恰是探春与李纨、宝钗三人当家的期间，管家娘子吴新登媳妇耍阴，不提旧规矩，李纨参照袭人之母的先例赏银四十两，探春问旧制，吴新登媳妇回了句一语双关的话："这也不是什么大事，赏多少，谁还敢争不成？"这话听着是讨好探春，实则暗讽探春与赵国基的关系，探春也是个冰雪聪明的人，岂有听不出的，只是不好发作，只能要求查旧账，结果按例只能给二十两。不想赵姨娘闻讯顿时杀上门来。说真的，赵姨娘的话也不无道理，"我这屋里熬油似的熬了这么大年纪，又有你和你兄弟，这会子连袭人都不如了，我还有什么脸？连你也没脸面，别说我了！"一个"熬"字将赵姨娘生存之不易描画得栩栩如生。多少读者也因此事责骂探春附庸权势，对亲娘淡薄；拜托诸位！万不可脱离文章背景以现代人的观点看书中人。探春的回答是："我但凡是个男人，可以出得去，我必早走了，立一番事业""偏我是女孩儿家，一句多话也没有我乱说的""倘或太太知道了，怕我为难不叫我管，那才正经没脸，连姨娘也真没脸！"一面说，一面不禁滚下泪来。设身处地替探春想想，万般无奈皆化作珠泪滚滚。偏那赵姨娘蠢到极致，"太太疼你，你越发拉扯拉扯我们。你只顾讨太太的疼，就把我们忘了。"探春答："我怎么忘了？叫我怎么拉扯？"是啊！她一个不当家不理财的姑娘又能做得了什么主呢？平时防着那拨嘴尖毛长的佣人窃窃私语还来不及呢！但赵姨娘这个蠢货，以为探春这段时期临时管个家，自己终于熬出头了，该扬眉吐气了，所以不依不饶；"如今你舅舅死了，你多给了二三十两银子，难道太太就不依你？"气得探春只好哭道："谁不知道我是姨娘养的，必要过两三个月寻出由头来，彻底来翻腾一阵，生怕人不知道，故意的表白表白。"就赵姨娘这货，即便身在现代社会也是够呛。

也许有读者觉得赵姨娘说得没错啊，王夫人的确不会因为二三十两银子责怪探春的；但我还是那句话，一定要留心书中的时代背景，正因为探春是姨娘所生，所以才格外心高气傲，不是她敏感，实在是现实逼得她不得不留神。王熙凤和平儿私聊时也是因为此事替她惋惜："只可惜她命薄，没托生在太太肚里。"并且叹惜："虽然庶出一样，女儿却比不得男人，将来攀亲时，如今有一种轻狂人，先要打听姑娘是正出庶出，多有为庶出不要的。"可见"姨娘养的"就像是个烙印，这一生一世都要跟着探春的，死都甩不脱。迎春后来死得那么惨，其实和她的庶出身份也是密切相关的。

所以这一回的标题起得好啊，"愚妾"，这娘儿们实在是愚蠢至极。本来她生了一儿一女，只要静静地等待儿女成人，自有出头之日，可她偏就把手里的一对王给打烂了。当然也有研究者深厌探春的，认为她不过是借赵国基之事作秀罢了。我却不敢苟同，作为管理者避嫌是最起码的素质，更是服众立威所必不可少的环节。赵姨娘若是个明白人，此时正该支持女儿的工作才是上策呀。王熙凤就很明白这个道理："俗语擒贼先擒王，她

如今要作法开端,一定是先拿我开端。倘或她要驳我的事,你可别分辩,你只越恭敬,越说驳的是才好。千万别想着怕我没脸,和她一犟,就不好了。"不但王熙凤明白这个道理,平儿也清楚得很,早已行动在先了。若换了赵姨娘岂非又是一场大闹?

　　赵姨娘这糊涂蛋干的糊涂事还有更绝的在后面,且待下回分解。

第五十二回 偷鸡不成蚀把米

上回说到赵姨娘那个糊涂虫拆女儿的台,这回还接着说她干的糊涂事。书中第二十五回,标题是"魇魔法姊弟逢五鬼 红楼梦通灵遇双真"。这一回的事件是由赵姨娘挑起的,最后平定此事的是贾宝玉胎里带来的宝玉,不过此物在俗世待久了,"被声色货利所迷,故不灵验了。"于是两个终极大Boss(一僧一道)出场加持了一下,王熙凤和贾宝玉就又满血复活了。由此可见,这赵姨娘也非寻常人等,也是和贾宝玉以及十二钗等人有些因果的,若不是经她这么一折腾,那玉岂非越来越迷糊?这就难怪她做了探春的妈了。不过当局者还是迷的,这背后的因果又岂是局中人所能洞悉的?!所以我们还得来说说身在局中的赵姨娘。

这赵姨娘通篇难寻她一处好,恰恰在这一回里她无意中的一句话倒是显出她也有善良的一刻。那便是当她和那个借机打秋风的贾宝玉的寄名的干娘马道婆聊起贾宝玉时说:"他还是小孩子家,长的得人意儿,大人偏疼他些也还罢了。"这是她难得的一次以平和、客观的心态看待贾宝玉的得宠,且不含半点酸妒之意;本来她接下来发两句对王熙凤的牢骚也不是什么大事,不想这马道婆却是个唯恐天下不乱的主;也难怪,若是天下太平这些个神婆之类的上哪儿去混钱呢?于是赵姨娘这个蠢婆娘被她稍微挑了几句,就将自己攒了多年的体己钱全拿了出来——到底有多少书中未交代,只说"白花花的一堆银子",但是我想不会有多少,不过是些平时积攒下来的零钱罢了,看着多,点点也没多少,不然也不用再打五百两的欠条了。这赵姨娘是豁出去了的节奏啊!把所有的希望全都寄托在马道婆身上了。

要不说人笨真是没招啊!赵姨娘之所以敢这么孤注一掷,先不说马道婆有没有这等神通,就算事成了,本来属于王熙凤和贾宝玉的难道就能轮到贾环吗?正如贾母所说:"你愿他死了,有什么好处?你别做梦!他死了,我只和你们要命。""这会子逼死了,你们遂了心,我饶哪一个!"先别说贾母盛怒之下会干出什么事了,单王夫人又怎么可能让儿子白死呢?贾环烫伤了贾宝玉,王夫人就已经把赵姨娘骂得狗血喷头了:"养出这样黑心不知道理下流种子来,也不管管!几番几次我都不理论,你们得了意了,越发上来了!"可见王夫人也是一直在隐忍呢!她如今这"木头似的"样子只不过是个假象罢了,前面我们也曾提过,王夫人在娘家未嫁之时那是"着实响快,会待人";也是个狠角儿呢!常言说侄女像家姑,王熙凤若不是和王夫人的真实性格有几分相像,王夫人怎么会这么喜欢她呢?!儿子若没了,贾环还能有个好？现在贾环之所以能安安生生地和赵姨娘生活在一起，那是因为贾珠虽没了，还有贾兰；更何况还有贾宝玉。其实这也是为什么探春由王夫人抚养，而贾环却由赵姨娘抚养的根本原因；照道理贾环是男孩，更应该由嫡母抚养，但是众所周知，贾母才是荣国府的最高领导，贾环留在赵姨娘身边自然就远离了权力中心。所以贾宝玉若有个三长两短恐怕第一个遭殃的就是贾环了。何况还有个超级大鳄王子腾，他的侄女假如暴亡在婆家，他会善罢甘休吗？哎呀！亏得姐弟二人最终太平无事，不然后果真就不堪设想。

不过赵姨娘这样的蠢货当然不可能想到这么多了，否则她也不可能拿全副身家博这么一下子了。也是够可怜的，挺费劲攒的几个钱全打水漂了。尤氏形容她和周姨娘"两个苦瓠子"一点儿也不假，你看当那马道婆跟她要两块布做鞋面时，她叹了口气道："你瞧瞧那里头，还有哪一块是成样的？成了样的东西，也不能到我手里来！"说话时面前就堆着些零碎绸缎帕角，这也就难怪她对探春哭诉自己的日子过得"熬油似的"，倒也真是句实话。可是日子过成这样难道全是别人的错吗？当然不可能。

让我们来做个横向比较，周姨娘没有可比性，她俩同在王夫人手下混日子，和赵姨娘身份最接近的是平儿；赵姨娘伺候的是王夫人和贾政，平儿伺候的是王熙凤和贾琏，王熙凤无疑比王夫人要难伺候百倍；作为老公来说，贾政更比贾琏要强出千倍万倍；赵姨娘有一儿一女，平儿一无所出；赵姨娘是名正言顺的姨娘，而平儿只是个名不正、言不顺的通房大丫头；可是这两人在贾府里混得那是天壤之别。所以赵姨娘的一切真的都是咎由自取。

这赵姨奶奶还有更离谱的招数呢！且待下回分解。

第五十三回 赵姨娘PK野驴子

上回说了赵姨娘痴心妄想搞小动作,结果偷鸡不成蚀把米;有主角光环加持的贾宝玉和王熙凤哪那么容易死?!

这回要说的故事就更滑稽了。本来不过是贾环向芳官要了点擦春癣的蔷薇硝,结果芳官因为是蕊官送的就舍不得给,想找存货却又人多手杂被别人用了,于是就包了一包茉莉粉打发了贾环。贾环素来和王夫人的丫鬟彩云比较要好,因此就把这包茉莉粉给了彩云。那彩云是个小姑娘,时常要用到这些东西的,自然一眼就分辨出是什么来。其实蔷薇硝未必就比茉莉粉高级,用贾环的话说:"这也是好的,硝粉一样留着擦罢,自是比外头买的高便好。"而且比先前的还带些红色,闻着也是喷喷香的,所以彩云也就收下了。

不想赵姨娘却借题发挥,非要贾环去找芳官兴师问罪,什么理由不重要,重要的是要"趁着这回子撞尸的撞尸去了,挺床的便挺床,吵一出子,大家别心净,也算是报仇"。就说这什么妈呀?也难怪当贾环看见贾宝玉在王夫人屋里撒娇,干出了烫伤贾宝玉的事,而且是"每每暗中算计,只是不得下手,今见相离甚近,便要用热油烫瞎他的眼睛。因而故意装作失手,把那一盏油汪汪的蜡灯向宝玉脸上只一推"。小小年纪何其歹毒!这都拜赵姨娘素日调教所赐。

还好这次贾环识相,不愿意去,关键是以前听他老娘的吃过苦头了,"倘或往学里告去挨了打,你敢自不疼呢？遭遭儿调唆了我闹去，闹出了事来，我挨了打骂，你一般也低了头"。看来这小子被他妈当枪使不是一回两回了。那赵姨娘于是喋喋不休地骂了各色人等一通。本来她骂的无非泼妇骂街的一系列常用词汇，但我就服了曹公了，他是怎么能熟悉这一套辞令的，这些话可比"小蹄子""小娼妇"之类的大观园中人骂街的通用词汇要有生活气息多了；而且通过这段骂我可真相信曹公是辽宁铁岭人了，至少在那待过一段时期。我曾在辽宁地区生活过七八年，曾见过数位出身乡野的女战神，骂人时的风采与此时的赵姨娘一般无二。诸位看官如有兴趣可翻阅原著第六十回，方能一睹曹公笔墨之风采，真是无论人物大小，无不塑造得栩栩如生。

最终，贾环的一句"你不怕三姐姐，你敢去，我就伏你"彻底激怒了赵姨娘。此处曹公用了一个"喊"字便将赵姨娘恼羞成怒的样子描画了出来，那赵姨娘喊道："我肠子爬出来的，我再怕不成？"前阵子刚发生的争丧葬费的事忘得一干二净，"一面说，一面拿了那包粉，便飞也似往园中去"。彩云和贾环见拦不住便都躲开了。

那赵姨娘恰巧迎头遇到了同样对小戏子们心存怨愤的夏婆子，这下好，火上再浇勺油，关键是这夏婆子说了句"你老想一想，这屋里除了太太，谁还大似你？"这句话正是赵姨娘日思夜想的，经夏婆子这么一说，赵姨娘仿佛美梦成了真，一下子来了神了。于是处于嗑药状态的赵姨娘一见芳官便直接上演全武行，同时开骂，而且直接以主妇自居了："你是我银子钱买来学戏的"，"我家里下三等奴才也比你高贵些"；芳官是干吗的？唱戏的，正旦。玩的就是嘴皮子："姨奶奶犯不着来骂我，我又不是姨奶奶家买的"，"梅香拜把子都是奴几呢！"几句话把赵姨娘打回原形，赵姨娘气得上来就抽了芳官俩大嘴巴子，芳官自然不肯干休，"耶律雄奴"的名字可不是白得的，有人叫不明白这几个字，还有叫芳官"野驴子"的，你就想吧，这野驴子撒起野来谁能整得了？当下芳官直接往地上一倒，开始打滚，泼哭泼闹起来。

前面我们曾提到过，留在大观园的一共八个小戏子,当下小生藕官、小旦蕊官、小花面豆官、大花面葵官,四人闻讯赶到怡红院,豆官乃武行出身,进门先便一头,几乎将赵姨娘放倒,"那三个也便拥上来,放声大哭,手撕头撞,把个赵姨娘裹住"。晴雯一伙一边看笑话一边假装拉架,就差也来两记太平拳凑热闹了。蕊官、藕官抱住赵姨娘左右手,葵官、豆官拿头顶住赵姨娘前后心,芳官直挺挺躺在地上,哭得死过去,外面站满了看热闹的人,贾宝玉听说赵姨娘在自己院中撒泼,虽是心中不悦,但说又不是,不说又不是,只能躲在蘅芜苑等她闹完再说。哎哟!这场热闹真的笑到肚子疼,其壮观场面丝毫不比茗烟闹书房逊色。这两场男、女版武行大戏可真是书中精华,神来之笔,各有千秋。

正在赵姨娘没了主意,只好乱骂之际,晴雯派去报信的将尤氏、李纨、探春、平儿等人喊来了,四个小戏子被喝止,那赵姨娘气得瞪着眼睛粗了筋,却什么也说不清楚,其他人不好搭话,探春叹了口气道:"这是什么大事,姨娘也太肯动气了!"随即轻描淡写一句话便将赵姨娘解出窘境:"我正有一句话要请姨娘商议,怪道丫头说不知在哪里,原来在这里生气呢,快同我来。"

要不说探春高明呢,单就这件事情的处理,探春还有更加高明之处。且待下回分解。

第五十四回 「刺玫瑰」

上回说到赵姨娘大闹怡红院陷入窘境,被探春一句话解救了出来,虽说探春嘴上也责怪赵姨娘不自重,叫她要向周姨娘学习:"你瞧周姨娘,怎不见人欺她,她也不寻人去。"但探春心中还是替老娘抱屈的,觉得赵姨娘就是个被人当枪使的傻瓜,因此忍不住对李纨抱怨道:"这么大年纪,行出来的事总不叫人敬伏。""并不留体统,耳朵又软,心里又没有计算。这又是那起没脸面的奴才们的调停,作弄出个呆人替他们出气。"这探春越想越气,毕竟是自己亲妈,就命人去调查到底是谁调唆的;这么多张嘴,怎么可能查得出来?

正当探春的气慢慢地平复下来时,却有一个小戏子艾官悄悄地告诉探春是夏婆子所为。探春此时已冷静下来,"虽知情弊,亦料定他们皆是一党,本皆淘气异常,便只答应,也不肯据此为实。"如果探春听了艾官的告密之言,拿夏婆子问罪,势必又是一场风波,可是探春却将此事轻轻按下,就此了结。这才是探春为人处世比其母高明之处。

不过探春也并非事事皆如此忍让的,抄检大观园时,"刺玫瑰"就终于没绷住,抬手甩了掀她衣襟的王善保家的一个大嘴巴子(这泼辣程度可是真有点赵姨娘的基因了)。这王善保家的是邢夫人的陪房,心中欺探春是个未出阁的姑娘,更何况还是个庶出,所以想在众人面前出个风头,压根没想到探春如此泼辣,一个巴掌老脸全没。在这场戏中探春打人还不算书之精华,精华乃是她与众不同的卓越远见:"可知这样大族人家,若从外头杀来,一时是杀不死的","百足之虫,死而不僵。必须先从家里自杀自灭起来，才能一败涂地！"这才是曹公设计这场大戏最终所想要表达的。

说起抄检大观园这件事，有一个人不得不提一下：那就是芳官。赵姨娘大闹怡红院的始作俑者，等于是王夫人变相地替赵姨娘报仇出气了，"唱戏的女孩子，自然是狐狸精了！"这个观点王夫人和赵姨娘空前一致。这芳官还曾让袭人和晴雯的战线高度统一过。书中凡有袭人和晴雯同时出现，几乎不是斗嘴磨牙就是挖苦怄气，唯独芳官的出现让她俩一下子共同感受到了威胁。

本来袭人和晴雯都是贾母派给贾宝玉的，按照贾府的规矩：凡爷们大了，未娶妻前皆放两个人在房里"伏侍"；也就是通房丫头，将来可以升任姨娘，免得青春期的公子哥们外出学坏了。显然袭人和晴雯都是贾母给贾宝玉准备的姨娘，而晴雯则更合贾母的心意，这也是袭人不得不投靠王夫人的根本原因；两人平时斗来斗去，此消彼长，势均力敌，倒也相安无事。可是半路杀出来的芳官一下子夺了众人的眼球；尤其是贾宝玉的。贾宝玉对芳官的喜爱几乎到了痴迷的地步，什么晴雯撕扇之类的和芳官一比全都弱爆了。所以袭人和晴雯的战线一下子就统一了。

赵姨娘大闹怡红院时,袭人要上前劝架,晴雯悄悄拉拉袭人说:"别管他们,让他们闹去,看怎么开交!"这是除了要看赵姨娘的热闹,同时也想看芳官的笑话呢。而书中也并未说袭人批评或不理晴雯,自己坚持劝架,而是一直到四个小戏子把赵姨娘困住时,两人才上前一面笑,一面拉,写晴雯就直白了,"假意去拉",写袭人是拉起这个,跑了那个,等于没拉。试想以当时的社会背景而言,怎么说都是芳官的错,可是贾宝玉回来后,非但对芳官没有半句批评,反而是"劝了芳官一阵,方大家安妥"。而且为了进一步宽慰芳官,把玫瑰露连瓶都给了芳官拿去送人。至于这玫瑰露后来所引起的官司那是后话,此处先不论,以后有空再说。只说这芳官自打和赵姨娘干了一架,风头在大观园里可谓一时无两。详情且待下回分解。

第五十五回 芳官

上回说到在大观园里风头十足的芳官,要说这芳官那可真是引领时尚新潮流的角色,先说她的名字,那贾宝玉将她爱若珍宝,一个名字左改右改,先是叫"雄奴",后改成"耶律雄奴",不料佩凤、偕鸳、香菱几个嫌这名字拗口,直接就叫"野驴子";宝玉见人人取笑,又恐作践了她,赶紧又改成"温都里纳"。因为这"温都里纳"是金星玻璃的意思,所以众人图省事,就又叫她"玻璃"。佩凤等人拿芳官的名字打趣,贾宝玉急得满口央求:"好姐姐们别顽了,没的叫人跟着你们学着骂她。"

再看那芳官的打扮,群芳夜宴时,一屋子的莺莺燕燕,曹公唯独细写了贾宝玉和芳官两人,贾宝玉是"只穿着大红棉纱小袄子,下面绿绫弹墨袷裤,散着裤脚",而芳官呢?"只穿着一件玉色红青酡绒三色缎子斗的水田小夹袄,束着一条柳绿汗巾,底下水红撒花夹裤,也散着裤腿。"为了让宝玉与芳官二人的服饰此刻更加般配,曹公特意让贾宝玉倚着一个玉色夹纱新枕头。而芳官曹公则让她"头上眉额编着一圈小辫,总归至顶心,结一根鹅卵粗细的总辫,拖在脑后",一如贾宝玉的日常打扮。

书中第二十一回时,史湘云曾替贾宝玉梳过头,梳的就是和芳官类似的发型:"将四围短发编成小辫,往顶心发上归了总,编一根大辫,红绦结住。自发顶至辫梢,一路四颗珍珠,下面有金坠脚。"书中每次梳头都会发生点小故事,这次也不例外,花大姐姐不高兴了,觉得湘云给宝玉梳头的行为是失了分寸礼节了。为什么我要提起这一段呢?一是为了让诸位对宝玉和芳官的外形有个直观的对比,更重要的是为了说后面即将发生的一件事。

群芳夜宴当晚,芳官的打扮应该是最出彩的,尤其是她别出心裁地在"右耳眼内只塞着米粒大小的一个小玉塞子,左耳上单带着一个白果大小的硬红镶金大坠子,越显的面如满月犹白,眼如秋水还清"。一通酒喝下来,那芳官"吃的两腮胭脂一般,眉梢眼角越添了许多丰韵"。关键时刻到了,一向谨小慎微,一门心思都在宝玉身上的袭人竟然犯了一个不该犯的错误,将芳官扶在宝玉之侧,由她睡了。自己却在对面榻上睡下了。芳官这一醉一觉睡到大天亮,对于和宝玉同榻而眠之事虽是羞惭,不过众人取笑一通也就不了了之。殊不知,抄检大观园时,四儿只因说了句同日生便是夫妻的话就遭了殃,那这同榻而眠岂非罪该万死?!别说只有袭人、晴雯、四儿几个人知道此事,再没外人知晓,大观园里什么时候有过秘密?而且我以为这分明是袭人不动声色地给芳官挖了个坑。

也难怪袭人要给芳官挖坑,湘云给她的"爱哥哥"

梳个头,花大姐姐尚且要跟宝钗发一通牢骚,这芳官算老几?才来几天?风头如此强劲,叫袭人怎能不提防?芳官在大观园里如同一股小旋风,各种标新立异,她本是戏子出身,不同于其他的主子奴才,完全不懂也不理会深宅大院的各种条条例例,她的身上有着深宅女子所难以具备的蓬勃之气,活力四射;这也正是贾宝玉之所以痴迷于她的根本原因。她还在大观园里掀起了一场时装秀,改扮男装,便如同今日网络上的各种伪娘秀一样,红极一时。

芳官的装扮由贾宝玉亲自设计:"将周围的短发剃了去,露出碧青头皮来,当中分大顶,"服装设计是"冬天作大貂鼠卧兔儿带,脚上穿虎头盘云五彩小战靴,或散着裤腿,只用净袜厚底镶鞋"。那史湘云自己本来就喜欢武扮相,诸位应该还记得前文中我们曾提到过那湘云在书中第四十九回曾经搞过一套看上去蜂腰猿背,鹤势螂形的男装扮相;这会子见了芳官的打扮,赶紧将自己的葵官也改了男装,而且和芳官一样也取了个男名:韦大英。连李纨和探春也沉不住气了,把宝琴的豆官也改成了琴童的样子,宝琴也给她起了个男名:豆童。一时间,大观园里改名、改装忙得不亦乐乎!

这故事主要集中在书中第六十三回,这一回更有玄机暗藏,且待下回分解。

第五十六回 吵架小能手

上回说到书中第六十三回另有玄机暗藏,诸君务必细细品读,切不可辜负了曹公心血。尤其是这一回里众人所玩的抽花签的游戏,既是对相关人等命运的预言,又是对第五回所涉及的十二钗名册的内容进行了补充。别人说烂了的话题我就不提了,没劲。但是想在《红楼梦》中找到没人说过的话题,真的不比登天容易。所以只能是找个尚未被人说烂的话题了。

先说麝月吧,她抽的是一枝荼蘼花,标题是韶华胜极，另附一句宋代王淇《春暮游小园》的旧诗："开到荼蘼花事了"，另有注脚云："在席各饮三杯送春。"在座的无论抽的什么签，无非是陪饮或同贺一杯而已，只有麝月，是在座的各饮三杯送春。"送春"二字颇费疑猜，有研究者从"开到荼蘼花事了"一句分析，最终陪在宝玉身边的很可能是麝月，而我恰恰认为麝月不会始终陪在宝玉身边。如果是"花事了"时麝月陪在宝玉身边，又何来"韶华胜极"一说呢？岂非自相矛盾？

若说"送春"是指离开，那这个词更应该给探春，探春远嫁，"一帆风雨路三千"，从此是"千里东风一梦遥"；同席者各饮三杯也符合三小姐以及王妃的身份；再不然给袭人也行，她无奈离开贾府，曾经是怡红院的无冕内当家的，众人"送春"并各饮三杯。又或者给香菱，她"自从两地生孤木，致使香魂返故乡"；众人怜她、惜她，"送春"且各饮三杯。没有，这三杯送春的荣誉只有麝月获得了。

而麝月在书中如果您只是走马观花地看个故事梗概的话，我相信您甚至都未必记得书中还有这么个人物存在。先来回顾一下前面刚说过的芳官，那芳官客观来说她还真不是一盏省油的灯，刚和赵姨娘干完架，就又在厨房为了一块热糕和蝉姐儿怄了起来，这蝉姐儿恰又是那夏婆子的外孙女儿；芳官为了气蝉儿，把好好的糕一块一块掰了打小鸟玩。全然忘却了几年前自己正因为食不果腹才被像商品一样卖给戏班子的，也难怪蝉儿气得咒她："雷公老爷也有眼睛，怎不打这作孽的！"

其实她和赵姨娘打架之前不久才和她干妈为了洗头的事干了一仗；当时也是吵得不可开交。袭人、晴雯全都搞不定，袭人的原则是破财消灾，自己拿了一应用品叫芳官另洗；晴雯是趁机发牢骚："都是芳官不省事，不知狂的什么也不是，会两出戏，倒象杀了贼王，擒了反叛来的。"前面交代过，在对待芳官的事情上，袭人和晴雯的战线那是高度统一的；袭人赶紧接着晴雯的话："一个巴掌拍不响，老的也太不公平，小的也太可恶些。"晴雯更是接着宝玉的话茌痛快嘴皮子："什么如何是好，都撵了出去，不要这些中看不中吃的！"七嘴八舌可就是解决不了问题。袭人只好向麝月求救，还别说，麝月此时颇有大将风范，上来一句话先把场面镇住："你且别嚷。我且问你，别说我们这一处，你看满园子里，谁在主子屋里教导过女儿的？"先把大规矩一摆，然后再从大到小，深入浅出，同时还不忘提一下前不久自己刚刚平定的另一场争端：晴雯和坠儿的妈吵架，也是被她麝月三言两语搞定；关键是当时麝月曾说过这么句威势逼人的话："这个地方岂有你喊叫讲礼的？你见谁和我们讲过礼？"最后点出重点："她不要你这干娘，怕粪草埋了她不成？"等于直接警告芳官的干娘再不老实很有可能就丢了干女儿这棵摇钱树了。这么一来芳官的干娘还有个不收敛的？

不起眼的麝月在书中却有一处耐人寻味的场景，书中第二十回，贾宝玉闲来无事替麝月梳头，正好被晴雯撞见，当时便冷笑道："交杯盏还没吃，倒上头了！"梳头时所用的文具镜匣以及此时这一场景后来在宝玉为晴雯所写的《芙蓉女儿诔》中还出现了："镜分鸾别，愁开麝月之奁。"所以我说麝月绝对不会像一众研究者所说的那样是最后守候在贾宝玉身边之人，最后是贾宝

玉抛下了她出家了；我以为恰恰相反，大观园里最后得到宝玉喜爱的人必定是麝月，曹公让麝月做荼蘼花，自然是取东坡先生的意境："酴醾不争春，寂寞开最晚。"

也许有读者不赞成我用喜爱这个词，诸位千万别以为贾宝玉和林黛玉之间是像戏曲《红楼梦》那样，唱完《哭灵》，外头钟声一响贾宝玉便"挥一挥衣袖，不带走一片云彩"，出家去了，那绝对不是原著的意思。书中从来没说过贾宝玉对林黛玉是"曾经沧海难为水，除却巫山不是云"。他俩的事以后有空再说，先说眼下宝玉和麝月之间的事。我以为是宝玉送别了麝月。为什么这么说呢？且待下回分解。

上回说到宝玉与麝月之间乃是宝玉送走了麝月，而非麝月送走了宝玉。我这么说的依据，首先就是宝玉后来所写的《芙蓉女儿诔》中所说的"镜分鸾别，愁开麝月之奁"这句话，不少红学研究者都认同麝月的月有镜子的意思，深以为然。此处"鸾别"二字，自然是鸾凤相配，鸾为雌、凤为雄，所以司马相如才会用一曲《凤求凰》成功演绎屌丝男逆袭记。鸾别当然就是说雌鸟离去，"愁开麝月之奁"这句就更直白了，这分明是麝月离去，宝玉睹物思人。

其次，还得回到麝月所抽的签文上："开到荼蘼花事了"，诸位，倘若你的朋友圈有人的个性签名叫什么"天凉好个秋""拈花一笑"之类的，或是给自己起个"江湖落魄生"之类的名头的；必是会背几句唐诗宋词的文艺中、青年在装深沉摆酷呢！这一类人玩味文字游戏的习惯已然深入骨髓，乐在其中；其实曹公亦是同类中人，他就喜欢藏头掐尾、玩弄辞藻，乐此不疲；谁叫人家有才呢？！此处亦然。他怎么可能会不知道王淇这句诗的下半句"丝丝天棘出莓墙"呢？上半句不过是点个题，下半句才是真正想要表达的。譬如那取名叫个"天凉好个秋"的，他（她）想表达的不过是"而今识尽愁滋味"罢了；又好比湘云给葵官起名"韦大英"，不过是想抒发一下"惟大英雄能本色"的个人情怀而已。

当然也有研究者将"莓墙"联想到妙玉的"梅墙"，并以此为据，说此句乃暗喻宝玉出家之意。前面我刚说过我是认为麝月先宝玉而去的，当然就不会赞同这什么暗喻宝玉出家的说法了。我倒是看重这"天棘"

二字，"*丝丝*"在此处既有字面意义：形容荼蘼花生长的样子，又有曹公想要借其形表达其生命力旺盛，悄悄地、不知不觉中便越出莓墙；此处曹公借取"天棘"二字，强调此花并非如杏花之类，不过是"一枝红杏出墙来"；而是*丝丝*"天棘"。荼蘼花属直立或攀缘灌木，根本谈不上什么尊贵，与书中麝月的身份也很相称，这一类的花太多了，但曹公偏就选中了荼蘼花；我以为曹公是先选中了王淇这两句诗，以及我在前文中所提及的苏轼的诗；然后才将这荼蘼花的签安排到了麝月的手中。

我下面的说法脑洞有点大，但我就是忍不住要这么想：南北朝的徐陵有篇我个人觉得可与曹子建的《洛神赋》、李青莲的《梦游天姥吟留别》相提并论的《玉台新咏序》，其中有这么一句："金星将婺女争华，麝月与嫦娥竞爽。"这想必是麝月名字的来由，这句诗的下面一句是："惊鸾冶袖，时飘韩掾之香；飞燕长裾，宜结陈王之佩。"麝月的离开宝玉同样是用了个"鸾"字。作家刘心武先生论证"香橼"乃是元春的象征，我是十分认同他这个观点的，此处借来一用。"韩掾之香"可否将其理解成"香橼"呢,不是我非这么牵强地解说,实在是麝月名字的出处来头实在是太大了,《玉台新咏序》中满眼皆是帝王世家、妃子神仙;弄一朵小小荼蘼花,一簇灌木丛,还偏偏叫作"丝丝天棘",你说叫人怎能不多想呢?!

"嫦娥"向来是孤独而高贵的女人的代名词,《红楼梦》中只有元春是最与之相匹配的。元春省亲时亦曾亲口说"当日既送我到那不得见人的去处",她不是贾府的嫦娥谁是呢?而"金星将婺女争华","麝月"居然要与"嫦娥竞爽"。

麝月怎么会和元春有关联呢?一辈子虽短,却又能有几件事是在我们预料之中的呢?曹公一支笔如同上帝之手,翻云覆雨,纵横三界,神鬼莫测;我辈后生却偏不肯高山仰止,就爱妄自猜测,自得其乐,详情且待下回分解。

第五十八回 宫斗赢家

上回把麝月和元春联系到了一起,那么她们俩是怎么扯到一处的呢?这还得从贾府四春的丫鬟们说起,众所周知,这四春的丫鬟们分别是琴、棋、书、画,这不仅仅是她们几人贴身大丫头的名字,也是暗喻她们的各自所长。惜春的丫鬟我们前面曾提到过叫入画,她哥哥是贾珍的小厮;惜春擅画。探春的丫鬟名叫侍书,抄检大观园时有她的戏,和她的主子一样伶牙俐齿;探春喜爱书法。迎春擅弈,所以她的丫鬟叫司棋,不过司棋性格和她的主子可不像，以后有机会再聊她，她在书中亦是可圈可点的人物形象。元春的丫鬟叫抱琴，想必元春是擅长弹琴的。

元春省亲时书中曾有叙述："贾妃乃长姊，宝玉为弱弟"，"那宝玉未入学堂之先，三四岁时，已得贾妃手引口传教授了几本书、数千字在腹内了。其名分虽系姊弟，其情状有如母子"。贾府少爷小姐们的大丫头们通常和主子年龄相仿，由此可见抱琴的年龄应该和元春相仿。而麝月则应该和贾宝玉年龄相仿。书中第四十六回鸳鸯曾对平儿说过："比如袭人、琥珀、素云、紫鹃、彩霞、玉钏儿、麝月、翠墨，跟了史姑娘去的翠缕，死了的可人和金钏儿，去了的茜雪，连上你我，这十来个人，从小儿什么话儿不说？什么事儿不作？"紫鹃在第五十七回进一步证实了鸳鸯的话："我也和袭人鸳鸯是一伙的，偏把我给了林姑娘使。"无论是鸳鸯还是紫鹃她们都没有提到抱琴，因为抱琴对于她们来说早就成为一个遥远的传说了。这就说明麝月无论是和抱琴还是和元春的年龄差距都同样"有如母女"。

元春待在皇宫里都活得如同广寒宫里的嫦娥，抱琴的岁月更可想而知了，多少"白头宫女"悄无声息地便湮没于尘土之中。抱琴想必也是其中之一。那么会不会抱琴死后，元春在深宫之内连个说话的人都没了，更加孤寂，于是一番努力，求得皇恩，同意从娘家再送一名婢女进宫呢？那么送谁自然是由王夫人拿主导意见的，那么王夫人会挑什么样的人送入皇宫给女儿使呢？书中第七十四回王夫人曾对王熙凤说："宝玉房里常见我的只有袭人麝月，这两个笨笨的倒好。"

不过无论元春是在哪个时间段里死的，王夫人都不可能从贾母或别的小姐们房里挑人，也不可能买个新人送进宫去伺候女儿。她可以选择的无非是自己房里和贾宝玉房里的丫头，她屋里的大丫头金钏儿已死，她的妹妹玉钏儿一直心怀幽怨，看见贾宝玉都爱搭不理的，王夫人能放心让玉钏儿进宫吗？当然不能。彩霞和彩云这姐妹俩都和贾环、赵姨娘比较亲近，王夫人当然也不能让她俩进宫；那么就只能在宝玉的房里选了。王夫人不可能只顾女儿不顾儿子，所以袭人自然是不能动的，晴雯已死，反正不死也轮不到她，那么还有谁呢？倒是有个碧痕，但是她好像除了和贾宝玉洗过一把澡以外，书中对她也并没什么特别的描述。秋纹在书中更是个打酱油的角色。所以麝月理所当然成了不二人选，于是乎属于麝月的"韶华胜极"的时代来临了。

元妃省亲时，书中唯一一次对抱琴的描写："又有贾妃原带进宫去的丫鬟抱琴等上来叩见，贾母等连忙扶起，命人别室款待。"请注意这一细节，是贾母连忙扶起，然后别室款待。综观全书，诸位还能发现有谁享此殊荣的？现在再来看那"在席各饮三杯送春"是不是也很正常了？后来出现的众说纷纭的宝琴，我以为这么个女神级的角色曹公却给她起了个和丫鬟谐音的名字，恰是为了提醒读者千万莫要忘了斯人抱琴。

前面我们已经对麝月做过了比较详细的介绍，虽然出身卑微，但言谈举止都很有大家风范。晴雯生病延医的时候，赏赐医生的银子至少有二两重，婆子让她换块小的，麝月却笑道："谁又找去！多了些你拿了去罢。"我们曾说过，麝月这个级别的月例钱是一个月一吊钱，面对是自己月例两三倍的外快，麝月根本不放在眼里，完全是一副主子的做派。当宝玉宠着晴雯撕扇子玩儿时，麝月走过来叫他俩"少作些孽吧"，晴雯恃宠连麝月的扇子一起撕了，麝月并未因此不依不饶，晴雯自己也不好意思继续作下去了，只好找个台阶自己下了了之："我也乏了，明儿再撕罢。"当芳官因为洗头的事和她干娘闹起来，麝月平定了这场纷争，收拾了芳官的干娘，回过头来哄芳官："把一个莺莺小姐，反弄成拷打红娘了！"但是又明确指出："提起淘气，芳官也该打几下。昨儿是她摆弄了那坠子，半日就坏了。"芳官弄坏了当时应该算是珍贵物品的自鸣钟，不可能只有麝月一个人看见，但芳官风头正劲，谁也不提，唯独麝月一就是一，二就是二，毫不客气地指了出来，而且明确表态：芳官该被打几下子。

这么个冷静、理智、持重、思路清晰、语言表达能力极强的小姑娘；王夫人却说她"笨笨的"，这只能说明麝月大智若愚；当然王夫人这个"笨"字我们应该把它当作"本分"来理解，以王夫人的眼力她当然不会真把个笨蛋送给女儿当助手的。那么麝月既然能博得王夫人的好感，而且也没听说大观园里有谁挑麝月的毛病的，她还真就具备了宫斗的基本素质了。即使她不如元春年轻时候美貌，不如元春有才，但是她最大的资本就是年轻啊！再加上她的这些个基础素质；我们看了无数个版本的宫斗片，都明白在皇宫里虽然危机四伏但同样机遇万千，所以麝月完全有可能成为名副其实的"<u>丝丝天棘</u>"，从而同"婺女争华"，与"嫦娥竞爽"。

话说到这儿，诸位一定以为这就是我所说的书中第六十三回所暗藏的玄机了，这只不过是其中之一罢了。其他的且待下回分解。

第五十九回 总花神

上回说了对于荼蘼花麝月的猜想,这回来说说这芙蓉花。书中第六十三回,花王牡丹已被宝钗抽了去,而且众人也一致认同,宝钗也配得上牡丹;所以当黛玉抽签的时候,不但她自己心里想:"不知还有什么好的被我掣着方好。"一干读者也无不好奇,是啊!林黛玉会抽到什么呢?当年第一次看到此处时,我曾在心里暗自揣摩了一通,原来想也唯有芍药可与牡丹争个高下了,又一想,不对呀,牡丹为王,芍药为相,曹公怎么可能会这么安排呢?反正是白死了一堆脑细胞,万万没想到曹公居然让黛玉抽了枝芙蓉。虽然众人皆说："除了她，别人不配作芙蓉"；可是贾宝玉那篇著名的《芙蓉女儿诔》却是为晴雯而写的，而且还通过宝玉之口评定："此花也须得这样一个人司掌。"想那林黛玉打个喷嚏、咳嗽一声都放在心头牵挂的贾宝玉怎么可能会记不得芙蓉花签归林黛玉这事呢？！

我们也曾提到过晴雯也是黛玉的侧影之一，虽然我一直认为这篇诔文是曹公为自己写的，但是在书中这篇诔文出现的起因则是因为贾宝玉认为晴雯做了芙蓉花神。试想前面曹公已经安排黛玉抽到了芙蓉签，为什么后面又让晴雯来做芙蓉花神呢？而且在黛玉抽到芙蓉签后，签注是："自饮一杯，牡丹陪饮一杯。"小小芙蓉花凭什么让"艳冠群芳"的花王牡丹陪饮呢？我也曾经猜想黛玉也许会抽到竹子，因为她是"潇湘妃子"呀；又或者抽个什么兰花草之类的，来呼应她绛珠仙子的身份；一直到近期重读红楼才豁然顿悟：自己有多傻！书中第七十八回明明借宝玉之口写着："你不识字看书，所以不知道。这原是有的，不但花有个神，一样花有一位神之外还有总花神。"我读书少,果然就被曹公给骗了!林黛玉分明就是那总花神。幻化三千,什么潇湘之竹、芙蓉花签不过都是些障眼法罢了。所以即便宝钗是花王牡丹也得陪饮一杯。

这第六十三回呀真正叫玄机重重,这一回中更暗藏了湘云将来的命运;不过我可不想去琢磨她所抽到的那枝海棠花签了,在说秦可卿时那枝花、那幅画(《海棠春睡图》)都快被我说烂掉了;这回我想说的是群芳夜宴第二天,平儿打算还席,尤氏带了佩凤和偕鸳二人过来游玩。佩凤和偕鸳都是贾珍的妾,这两人书中写道:"今既入了这园,再遇见湘云、香菱、芳蕊一干女子,所谓'方以类聚,物以群分'二语不错。"香菱是遭遇人贩子,几经周折成了薛蟠的妾,芳官、蕊官同样是像商品一样被采购来的最下等的戏子,用赵姨娘的话来说:"我家里下三等奴才也比你高贵些。"试问:湘云怎么会和她们几个成了同类了呢?又怎么会和她们归到一个群体了呢?这就进一步证实了在下对湘云命运的推断:她很可能最后沦落风尘,也成了类似锦香院里的

"云儿"姑娘之流；这样她就实实在在地和佩凤、偕鸳、香菱、芳官、蕊官成为同类了。

　　本来我只是想聊聊赵姨娘那俩私房钱的，结果七扯八拉说了这么一大堆，赵姨娘到底有多少家底不用细算，想必诸位早已心知肚明了，我也就不再唠叨她了。接下来该说说那位和赵姨娘身份相似，官方职称还不如赵姨娘的人了。看看她和赵姨娘相比谁更有钱些。记得我刚上大学时，有位老师说了个很形象的比喻，这么多年都一直牢牢地刻在脑海里，他说：大学里虽然教授、讲师如云，但也是内行看门道，外行看热闹，讲师就好比通房大丫头，副教授好比姨太太，教授就是太太，通房大丫头要升级到姨太太很容易，可是姨太太要想转正成太太那就难了。我想说的这个人却是熬了好多年也没能从讲师升到副教授。此人是谁？且待下回分解。

第六十回 贾府第一大丫鬟

上回说到有人当了多年的"讲师"一直也没熬成"副教授",此人便是贾府第一大丫鬟——平儿。何以见得,王熙凤在时我们可以把平儿的威势理解成"狐假虎威",然而平儿的威势恰恰是"她奶奶病了,她又成了香饽饽了,都抢不到手"。那抢她干什么呢?春燕的妈在怡红院里闹事,麝月让人去找平儿,这里且不去细斟酌那位"丝丝天棘"的麝月的语气是如何的霸气十足:"去把平儿给我叫来!平儿不得闲就把林大娘叫了来。"此处只说平儿有多牛,根本不存在什么摆事实、讲道理之类的废话,直截了当:"既这样,且撵她出去,告诉了林大娘在角门外打她四十板子就是了。"这件事本来应该由怡红院的内当家袭人直接搞定才对,结果却是袭人被春燕她妈气得回屋里了,麝月出面训了春燕她妈一顿,然后又搬出平儿,平儿连面都没露,只一句话就搞定了;所以怎不令袭人感慨万分呢?!自己和平儿都是通房的大丫头,王熙凤一病,平儿成了"香饽饽",连李纨这样的正经主子遇事也急等平儿。

与平儿成了"香饽饽"在同一回里,那位早已熬成了"副教授"的赵姨娘却上演了一场大战小戏子芳官的闹剧。可见,职位是上级赋予的,威信却是自己树立的。"赵副教授"大战芳官是为了"报仇""抖威风",结果适得其反,除了丢人现眼外又落了一肚子的怨气,别无所获。而"她有情呢,说你两句,她一翻脸,你吃不了兜着走"的威风八面的"平讲师"却是"得饶人处且饶人"。书中第六十五回贾琏的心腹小厮兴儿曾说过："倒是跟前的平姑娘为人很好，虽然和奶奶一气，她倒背着奶奶常作些个好事。小的们凡有了不是，奶奶是容不过的，只求求她去就完了。"按照常规，王熙凤这种"心里歹毒，口里尖快"之人的得力干将必是人们常说的"万恶的狗腿子"；可是荣国府的上下人等对平儿却是心悦诚服，好评如潮。

平儿平定春燕娘闹事实际上是在章回结束处，不过寥寥数语而已，但这一回的回目却是"绛云轩里召将飞符"，绛云轩自然是怡红院了，而这"召将飞符"本是个军事用语，曹公于闺阁中用这样的词当然是有调侃戏谑之意，但由此可见平儿绝对是荣国府的管理阶层，而且是"将军"级的。

那么平儿是怎样混成这威风八面的状态的呢？我想最重要的有两点：一是忍；二是摆正位置。平儿是王熙凤娘家带来的陪房丫头，四个小伙伴，嫁人的嫁人，死的死，嫁人的且不说，死了的肯定不会平白无故地就死了。对于这一点，书中虽然不曾交代，但只要看看尤二姐和秋桐的下场即可明了——读者就自由发挥想象力吧。只有平儿忍住了来自王熙凤的各种刁难以及来自贾琏的各种诱惑，才最后生存了下来，王熙凤在贾府四面树敌，不得不将唯一的娘家人平儿作为心腹（王夫人虽是娘家人，和平儿完全不是一个概念）；也可以说是平儿经过了重重考验，用一片忠心最终换来了王熙凤的信任。

王熙凤收拾陪嫁的丫头谁也管不着，但她嫁给贾琏半年不到就把原先贾琏屋里类似袭人、晴雯的角色也给打发了，这就说不过去了；出于面子问题，这才把平儿收了房，但是平儿若是真觉得自己是过了明路的，以姨娘自居，那也还是死路一条。但是嘴边的肉贾琏又怎么可能视而不见呢?！于是就发生了"大约一年二年之间两个有一次到一处"，王熙凤醋意大发，寻平儿的不是，结果平儿忍无可忍，终于爆发了，嚷出了王熙凤假装贤良，逼迫自己做妾的真相："又不是我自己寻的，你又浪着劝我，我原不依，你反说我反了。"估计当时闹得还挺凶，不然在二门当班的兴儿之流是不可能知道此类深闺秘事的。

准确地说平儿在王熙凤手下一直只是个通房丫头的身份,她的官方称呼是"平姑娘",也就是我们前面所说的"讲师"级别,按贾宝玉的说法是:"贾琏之俗,凤姐儿之威,她竟能周全妥帖。"一个"竟"字,足见平儿的日常实在是出人意料,超乎想象。那么平儿的日常还有哪些可圈可点之处呢?且待下回分解。

第六十一回 平儿

上回说到平儿居于"贾琏之俗,凤姐儿之威"之下"竟能周全妥帖",实属不易。且不说平儿日常各种聪明伶俐之举,也不论因为鲍二家的凤姐儿吃醋和贾琏两人一起打平儿的事,更不必聊一众红学爱好者所津津乐道的《俏平儿软语救贾琏》以及《俏平儿情掩虾须镯》;且来说说关于子嗣问题。

那赵姨娘之所以能升级成"副教授";实得力于探春和贾环姐弟二人。书中所载王夫人的陪房是周瑞家的,其他人并未提及。而贾府的规矩是"凡爷们大了,未娶亲之先都先放两个人伏侍的"。然而问题来了,如果说赵姨娘是贾政婚前就存在的屋里人,那么没理由探春和贾环都比宝玉小,赵姨娘大闹怡红院的时候也不大可能"飞也似往园中去";毫无疑问赵姨娘比王夫人要年轻很多。所以赵姨娘应该是贾政婚后所纳之妾。虽说贾政年轻时也是个"诗酒放诞之人",但应该是年岁稍长后则"端方正直,谦恭厚道,风声清肃";所以他于婚后自行纳妾的概率几乎等于零;以王夫人和赵姨娘的关系看,王夫人代夫纳妾的可能性也是绝对不存在的。那么赵姨娘的来历就只有一个出处:贾母。从她给贾宝玉安排袭人和晴雯看,老太太是完全有可能干出这事的。并且从马道婆和赵姨娘合伙算计王熙凤和贾宝玉的事发场景描述看,赵姨娘心虽不灵手却不拙;不然她也不可能用"零碎帏角"做鞋。而且在书中第二十七回探春因托宝玉代为外出采购小玩意儿也曾对宝玉许诺:"我还像上回的鞋做一双你穿,比那双还加工夫,如何呢?"可见探春对自己做鞋的水平是很有自信的,我想这肯定是赵姨娘所传。无论是手把手地教还是遗传基因,都与赵姨娘密切相关。晴雯除了人长得俊,针线女红出众也是贾母喜欢她的重要因素之一。又焉知赵姨娘不会因为女红出色而深得贾母欢心呢?而且也只有贾母所赐,王夫人才有可能忍气接受;以及在以后的岁月里的各种忍让;也正因为是贾母所赐,赵姨娘才会一而再,再而三地各种想入非非。正如袭人被宝玉误伤吐血之后,"不觉将素日想着后来争荣夸耀之心尽皆灰了。"其实赵姨娘的各种看似出格的举止本质上都是和袭人怀着同样的心思使然,只不过赵姨娘的吃相实在是太不堪了点。

但是归根结底,赵姨娘的底气来自于子嗣,而王熙凤自从生了巧姐儿后,也曾怀过男胎但不幸流产了,然后体虚就很难受孕;那么平儿呢?为什么平儿也一无所出呢?书中第六十九回,王熙凤骂平儿:"不是个有福的,也和我一样。我因多病了,你却无病,也不见怀个胎。"从尤二姐怀孕不难看出,贾琏是非常想要个儿子的,而平儿的年龄应该和尤二姐差不多大,并且平儿的身体素质那绝对是棒棒哒,没理由主子怀不上她就也随了主子；所以我分析：平儿始终没有怀孕是她自己刻意而为之的。她这样做首先就是为了打消王熙凤的顾虑。如果她有了身孕并且能够顺利生下个一男半女，那么她是必然要得到晋升的，任何人都没有理由阻止她从"讲师"变成"副教授"；更何况就像邢夫人对鸳鸯所说的那样"过一年半载，生下个一男半女，你就和我并肩了"。尤二姐之所以必死无疑正是因为她"进门就开了脸"，被"封了姨娘"，而且还有了身孕；王熙凤怎能不恐慌？你就是再忠厚老实，社会大环境自然会倾向于你的。平儿正是看透了也想明白了这一点，才一直不要子嗣，也正因为如此，王熙凤才能够放心地用她。

之前我一直想不明白曹公为什么要把巧姐儿这么个小屁孩放到十二钗正册里，最近终于想通了，巧姐儿的存在实际上是为了给平儿留下书写的空间。书中第四十四回，平儿受了委屈，是李纨将她带走，贾母亲自让人代话安抚，贾宝玉为其理妆，并且感慨："平儿又是个极聪明极清俊的上等女孩儿。"这一切都为平儿将来直接晋升"正教授"埋下了伏笔。王熙凤的死在后四十回中是毫无悬念的，留下了巧姐儿，再遇上个"狠舅奸兄"；如果没有聪慧过人的平儿誓死护卫，小姑娘就算是想当个村妇也绝不是件容易的事。

平儿再上等，她的身份只是个通房的丫头，她若有所出，无论生的是儿是女，充其量也就是个姨娘，都入不了正册。颠沛流离中她与巧姐儿相依为命，巧姐儿将她视作生母，待贾琏劫后余生，即使王熙凤尚在人世，但已是落地的凤凰；而一直对平儿欣赏有加，和王熙凤实际上并不那么融洽，甚至有可能一直在暗斗的，此时已是诰命夫人的李纨很有可能推个波、助个澜，于是平儿顺理成章就会成为正室。所以说后四十回中有关巧姐儿的故事必然是和平儿息息相关，曹公必会给这个无缘入正册的却"又是个极聪明极清俊的上等女孩儿"以一席之地。其实曹公没让平儿入册，也许正是为了让这个"薄命似黛玉尤甚"的姑娘和尤氏一样逃出生天。

那么这个最终逃出生天的贾府第一大丫鬟的个人财富和那位赵姨娘相比，谁会更胜一筹呢？且待下回分解。

第六十二回 出手豪阔的平儿

上回说到平儿和赵姨娘的私房钱相比较,谁会更胜一筹;赵姨娘有几斤几两前文我们已经说得很明白了,不管她那包"白花花的银子"到底有多少,反正是肉包子打狗一去不复返了,当然那五百两欠条的后续故事就不一定了;那马道婆若是个贪得无厌且心狠手辣之辈,不依不饶硬要讨债,赵姨娘也只好哑巴吃黄连。那马道婆若只是个贪图小利的纯三姑六婆之流，不过是黑了赵姨娘那几个体己钱而已，见事不成，再无下文，赵姨娘还算走运。

而平儿呢？虽说平儿出场时"遍身绫罗，插金戴银"，但这个是不能用来作为考量她的个人财富的依据的。俗话说："肥狗胖丫头，主人脸面。"就像袭人回家探亲时王熙凤特意关照她要"穿几件颜色好衣服。好衣裳大大的包一包袱拿着。包袱也要好的，手炉也拿好的。"当然如果只是这几件衣裳，晴雯、金钏儿等人怎么可能拼死都不愿离开贾府呢！

书中并未细述袭人、金钏儿等人到底有多少私房钱，倒是对晴雯的个人资产有明确的记载。晴雯死后，王夫人赏了她哥嫂十两银子的丧葬费，"剩的衣履簪环，约有三四百金之数，她兄嫂自收了为日后之计。"虽说各个朝代黄金与白银的价值有所不同，但此处我们且将一两金作十两银计，三四百金也就是三四千两银子。从晴雯撕扇分析，晴雯绝对不是个会过日子、善于理财的，她死后尚有三四千两的遗产；而平儿却是个极会理财的,她是王熙凤的左膀右臂,是王熙凤的"总钥匙",她的个人资产诸位自由想象吧。

赵姨娘哭天抹地地和探春闹,只是为了争二十两银子的丧葬费,而尤二姐死时,平儿拿自己的私房钱偷偷帮助贾琏安葬尤二姐,一出手就是二百两银子。平儿这么做,首先当然是为了讨好贾琏,怎么说贾琏也是她的丈夫,是她的终身依靠;其次我想她多少对于尤二姐之死怀有愧疚之心。书中第六十九回,平儿曾对尤二姐哭道:"想来都是我坑了你,我原是一片痴心,从没瞒她的话。既听见你在外头,岂有不告诉她的。谁知生出这些事来。"平儿把尤二姐的事告诉王熙凤除了对王熙凤的忠诚外,一定也有一部分私心;王熙凤怕贾琏外头有人,难道她就不怕吗?她当然也怕,只不过还轮不到她吃醋,而且也不需要她来吃什么明醋。王熙凤自然会将一切摆平,她就没必要出头做恶人了。但是王熙凤手段之狠辣、尤二姐性格之懦弱却又实在是超出了她的预期,再加上个半路杀出的程咬金——秋桐;事情的进展完全不是她所能掌控的。最后,当然也难免会有兔死狐悲之感。

要说这尤二姐之死,凤姐儿的手段也实在是高明,不但瞒过了贾母,也瞒过了王夫人,本来王夫人正因为她这宝贝侄女"声名不雅,深为忧虑,今见她行此事,岂有不乐之理";更是骗过了贾琏,哄过了大观园里的一帮姐妹,"如李纨、迎春、惜春等人,皆为凤姐儿是好意",尤二姐这一进园一下子就为凤姐儿博了个贤良的美名。不过除了平儿深知她主子的德行外,自有那等聪明人却是王熙凤糊弄不了的,她们便是以宝钗和黛玉为首的"一干人"等;"暗为二姐担心",只是"不便多事"。我想这"一干人"中必少不了探春。

坦率地说,话聊到这儿,关于贾府内宅福布斯榜再聊下去也没什么大意思了,除了贾母的小管家鸳鸯,老太太既将自己的后勤交给她打理,自然也不会亏待了她,剩余的不过是些鱼鳖虾蟹之类的角色了,所以这个话题就此打住吧。下面我想就着这平儿和巧姐儿的话题来说说将来害巧姐儿的这"狠舅奸兄"到底是何许人也?

"狠舅"应该说没什么可争议的,自然是那位和薛蝌等人结伴进京的王仁,但是这"奸兄"可就不好说了。众所周知,王熙凤只生了巧姐儿一个,巧姐儿并无兄弟姐妹,那么这奸兄当然只能是堂兄们,贾府这么多男丁,这张网可就撒得大了。究竟会是谁呢?且待下回分解。

第六十三回 理顺贾府人脉的小窍门

上回说到日后害巧姐儿的"狠舅奸兄","狠舅"乃是王熙凤的亲兄弟王仁。这一点至今尚无任何争议,首先曹公给这家伙起的名字就已经给他画好了脸谱:"王仁",与"忘仁"谐音,应该是取"忘却仁义"的意思。所以关于"狠舅"我就不说什么废话了,重点探讨一下这"奸兄"是何许人也。

有不少读者都会因为《红楼梦》人物众多发蒙,尤其是男性太多,又都姓贾,所以更不容易搞清人物关系。其实一点不复杂,告诉大家一个小窍门,帮助理顺,也许有人已经知道了,但我还是啰唆一下吧,万一有不知道的呢!我们先不要去管那些乱七八糟的族亲,先把嫡系部队搞清楚,其他人自然就会各就各位了。

首先是创业的老哥俩:宁国公贾演和荣国公贾源,这哥俩的名字都是"氵"旁的。然后是贾演的儿子贾代化和贾源的儿子贾代善,这俩是"代"字辈的,贾代化的老婆是谁,书中无交代,贾代善的老婆就是贾母;以上提到的这几个人只有贾母活着,所以她才成为宁荣二府的老祖宗。贾代化生了贾敷,死得比较早,所以在书中没什么故事,老二贾敬。贾代善和贾母生了贾赦、贾政和贾敏,这几位都是我们的老熟人了。这一辈人的名字都是"攵"旁的。

此处需补充交代一点,贾府四春因为跟在元春后面就都排了个"春"字辈,同时也暗喻其青春年华正如杜丽娘所叹惜的："原来姹紫嫣红开遍，似这般都付与断井颓垣"；当林黛玉听到这一段唱词时，先是"感慨缠绵"，继而"心动神摇"，等听到"流水落花春去也，天上人间"时"不觉心痛神痴，眼中落泪"；所以曹公才将这四春与"原应叹惜"谐了个音，分别取名为元春、迎春、探春和惜春。我们排家谱的目的是要找出巧姐儿的"奸兄"，所以下面的排辈中我就不再提女性了。

贾敬生了贾珍，贾赦生了贾瑚（早夭）、贾琏、贾琮；贾政生了贾珠和贾宝玉、贾环，名字都是"王"字旁。除了贾宝玉因为含玉而生，所以小名就唤作"宝玉"了，但是贾宝玉的大名到底叫什么书中并无交代，只是不止一次提醒读者"宝玉"是他的小名而已。书中第十六回秦钟的魂魄与众鬼差央求和宝玉道个别时称"就是荣国公的孙子，小名宝玉"。第三十一回湘云问："宝玉哥哥不在家么？"贾母叫她："如今你们大了，别提小名儿了。"所以对于贾宝玉的大名，一直以来众说纷纭，有说叫"贾瑛"的，即合了辈分，又有美玉之意，还遥应神瑛使者的身份；有说叫"贾玑"的，因为荣禧堂上的对联是"座上珠玑昭日月，堂前黼黻焕烟霞"，所以老大叫"贾珠"，老二就该叫"贾玑"，也有说叫"贾珧"的；甄家有个"真玉"，贾家有个"假玉"；我个人觉得叫"贾瑛"或"贾珵"都不错。但既然曹公没写明，我们就还叫他"贾宝玉"吧。

贾珍生了贾蓉，贾珠生了贾兰，贾琏只生了个巧姐儿，这一辈人的名字都是"艹"字头的（"兰"的繁体字"蘭"亦为"艹"字头）。所以这样一来是不是就清晰得多了？不管他是哪一支的，只要一看见他的名字马上就知道他应该排在哪一辈上。巧姐儿的"奸兄"我们只在"艹"字头的名字里找就是了。

首先高老先生的续书中指贾芸即"奸兄"的观点我肯定是坚决反对的，理由我就不重复了，可参阅前文《贾芸和小红》。其次那些只是在祭祀等比较热闹的场合被曹公拟出来凑人头，再无下文的当然也不必考虑。诸如贾敬死的时候，尤氏曾安排一大拨子人干活，其中就有贾菖、贾菱等人；又如祭祖的时候，除了贾菖、贾菱这两个跑龙套的又出场负责铺拜毯外，还有贾荇、贾芷等负责传菜的群众演员。

在书中有点戏份的是茗烟闹书房时贾兰的同桌贾菌。虽说前面说到李纨时我曾经提到过在巧姐儿遇难这件事上,李纨母子很有可能见死不救,但是却可以肯定贾兰绝非"奸兄";因为人家后来是当了国家干部的人,根本没必要做这样的事,明哲保身即可;而且李纨也不可能允许儿子和王仁这货掺和到一起的。贾兰自幼便由寡母一手带大,当然也绝不可能在这种事情上违逆母意。那么他当年的小同桌贾菌呢?书中第九回曹公在他身上还真是花了些笔墨呢!他长大后会是什么样呢?前面既描画了他,在书后四十回里是否还会有他的戏份呢?且待下回分解。

贾茵

上回说到贾兰的小伙伴贾茵,这贾茵和贾兰一样幼年丧父,寡母养育,所以两个人自然就比较要好,做了同桌。贾茵是荣国府的近支,曹公在写贾茵之前先写了宁国府的近支贾蔷,关于贾蔷的故事前面我们已经花了不少笔墨来说他,这一回就不再重复了。我在这里重提贾蔷主要是为了提醒诸位,在书中第九回曹公在介绍贾蔷和贾茵时特意用了几乎一模一样的开场白:贾蔷,"系宁府中之正派元孙";贾茵,"系荣府近派元孙"。正所谓你方唱罢我登场,贾蔷怂恿茗烟开闹,自己借故溜了。后面的一场混战由于贾茵的加入立刻显得妙趣横生。

书中说"贾茵年纪虽小，志气最大，极是个不怕人爱淘气的"，和贾兰的性格正好相反，"贾兰是个省事的"，贾兰是不是"省事"我们先不急于下定论，先看看贾茵有多小，又如何的志气最大？

贾茵看见金荣的朋友暗助金荣飞砚打茗烟，要知道他可是荣府一派，当然是想要帮茗烟的，正愁没有切入点呢，这砚台就落到了他的书桌上，打碎了他和贾兰不知是谁的砚水壶，少不得墨汁飞溅。贾茵立刻开骂，同时也要飞个砚，却被贾兰按住砚台，显然当时贾兰的力气要比贾茵大，贾茵因此只好放弃了拿砚台做武器的念头。此处曹公忙里偷闲，加了一句贾兰劝慰贾茵的话："好兄弟，不与咱们相干。"老话说得好，三岁看到老；曹公的文字几乎可以说没有一句废笔；由此可见他日面对巧姐儿的事，贾兰自然也会选择事不关己、高高挂起。没准也会对前来求援的贾茵来一句："好兄弟，不与咱们相干。"此时贾茵夺不过贾兰，只好"两手抱起书匣子"做兵器,一个"抱"字真是活灵活现,将小小的贾茵累累巴巴的样子一下子描画了出来;果然,力不从心,书匣子毫无悬念地没能命中目标,无巧不成书,书匣子中途掉了下来,正好砸在宝玉和秦钟的书桌上,可见他们的书桌应该也是紧挨着的,同时自然也就折射出小小书堂也是派系林立呢。宝玉的书桌一下子被砸得稀巴烂,这给了茗烟喊救兵充足的理由,一时间宝玉另外那三个小厮:锄药、扫红、墨雨,挥舞着门闩子、马鞭子蜂拥而上,场面"登时鼎沸起来"。那小贾茵误砸了宝玉的书桌并未就此罢休,跳出来还打算要去打那个飞砚之人,飞砚者是金荣的朋友,当然年龄小不了,可是贾茵毫无惧意。这样的小屁孩,诸位,您觉得他长大了会是个什么样的人呢?

我每次看到贾茵这一段,总会不由自主地想起醉金刚倪二。前面我们曾提到过此人,无论曹公称他为"金刚"还是什么什么"侠"的,都对他充满欣赏之情。这个贾茵年纪虽小,却颇具侠风,不畏强暴;贾府若繁盛依旧,他也许会像上梁山之前的小旋风柴进;贾府若凋零,他的母亲如果小有积蓄,他也许会成为柳湘莲那样的人物;如果贾府凋零之际他母子二人又无甚积蓄,那么他至少也会成为倪二那样的人。总之我个人认为从他幼年的这一场小小的打斗来看,他不但不应该是将来巧姐儿的那个"奸兄",还很有可能成为巧姐儿的庇护者之一。

他小小年纪就已经有强烈的抱不平意识和宗族观念,他之所以很想帮贾宝玉一伙的忙,是因为自己是荣府一宗。那巧姐儿来日落难,单靠平儿一己之力是绝对力不从心的,一定有外来的力量协助她,首先是我们曾经说过的贾芸和小红夫妇,然后有可能就是倪二和贾茵此类人物,贾茵者"荫"也,荫庇巧姐儿之人。那刘姥姥只能作为帮助巧姐儿提供藏身之所的人,整个营救过程她一个老村妇是不可能插得上手的。

此处顺便说一下为什么平儿能逃脱查抄,这得感谢她通房丫头的身份,如果她转正成了姨太太,就是主子了,那是不可能逃得掉的;而她无论实际上曾经多么有权势,其法定身份都只是个奴才,所以她才有可能躲过一劫。巧姐儿是个未成年的孩子,朝廷放她一马由她自生自灭也是合乎情理的。

既然贾兰、贾茵都被排除在外了,那么下面我们该将目光转向谁呢?当然是贾蔷。贾蔷和贾茵在同一章回中出场,稍稍先于贾茵一步,在书中同样有着精彩的描述。我们因为急着剖析贾茵所以将贾蔷先撂到了一边,他会是那个出卖巧姐儿的"奸兄"吗?且待下回分解。

第六十五回 谁是『奸兄』?

上回说到荣府的近派元孙贾芸将来极有可能成为巧姐儿的荫庇之人,这回来说说这宁府的正派元孙贾蔷,他在巧姐儿落难之时会采取什么样的态度呢?这贾蔷虽说是满身的纨绔习气,但是却又不失义气,他唆使茗烟闹事的理由很明确,只因"他既和贾珍、贾蓉最好,今见有人欺负秦钟,如何肯依"?不过他走的是曲线救国的路线,自己不出面,找了枪杆代劳,反正一样达到了目的。后来他能够负责戏班子的采买工作,虽说是贾珍和贾蓉一力举荐,但如果没有王熙凤侧面相助,恐怕也没那么顺利。所以说王熙凤对于贾蔷是有恩在先的,再加上他后来对龄官的种种情义,虽说我们曾说过这里面不排除秦可卿的因素,但至少能看出贾蔷绝非薄情寡义之人,他应该干不出和王仁一起合伙坑害巧姐儿的事来。

那么还有谁会是嫌疑人呢?人称"三房里的老四"——贾芹。说贾芹之前我们先得说说他的老娘——周氏,书中没有提到贾芹的父亲,想必也是早逝,他这妈可不简单,开始的时候她是打算直接找贾政给儿子谋个差使,"也好弄些银钱使用"。要知道贾政在书中的形象那可始终是高高在上,从来不问家务事的,家里的一众仆从看见他没有不屏气敛息的,就算是小辈们见了他也都是无不俯首帖耳、低眉顺眼的;而这个在"后街上住"着的贾府远亲的遗孀居然"盘算着也要到贾政这边谋个大小事务与儿子管管,也好弄些银钱使用"。同志们哪,一定要当心生活中那些凡事总想着直接和最高领导对话的人,都不是善茬,难得有个把有些真才实学的,绝大部分都是机会主义者,想走捷径的,可领导们往往喜欢这样的人,常常误以为这是颗蒙尘的珍珠呢!

又跑题了,接着说贾芹他妈,当她真的打听到贾府将要打发十二个小沙弥和十二个小道士的消息后,她却并没有直接去找贾政,而是迂回找到了王熙凤,由王熙凤找到王夫人,再由王夫人和贾政说。于是这项工作就变成了由贾政从上而下倒过来安排给了具体负责人贾琏,而贾琏的工作又在事前就被王熙凤做通了的,贾政的工作指令刚一下达,贾琏马上就将内定好的人选贾芹举荐了上去;结果当然是水到渠成。母子二人还通过王熙凤向贾琏提前申请了三个月的费用:"白花花二三百两"银子。

贾芹拿到这笔巨款都干了些什么呢?先是"随手拈一块,撂与掌平的人,叫他们吃了茶罢",公款消费,一点不心疼。然后拿回家听取了他老妈的意见,给自己雇了头大叫驴,先享受起来再说。曹公也是够绝的,别人都骑骡子、骑马的,偏让这贾芹骑头大叫驴,曹公祖籍辽东,辽东乡下对于叫驴有个外号,叫作"杀家鞑子",大概和南方人的"搅家精"意思相近,这"杀家鞑子"惯于"反圈",也就是"窝里斗";小小一头坐骑,曹公用心如此!

贾芹得了这美差后再次现身已是三十回之后了,贾珍分配年货,贾芹也厚着脸皮来领,被贾珍当众一顿训斥。贾珍的年货是打算分配给没工作的族人的,那贾芹有了工作,不但每个月有工资领取,和尚、道士们的工资以及相关费用都由他统一经管反而不如从前穿着体面了,为什么呢?原因很简单,一个人在铁槛寺内自在为王,"夜夜招集匪类赌钱,养老婆小子"。所以贾珍给他的"年货"很明确:"花的这个形象,你还敢领东西,领一顿驮水棍去才罢"。并且扬言年后要和贾琏说让他下岗,虽说贾珍说完就忘了,但贾芹是忘不了的,这梁子算是结下了。

诸位,就这德行的人,若得着机会他不报复才怪。

而且现实当中沾了"赌"的人,卖儿典妻那都是寻常事。他那个妈一旦贾府遭殃估计也绝对不会是个雪中送炭之人。至于王熙凤、贾琏安排工作的情分,对于不懂感恩的人来说,不过就是一场各取所需的交易罢了,平时贾芹母子一定也少不了要孝敬王熙凤夫妇的,一朝翻脸剩下的就只能是怨恨了。

所以我以为这贾芹必是日后坑害巧姐儿的"奸兄"之一。并且当初贾芹的活儿实际上是抢了贾芸的,只怪贾芸没个能干的妈帮他钻营,只能在职场较量中落了下风。那么在日后对待巧姐儿的问题上,二人是否会有一场新的较量呢?我想应该是少不了的,不然曹公干吗安排这两个人进行岗位竞争呢?另有书中第十七回,贾政带人游园至稻香村时,贾宝玉曾写了一副对联:"新涨绿添浣葛处,好云香护采芹人。"稻香村是李纨日后的居所,曹公是否有意将日后与巧姐儿有关的人在此处埋个伏笔呢?"好云香护采芹人"是否是指贾芸"护香"斗"芹"呢?此处"香"指巧姐儿。不过有件事我一直想不明白,曹公自己号"雪芹、芹圃、芹溪",他为什么要把自己心爱的"芹"字给这么个猥琐的家伙呢?!

除了贾芹,坑害巧姐儿的"奸兄"是否还有同谋呢?且待下回分解。

第六十六回 谁是贾芹的同谋？

上回说到巧姐儿的"奸兄"之一贾芹，不知这贾芹是否有同谋者呢？这干坏事就像是走夜路一样，结个伴好歹也能壮壮胆，何况坏事做成也是需要分工协作的。巧姐儿的"狠舅"王仁和什么邢大舅之类的从前都爱在宁国府混，自然和贾珍、贾蓉相熟；看官们觉得坑害巧姐儿的事，没准在王仁这种"忘却仁义"的家伙眼里这还是一笔好买卖呢,油水大大的呢!算是对昔日各种打秋风的回报,说不定王仁会将这笔交易与贾蓉分享呢。贾珍是宁国府的掌门人,应该没那么容易逃脱惩罚,贾蓉就不一样了,他那个五品龙禁尉不过是花了一千二百两银子买来撑门面的罢了,大不了一抹光,回到家一穷二白了,倘若王仁抑或贾芹相邀发财之道岂有不允之理?为什么这么肯定贾蓉会和王仁、贾芹同流合污呢?让我们来回顾一下贾蓉其人便一目了然了。

最体现贾蓉品质的应该是在书中第六十三回,他与尤氏姐妹的那一番打情骂俏,各种不堪情形可谓冠绝古今。再有王熙凤收拾贾瑞时,他和贾蔷两个趁火打劫一人讹了贾瑞五十两银子的欠条,虽说贾瑞回到家便一病不起,所写欠条不过白纸一张,但有了这样一堆卑劣的前奏摆在那,再来看看他与王熙凤之间的恩怨情仇:贾琏私娶尤二姐是贾蓉从中周旋促成的,贾蓉这么做当然不可能全是为了贾琏,更多的是为自己将来行动方便,贾琏也明知尤氏姐妹与贾珍、贾蓉"素有聚麀之诮",但色迷心窍也顾不得许多了,何况三人本来也是一起愉快地玩耍的小伙伴，正如贾珍意欲调戏尤三姐被贾琏撞破而羞惭时，贾琏却说："何必又作如此景象，咱们兄弟从前是如何样来！"又对尤三姐以小叔子自居，感动得贾珍大呼："老二，到底是你，哥哥必要吃干这钟。"

本来人家爷三个如意算盘打得妥妥的，且不说尤三姐因为柳湘莲抹了脖子，只这尤二姐平白无故地被王熙凤给搞死了，贾蓉心中岂有不恨之理?！他爹和贾琏先下了手，还没轮到他呢！所以尤二姐死后，贾蓉前来吊丧时一边明劝贾琏："叔叔解着些儿，我这个姨娘自己没福"；同时却又暗暗指向大观园的界墙，贾琏立刻会意，悄悄跺脚发誓："我想着了，终久对出来，我替你报仇！"更何况还有一出酸凤姐儿大闹宁国府，虽说贾琏、贾宝玉一样也讨骂挨揍的，贾珍更是不分场合随意打骂贾蓉，可那是老子管儿子，算不上丢人；可是贾蓉被凤姐儿所逼，无奈之下当众左右开弓抽了自己一顿嘴巴子，这样的奇耻大辱那绝对是终生难忘啊！所以我说来日坑害巧姐儿的"奸兄"估计是少不了贾蓉的。

这样一来，关于巧姐儿事件的正方大致有：贾芸、小红、贾茵、平儿和刘姥姥，也许倪二也发挥了一定的作用；反方有：王仁、贾蓉、贾芹；因为贾蓉的介入，贾蔷可能就成为中立者了；作壁上观的有：贾兰、李纨；正方力量明显胜过反方，所以巧姐儿才能化险为夷，成功地当上了一名村妇，有可能是做了王板儿的老婆，王狗儿的儿媳妇，也就是刘姥姥的外孙媳妇。于是乎在书中第六回曹公的上帝之笔就事先描绘出了"不是冤家不聚头"的景象了，巧姐儿的恩人、仇人都齐全了；刘姥姥对王熙凤一口一个"你侄儿"；说的是她的外孙子小屁孩王板儿，王熙凤给的二十两银子的由头便是给王板儿"做件冬衣"的；而当时的场景中，王熙凤的侄儿实际上是"轻裘宝带，美服华冠"的翩翩少年贾蓉。

如此看来，围绕巧姐儿要发生的故事且得唱一出大戏呢，所以她才会位列十二钗正册啊！正如惜春一般，表面看她存在的唯一意义就是画画，其实围绕着她的同样是世事纷呈，全凭有心人揣测。就连那位"二木头"迎春，也绝不是仅仅因为她是四春之一，硬拖进正册凑数字的，她的那位夫婿，中山狼孙绍祖除了折磨死迎春，贾府遭殃时他若不落井下石出场折腾一番才怪。谁都不是打酱油凑数字的，都有其存在的价值。

既然说到迎春了，不妨顺便聊聊她的大丫头司棋吧，这也是个有料的角色呢！详情且待下回分解。

第六十七回

司棋

上回因提到迎春,所以打算在这回说说她的大丫鬟司棋,这司棋在书中最大的作用莫过于掀起了抄检大观园这一场变故。不少粗心的读者往往将此事归结到那位无意中捡到绣春囊的傻大姐身上,须知傻大姐本人是不玩这个东东的,只因为此物看着"花红柳绿"的,所以拿在手上把玩,不巧被邢夫人撞见,邢夫人立刻以此为由对王夫人展开了攻势。

王夫人接招后拿着赃物首先找到王熙凤,不想王熙凤是个识货的,一眼就辨别出这看着"极其华丽精致"

的玩意儿不过是个A货罢了，于是委屈地含泪辩白："这香袋是外头雇工做的，请看带子、穗子一概是卖货。若是内工绣的，自然都是好的。"言下之意："拜托！姑妈，你侄女我怎么可能玩这种不上档次的货色?！"又一通伶牙俐齿的解释，王夫人只好自己找个台阶下："我气急了，拿话激你。"但是任何事情都是一把"双刃剑"，王夫人灵机一动，正好借着这个由头对大观园里的谍战工作洗一次牌，如果触动了谁的利益，正好往邢夫人身上推；大嫂子如此郑重其事地批评指责来了，当弟媳妇的没理由不自我检讨呀！倘若发生什么矫枉过正的事情，那也是情非得已，在所难免。

于是乎王夫人开始调兵遣将，这时候就看出王夫人的实力了，除了前面引见刘姥姥的那位周瑞家的，还有吴兴家的、郑华家的、来旺家的、来兴家的五家陪房瞬间集结完毕，另外还有几家在南方执事呢。虽说来旺家的是王熙凤的陪房，但怎么说都是王家的人马呀！正好邢夫人派了心腹陪房王善保家的前来打探消息，来得正是时候，王夫人正愁没法让邢夫人直接裹进来呢！于是王善保家的立刻被编入行动组,而且马上成为参与出谋划策的骨干力量,一招关门打狗的计策立马被王夫人所采纳:"这话倒是。若不如此,断不能清的清、白的白。"何谓清?何谓白?很简单,主要看看谁站错队了。王熙凤为了洗清自己,无奈只好当了行动组小组长。

诸位请留神,行动是在贾母安寝之后展开的,等老太太一觉睡醒,早就老母鸡变鸭了。这一场抄检的过程我就不重复了,结果是终于查到了丢失绣春囊的罪魁祸首——司棋。书中并未明说傻大姐所捡到的绣春囊就是司棋的,但是结合上下文一看便知。先是在书中第七十一回鸳鸯打算躲到山石后头小解,不想惊了一对野鸳鸯:司棋和她的小表弟潘又安。那小子跑出去后竟然逃之夭夭了,把司棋气了个半死,按她内心的想法是:"纵是闹了出来,也该死在一处。他自以为是男人,先就走了,可见是个没情意的。"看她在抄检大观园时被查出赃证却"只是低头不语,并无畏惧之心"的样子,和晴雯、尤三姐之流如出一辙,续书中司棋一头撞死倒是真有可能的。至于那潘又安发了财回来唱一出《桑园访妻》，然后小刀抹了脖子我看实在是高老先生一厢情愿。

接着说从司棋的箱子里搜出来的除了一双男用鞋袜和一个同心如意外，更重要的是一封信，把司棋和她小表弟的那点事交代得明明白白，尤其是"再赐香袋二个"；另有傻大姐所捡绣春囊是她掏促织时，在山石背后所捡。另外早在书中第二十七回曹公就早已忙里偷闲埋下了伏笔：小红找王熙凤时恰巧看见司棋从山洞里出来，站着系裙子；虽说第七十二回曹公又解释说二人这回才是"初次入港"，但二人眉来眼去却是由来已久。这样前后一对照，这绣春囊的所有者自然是非司棋莫属。

这司棋乃是邢夫人的陪房王善保家的外孙女，王善保家的那天晚上可真是晦气到家了，先是因为撩探春的衣襟被热辣辣地抽了个大嘴巴子，紧接着又出了司棋这事；回到邢夫人跟前又挨了一顿打。尤氏、李纨都说邢夫人打得有理，探春却一语道破天机："这种掩饰谁不会作？且再瞧就是了。"本来探春打了人还等着领罪呢，毕竟打狗还得看主人呢，打了王善保家的实际上就等于羞辱了邢夫人，结果邢夫人又怎好和一个未出阁的小姐计较呢？照理王夫人应该对探春进行批评教育的，然而却是什么动静都没有。只因探春这一巴掌实际上也替王夫人出了一口气，心里笑还来不及呢，索性装不知道拉倒了。

估计司棋应该是邢夫人给迎春配备的，闹了这么一出，这副小姐肯定是当不下去了。遥想当年只为一碗蒸鸡蛋就把小厨房砸了个稀巴烂，配上司棋副小姐"高大丰壮"的身材，两手往腰间再那么一掐，何等威风！倘若此时"腮凝新荔，鼻腻鹅脂，温柔沉默，观之可亲"的迎春小姐往她身旁一站；那司棋可就真是活脱脱一个中南海女保镖的光辉形象啊！而且这司棋还是一众丫鬟里少有的"文化人"，不然也不能和小表弟写情书而落下把柄啊。可见邢夫人将这么个"文武双全"之人安放在大观园里一定是曾经寄予厚望的，不然司棋恐怕也不敢那么嚣张，一碗蒸鸡蛋事小，关键是前两天晴雯要吃

芦蒿时那管厨房的柳嫂子居然是"狗颠儿似的亲捧了去",这就难怪司棋副小姐要发发脾气了。何况砸烂小厨房又何尝不是为"邢派"争口气呢?!后来因为闹了一出茯苓霜事件,柳家的还差点丢了差使,司棋的婶娘秦显家的只兴头了半天就又被平儿一句话打回了原形。书中说:"司棋等人空兴头了一阵。"这"等人"都是何人就任凭读者自行猜想了。如今邢夫人摆得好好的一颗子,却被司棋自己不争气给搅和了,只落得个竹篮打水一场空,邢夫人不打她外祖母出出气打谁?

　　本回开头时我曾说王夫人把抄检大观园的行动看作是对长期谍战工作的洗牌,为什么这么说呢?且待下回分解。

第六十八回 漏网之鱼

上回说到王夫人对大观园的"谍战人员"展开了清洗工作,为什么这么说呢?这就得看看中招的都是哪些人了,首先出局的是"邢派"的司棋。同时中招的还有惜春的丫鬟入画,毫无疑问她是"尤派"的,她哥哥在宁国府当差,所得赏赐皆托老妈妈们捎与入画保管,用王熙凤的话说:"这个可以传递得,什么不可以传递呢?"尽管后来查明确系贾珍所赐,并不是什么赃物,且尤氏再三说情,惜春却执意不肯再要入画,并且还牵三扯四地因此和尤氏也闹翻了。人人都说惜春年幼、胆小外加性格孤僻所以才不要入画，我却以为惜春看得透，借机跳出了派系纷争的圈子。

再就是晴雯，众所周知那是贾母钦点的姨太太候选人，姑且把她称为"祖派"吧，也就是老祖宗那一派。另有几个小戏子，除了尤氏讨走的茄官，宝玉的芳官、宝钗的蕊官、黛玉的藕官、湘云的葵官、宝琴的豆官、探春的艾官，无一不是贾母安排的；被王夫人借着芳官的由头一网打尽，通通赶出大观园。这里头唯一一个无门无派的大概就是那个四儿了，被人阴了一下，把平时的私语告了密，因此也受了牵连。

王夫人打发了一干人等，并未及时汇报，而是不急不忙过完中秋佳节，找了个贾母高兴的时候先将晴雯的事情编了一套说辞做了个简要说明；然后顺便把几个小戏子的事也说了一下。

诸位，除了上述的那几个小戏子外，贾母身边也有一名小戏子文官，那几个小伙伴挨收拾，文官会不知道？她会坐视不理，一句不向贾母提起？当然不大可能。但是贾母在听到王夫人的汇报时却不动声色地点头赞同："这倒是正理，我也正想着如此呢。"到底后来贾母有没有把落了单的文官也打发出去呢？我就不知道了，也不想费神去琢磨一个路人甲之类的角色。只是对于晴雯的事老太太的心里是很不乐意的，因此忍不住说了几句："晴雯那丫头我看她甚好，怎么就这样起来。我的意思这些丫头的模样、爽利、言谈、针线多不及她，将来只她还可以给宝玉使唤得。"王夫人见贾母开口说情，一着急就露了馅儿了："三年前我也就留心这件事。先只取中了他，我便留心。冷眼看去，她色色虽比人强，只是不大沉重。"要知道前几天当王善保家的跟她告晴雯状的时候，她还装模作样地说自己不认识晴雯呢。当然贾母也不可能为个丫鬟和儿媳妇翻脸的，毕竟婆媳和睦的大局为重。事已至此，只好顺水推舟："原来这样，如此更好了。袭人本来从小儿不言不语，我只说她是没嘴的葫芦。既是你深知，岂有大错误的。"

自此，大观园里可谓清清白白了，几乎清一色的

"王派"了。不过终究还是有漏网之鱼,此人便是黛玉的大丫鬟紫鹃。紫鹃原本是贾母身边的二等丫头鹦哥,不说别的,只看她"情词试宝玉"这一件事,就足见其也是一副七窍玲珑心肝哪,连贾母批评她时都说她:"你这孩子素日是个伶俐的。"曹公对她冠以一个"慧"字。贾宝玉更是感慨:"若共你多情小姐同鸳帐,怎舍得你叠被铺床?"这又何尝不是贾母的心愿呢?老太太原本布置得妥妥的局:宝黛这两个不会过日子的,必须配两个得力干将:晴雯与紫鹃。怎奈人老觉多,精神不济,她睡觉,人家加班干革命;于是乎长江后浪推前浪,不得不被拍到沙滩上。

本来王善保家的在紫鹃的房中抄出了一些宝玉的旧物,打算借题发挥一下的,被王熙凤给压住了:"这也不算什么罕事,撂下再往别处去是正经。"王熙凤这是摆明了袒护林黛玉,她为什么要这样做呢?以后找时间再聊这个话题。紫鹃的漏网实际上也就意味着黛玉的自由。这对势单力薄却又心高气傲、多愁善感的林黛玉来说可是太重要了!这么个知心小姐妹守在身边,她尚感慨:"一年三百六十日,风刀霜剑严相逼"呢,若再给她安排个"王派"嫡系成员朝夕相伴,她不自己哭死也得闷死。

既然说到《慧紫鹃情词试宝玉》了,就不得不聊聊这宝、黛、钗之间的"情"字了。一直在千方百计地回避这个话题,怕说得不对诸位心思,吃力不讨好,还找骂。但是说红楼不说宝、黛、钗之情又有什么意义和价值呢?其他的枝微末节即便是说出一朵花来,毕竟不算是主菜呀!好比有人请你吃顿法国大餐,上了一堆各式各样的沙拉、头盘、甜品、法国葡萄酒,吃得还挺撑,喝得也够嗨,可就是感觉没吃到正经东西呀!所以就算心里再哆嗦,也还是得硬着头皮嘚瑟一下自己的个人观点。详情留待下回分解吧。

第六十九回 贾宝玉和林黛玉

这回打算开始来聊聊这宝、黛、钗三人之间的情感纠结,说真的这三个人真正纠结的其实只有林黛玉一个人,因为她实在是太缺乏安全感了;薛宝钗有金锁配宝玉,史湘云有金麒麟,就算是后来的薛宝琴也搞了件凫靥裘和雀金裘配个情侣装;只有她,一无所有。文艺女青年本来就多愁善感,现实中的实力派对手又层出不穷，叫林妹妹怎能不纠结呢？！所以她自宝玉得了金麒麟后一听说史湘云来了，吓得赶紧过来打探消息，生怕宝玉学那外传野史的样，因为一些"小巧玩物上撮合，或有鸳鸯，或有凤凰，或玉环金佩，或鲛帕鸾绦，皆由小物而遂终身"。也与湘云仿一段才子佳人的故事出来。不想正好听见贾宝玉在史湘云和袭人面前夸她呢，心里一高兴就又感慨万千："你既为我之知己，则又何必有金玉之论哉；既有金玉之论，亦该你我有之，则又何必来一宝钗哉！"

其实这一场纷繁的情爱从一开始就有史湘云，但史湘云的性格是生来的"英雄阔大宽宏量，从未将儿女私情略萦心上"，所以自然不会为情所困。至于宝钗，坦率说贾宝玉根本就不是人家薛宝钗心目中的理想人选，她陷入"金玉之论"也是身不由己。但是她的综合实力实在太强，对于史湘云、林黛玉尚可略放一放，毕竟林黛玉私下盘算了一下自己的综合实力应该是比湘云要略胜一筹的：大家都是孤儿，自己是贾母的嫡亲外孙女，而且自带嫁妆（多少且不论）；而对宝钗就不好说了，

薛姨妈与王夫人姐妹联手,其他的都且不论,单只什么"金锁是个和尚给的,等日后有玉的方可结为婚姻"这样的舆论造势工作就足以让林黛玉寝食难安了!

面对这么个严重缺乏安全感的青春期文艺女,贾宝玉除了一次次地赌咒发誓也确实想不出什么高招,连做梦都挖心表忠心;虽说这挖心一回是高老先生所续,不过日有所想、夜有所思;老先生续的这一回我倒是十分认可的。尤其他让这个梦由林黛玉来做,恰恰是林黛玉白天的各种"不放心"在梦中的折射,这与书中第三十二回遥相呼应。当贾宝玉说她:"你皆因总是不放心的原故,才弄了一身病"的时候,她的反应是"如轰雷掣电,细细思之,竟比自己肺腑中掏出来的还觉恳切",万语千言化作两行珠泪。照理说经过这一场表白,林黛玉应该完全放下心了,没有,随着年龄的增长,婚嫁之事更让她焦虑了;再加上第四十九回薛宝琴的出现以及在她看来贾母暧昧的态度,小姑娘就只好夜里做梦看看情郎哥到底是个什么心意了。不过高老先生随即又安排袭人表达了一下夜里宝玉闹心疼来与黛玉的梦相附和。反正前八十回曹公也经常玩这一招的，譬如秦可卿与贾宝玉、王熙凤与秦可卿就都曾梦与现实相交融。

那么贾宝玉的心迹到底如何呢？毫无疑问他是喜欢林黛玉的。一则二人日久生情，关键是可以耳鬓厮磨，这一点在书中那个时代背景中，那是绝对有杀伤力的；这也是林黛玉怎么发脾气、耍小性子，贾宝玉最终都低头服软的根本原因之一。诸位别说我想得太罪过了，人家宝黛之间那是纯洁的、柏拉图式的爱情，贾宝玉如果有什么生理需求，自然有袭人、碧痕之类的在呢；那只能说是您看书不够仔细哦！书中第二十八回宝玉前脚刚对黛玉发完毒誓："除了别人说什么金什么玉，我心里要有这个想头，天诛地灭，万世不得人身！"后脚求看薛宝钗腕上的红麝串子时，因为宝钗"生得肌肤丰泽"，一下子褪不下来，"宝玉在旁边看着雪白一段酥臂，不觉动了羡慕之心"，暗想："这个膀子要长在林妹妹身上，或者还得摸一摸，偏生长在她身上。"二则在宝钗出现之前，家中姐妹皆不及她。

本来青年男女，而且按照王熙凤的说法：无论"家

世、人品"都是很般配的,又两情相悦,岂不皆大欢喜?但《红楼梦》的主题是个爱情悲剧,所以命中注定宝黛之间是没有结果的。那么失去林黛玉的贾宝玉是否每天都生活在悲痛之中呢?正如《终身误》所言:"都道是金玉良姻,俺只念木石前盟。空对着,山中高士晶莹雪;终不忘,世外仙姝寂寞林。"每天纵然是对着"脸若银盆,眼同水杏,唇不点而红,眉不画而翠,比林黛玉另具一种妩媚风流"的薛宝钗也是终日闷闷不乐呢?

要知道当年看红麝串时那一段膀子可是当时就把他给看呆了的;悄悄跑回来侦察情况的林黛玉全都看在眼里,称其为"呆雁"呢!所以婚后的贾宝玉恐怕是要让过于执着于宝黛之情的读者们大感失落呢!余情且待下回分解。

第七十回 曹雪芹其人

上回说到婚后的贾宝玉恐怕要让执着于宝黛之情的小伙伴们失望了,为什么这么说呢?这就得回到开篇那一阕《终身误》了,人们往往记住它的前半截,却忽视了它的后半段:"叹人间,美中不足今方信。纵然是齐眉举案,到底意难平。"贾宝玉和薛宝钗必然是有一段姻缘的,不是不美满,只不过是美中不足而已。为什么美中不足呢?因为薛宝钗是按照宫中待选的标准教育成长的,所以"行为豁达,随分随时",第一件不擅长的事便是耍小性子，看了那么多宫斗剧，不说大伙儿也知道，在皇宫里耍小性子那直接就是自己找死；偏偏那贾宝玉是个"天生成惯能作小服低，赔身下气"的；这一下子没个赔小心的去处还真是不习惯呢，反而觉得林黛玉的各种小脾气正是闺中无限乐趣呢，所以不免感慨"纵然是齐眉举案，到底意难平"呢。更何况已有黛玉耳鬓厮磨在先，"终难忘"也属人之常情了。

不过宝玉对黛玉这点"难忘"之情是绝对不会叫他终日以泪洗面抑或愁眉不展的，更不可能像越剧《红楼梦》那样哭完灵，钟声铛铛一响就挥一挥衣袖，不带走一片云彩走人了事的。充其量也就是像藕官之于药官，每逢清明烧点纸、供炷香，"只是不把死的丢过不提，便是情深意重了"；想来这也是曹公为什么把藕官安排给了黛玉的用意吧。不过按贾宝玉的说法连纸都不用烧的，"这纸钱原是后人的异端，不是孔子的遗训。以后逢时按节，只备一个炉，到日随便焚香，一心虔诚，就可感格了。"又说："即值仓皇流离之日，虽连香也无，随便有土有草，只以洁净，便可为祭。"想必日后这便是林黛玉的日常祭奠仪式了。若是有条件的时候也许会有"新茶新水，供一钟两盏，或有鲜花鲜果，甚至于荤羹腥菜"外加一炉香，"便是佛爷也都来享，何况林黛玉乎？！更何况林黛玉自己也曾批评王十朋的迂腐："这王十朋也不通的很，不管在哪里祭一祭罢了，必定跑到江边子上来做什么！俗语说，睹物思人，天下的水总归一源，不拘哪里的水舀一碗看着哭去，也就尽情了。"可见宝、黛二人的确是心意相通，求的都是心到神知的境界。黛玉说这番话在书中第四十四回，她这话是和薛宝钗说的，但她说完这话薛宝钗根本就没搭理她，而且连一向在她面前谨小慎微的贾宝玉都借故回头要热酒去敬王熙凤；因此林黛玉这段话等于是说给她自己听的；实际上也是对将来宝玉对她所采取的祭奠方式的一个预言吧。将来必是宝玉敬自己的酒祭奠故人，宝钗则保持视而不见、听而不闻的状态。

那么这贾宝玉和薛宝钗生活在一起是不是勉为其难，日夜煎熬呢？是不是表面上举案齐眉，实际上相对无言呢？当然不是。书中第二十二回贾母为宝钗过生日，宝钗点了一出《鲁智深醉闹五台山》，宝玉认为她是为了讨好贾母而点，还故意挖苦她："只好点这些戏"，又自命清高地说自己"从来怕这些热闹"的。不料人家薛宝钗随口背了戏中一支《寄生草》就把他给镇住了。连那位大神脂砚斋都在此处加注道："宝钗可谓博学矣，不似黛玉只一《牡丹亭》，便心身不自主矣。真有学问如此，宝钗是也。"

顺便扯两句这位大神脂砚斋，各路所谓的红学家们对此人也是争论不休，到现在连其是男是女都没个定论。有人论证出此人便是书中史湘云的原型，也是陪伴曹公到最后的至亲爱人；也有人认为这脂砚斋和另一位自称畸笏叟的是同一个人。不管世人怎么说，这两位才是研究《红楼梦》真正的大神，尤其是脂砚斋，他的点评几乎可以说是进入"红学江湖"的"葵花宝典"，与《红楼梦》一起光耀古今。

我个人是既不赞成把脂砚斋想象成女性，也不同意把这两人说成是一个人的。靖藏本中畸笏叟分明有一处眉批写着："不数年，芹溪、脂砚、杏斋诸子相继别去，今丁亥夏，只剩朽物一枚，宁不痛杀！"没理由一个人吃饱了自己悼念自己，而且还拖几个人一块悼念的。脂砚斋如果是个女人，畸笏叟为什么会将她与其他几个人放在一起合称"诸子"呢？别说人们对一些有社会地位的女士也称"先生"，譬如称宋庆龄就会称为先生，据我所知中国人对女士以"先生"称之很可能始于秋瑾女士，离着曹公那个时期还很有些日子呢！

近日还见到一篇文章，声称《红楼梦》作者系江苏如皋人冒辟疆，董小宛才是林黛玉的原型，据称同时还发现曹雪芹该人不一定存在；还找出了冒氏后人，不知这位发文的同志是怎么看待畸笏叟这个人以及他对《红楼梦》所做的各种注解的。唉！区区在下不过是《红楼梦》这本书的粉丝罢了，自然没有资格参与到各路所谓专家们的角斗场中去一决高下，何况我本人也是江苏人，我也想和曹雪芹扯上点什么关系才好呢，只是希望专家们可千万别吵出个类似于"孙悟空的后人"那样让人笑掉大牙的事情来吧！

且回过头来接着说宝钗推荐的那一支《寄生草》，

不但把贾宝玉听得开心得是"拍膝画圈，称赏不已，又赞宝钗无书不知"，还把林妹妹醋得忍不住训了他一顿："安静看戏罢，还没唱《山门》，你倒《妆疯》了。"这还没完，为着快嘴丫头史湘云说破了唱戏的小旦长得像黛玉的事，湘黛二人闹别扭，贾宝玉管闲事自然就跟着受闲气，想起那支《寄生草》里的一句词"赤条条来去无牵挂"；不禁心有所感，大哭起来。

欲知后事如何，且待下回分解。

第七十一回 薛宝钗的金锁

上回说到贾宝玉因想起薛宝钗推荐的《寄生草》中"赤条条来去无牵挂"这句词,大哭一场,还照葫芦画瓢也填了一支《寄生草》为自己所写的偈语做个备注;不想林黛玉假装找袭人来打探动静,袭人便将宝玉所写的曲子与偈语交给了黛玉,黛玉拿回去与湘云同看,第二天又拿给宝钗看。这一段书写得是太好玩了,贾宝玉为她们仨各种参悟感慨不算,还搭上一场大哭,人家三人早没事了，而且钗黛联手和宝玉一番机锋对答，把贾宝玉收拾得心服口服。这一番小儿女情态的描述之下其实暗藏玄机，脂砚斋于此处批注："恐颦、玉从此一悟，则无妙文可看矣。"我想曹公正是要设此一局，叫读者知晓，宝玉悟是终归要有那么一天的，就像甄士隐与柳湘莲，必得遭遇个大劫方可顿悟；但他今生悟与不悟必定皆与钗、黛、湘三人密切相关；钗、黛二人参与机锋答辩，为局中人，湘云为旁观者也。

上一回我们提到宝钗是按照宫中待选的标准来调教的，而且薛蟠之所以要进京，首要任务便是"送妹待选"，后来所发生的抢英莲（也就是后来的香菱），打死冯渊，葫芦僧乱判葫芦案等一系列事件都是因此而来；这么大个事情书中却再无下文。那么薛宝钗到底有没有进宫呢？我想她应该是进了，只不过是落选了。为什么这么说呢？书中第七回，大门不出，二门不迈的薛姨妈忽然拿出十二枝"宫里头做的新鲜样法"的堆纱花；此花若由王夫人拿出当属正常，有可能是元春孝敬她妈，或是赏赐娘家众姐妹的；薛姨妈从何而来呢？只能是宝钗参选落第的纪念品了。所以贾宝玉对于薛家而言，只不过是女儿落选的备胎罢了。

当然薛家从一开始就是一颗红心两手准备，进不了宫，就设法落实金玉之论。有不少读者都根据薛蟠曾经要帮宝钗把金锁拿去"炸一炸"这一条，说宝钗的金锁是自造的，根本不是什么和尚给的。这话说得既对又不全对，此话怎讲呢？金锁本身的确是自造的，但上头所刻的话却是书中那位世外高人——癞头和尚送的，一共八个字："不离不弃，芳龄永继"；而且明确要求要将他的话"錾在金器上"，而贾宝玉的玉上所刻为："莫失莫忘，仙寿恒昌"；所以这金锁配宝玉准确说应该是好词配好句，因为只有这两句话才是绝对原装的。而且《终身误》里说得明明白白："都道是金玉良姻"；可见这金玉之说在警幻仙子处是早就登过记、注过册了的。

薛家把贾宝玉作为备胎书中另有一处蛛丝可寻，书中第三十四回，贾宝玉挨打后薛姨妈和宝钗都疑心是薛蟠口无遮拦闯的祸，气得薛蟠口不择言，说宝钗："从先妈和我说，你这'金'要拣有玉的才可正配，你留心了，见宝玉有那劳什骨子，你自然如今行动护着他。"贾宝玉的玉是胎里带来的，从他一生下来，估计这衔玉的事迹就算不能传遍大江南北，至少家里的亲亲眷眷肯定是无人不知、无人不晓的；薛姨妈是王夫人的亲妹妹，她们家会不知道这事？连林黛玉比薛宝钗还小几岁呢，都从小就听"母亲说过，二舅母生的有个表兄，乃衔玉而诞"。所以哪里用得着住进贾府才留神到这个呢！本来宝钗的"金"要拣有玉的配，只要进了皇宫，还怕缺"玉"吗？所以分明是薛家原本压根未将此事放在心上，不常提及，所以呆子薛大少自然就不会想到此事，还以为妹妹是到了这儿，见了贾宝玉的玉才想起金玉之说呢！

薛蟠的话居然让"行为豁达，随分随时"的宝钗"委屈气忿"地整整哭了一夜；宝钗为什么这么伤心呢？她不是不知道宝黛之间的恋情，她明知道"宝玉被一个林黛玉缠绵住了，心心念念只挂着林黛玉，并不理论这事。"如今她为了家族的利益，无奈被卷入了这场纷争，可是哥哥薛蟠非但不领情，压根儿就不明白自己为此所承受的压力,所以思前想后怎能不"委屈气忿"地哭个一整夜呢!哭父亲早逝,母亲日益年迈,哭兄长不懂事,枉为男子却不能成为家中的顶梁柱,却要自己一个女孩子出头;哭自己一翻苦心不被理解;更哭自己前途未卜。

有研究者认为宝钗将来为夏金桂所逼致死,埋于荒郊大雪之中;我想这位学者做如此猜想的主要依据可能是十二钗正册中"金钗雪里埋",我是不太认可这样的说法的,我个人以为此处的确是暗合了薛宝钗的姓名,但金钏儿之死才应该是宝钗未来命运的预演。金钏儿除了姓名与宝钗之间的暗合外,更重要的是书中另有一处细节描述:王夫人打算给金钏儿两套新衣妆裹,不想恰巧只有为林黛玉生日准备的两套新衣,王夫人怕林黛玉多心,所以没敢用。薛宝钗自告奋勇捐献出自己的两套新衣,并且还强调金钏儿活着的时候就曾穿过自己的衣服,"身量又相对",绝对合身。所以我不但怀疑宝钗将来投井而死,连黛玉都有可能也是投井身亡。

既然宝钗与宝玉之间纯粹是因为家族利益才有了牵

扯，那么他俩之间到底有没有感情基础呢？宝钗是否从未真正喜欢过宝玉呢？除了宝钗的那段"膀子"让青春期的贾宝玉萌生了想要摸一摸的念头，以及上述这支与贾宝玉内心契合的《寄生草》外，宝玉与宝钗之间还有哪些心意相通之处呢？且待下回分解。

第七十二回 贾宝玉挨打

这回接着来琢磨宝玉与宝钗之间是否有感情基础的问题。宝钗是个端庄稳重的人,喜怒哀乐轻易不形于色,她对于宝玉的情感就更不容易被觉察了。贾宝玉的性格特征虽不是薛宝钗的意中人选,但除了不思进取这一条其他方面还是都比较过硬的,更何况他与宝钗其实也同样是几乎天天都抬头不见低头见的,所以天长日久,宝钗日日面对这么个多情公子,怎能内心总是无情呢?宝玉挨打那次她一不小心就露了心迹:"早听人一句话，也不至今日。别说老太太、太太心疼，就是我们看着，心里也疼……"话说一半自悔不已，"不觉红了脸，低下头来"，那贾宝玉"听得这话如此亲切稠密，大有深意"；又见宝钗说了一半，红了脸低头弄衣带，"那一种娇羞怯怯，非可形容得出者"。常言说"好了疮疤忘记疼"，这贾宝玉才挨过打，宝钗这一低头就立刻让他"不觉心中大畅，将疼痛早丢在九霄云外"。

宝玉挨打，一家子都忙得反了营了，乱成一团，端茶打扇、嘘寒问暖，络绎不绝；林黛玉趁着没人之际来探望宝玉，两眼哭得桃子一般。自己哭成这样，第二天碰到为着薛蟠的话气得哭了一夜的宝钗还要追着刻薄人家："姐姐也自保重些儿。就是哭两缸眼泪来，也医不好棒疮！"读来真是又好气来又好笑。

这宝玉挨打书中明写的是忠顺王府上门索要琪官，再加上贾环火上浇油，告了关于金钏儿的状，却又通过薛蟠之口说了宝玉的另一次挨打，"难道宝玉是天王？他父亲打他一顿，一家子定要闹几天。那一回为他不好，姨爹打了他两下子，过后老太太不知怎么知道了，说是珍大哥哥治的,好好的叫了去骂了一顿。"估计那次挨打虽然没那么重,但十有八九也是为着结交外头的三教九流之类的人物挨的,不然他这次也不会为了琪官挨打。当林黛玉劝他"你从此可都改了罢"时,他回答说:"你放心,别说这样话。我便为这些人死了,也是情愿的!""这些人"一是指同类,二当然是不止一个了。

贾宝玉上回为谁挨打,且不理论,只说这回为了琪官挨打,到底是谁告的密呢?是薛蟠吗?看呆霸王气急败坏的样,他应该没有演戏的城府。但是宝玉和琪官初次相识时他的确在场,而且二人刚将互换的汗巾子束好,薛蟠就大叫一声跳了出来,"放着酒不吃,两个人逃席出来干什么?快拿出来我瞧瞧。"估计呆子当时并未看清具体是什么东西,不然他是完全有可能说出更加离谱的话来的,但是也难说他事后会不会与贾珍等人厮混时对贾珍提起,贾珍因为上回被冤枉了,这回会不会去告个密收拾一下宝玉呢?这种可能性也极小。贾珍虽浑,但他并不傻,人情世故、官场法则,他独挡宁国府不可能不明白，贾府"素日并不与忠顺府来往"，其实就说明贾府与忠顺王府不是一个阵营的，这种涉及政治营垒的大事贾珍应该是不会犯糊涂的。但是这是否会成为他日贾蓉作为巧姐儿"奸兄"之一的由头之一可就不一定了。

贾宝玉与琪官交换汗巾子是两人单独进行的，二人也必不肯到处宣扬的；那么这么私密的事情到底是怎么传出去的呢？而且琪官所送的汗巾子是被作为"铁证"一下子就让贾宝玉坦白了的，因为他觉得"这样机密事都知道了，大约别的瞒他不过，不如打发他去了，免的再说出别的事来"。可见他与琪官交换汗巾子的事他是十分注意保密工作的。要想弄明白这件事，就不得不来回顾一下贾宝玉和那位琪官蒋玉菡的相识过程了。

神武将军冯唐之子冯紫英做东，请了薛蟠、贾宝玉与琪官；说到冯紫英不得不唠叨两句，这冯紫英可是个令历来各路红学大神们心醉神痴的角色，他在书中的第一次出场其实并未露面，只是通过贾珍口述其为秦可卿介绍医生，表明了冯贾两家交情深厚。本来秦可卿出丧之时他也到场了，但是由于北静王水溶风头太劲，曹公只好委屈冯紫英和什么陈也俊、卫若兰等诸王孙公子点个卯拉倒了。就好比他要写秦可卿之死、王熙凤弄权，就只好安排林黛玉回老家探亲去；实在是一笔难书两家事啊！一直到第二十六回，小厮一声通报："冯大爷来了！"冯紫英才算是真正地闪亮登场。

冯紫英的出场和王熙凤有一比，"薛蟠等一齐都叫'快请'。话犹未了，只见冯紫英一路说笑，已进来了。众人忙起席让坐。冯紫英笑道：'好呀！也不出门了，在家里高乐罢。'"王熙凤出场时是"一语未了，只听后院中有人笑声，说：'我来迟了，不曾迎接远客'。""黛玉连忙起身接见。"书中对王熙凤是从头到脚细细致致地描绘了一番，最后总结："粉面含春威不露，丹唇未启笑先闻"。对冯紫英只说了他脸上的青伤，却一样将一个与薛蟠、贾宝玉等人截然不同的英姿勃发的少年公子描画了出来。薛蟠问他："这脸上又和谁挥拳的？挂了幌子了。"冯紫英笑道："从那一遭把仇太尉的儿子打伤了，我就记了，再不怄气，如何又挥拳？"这句话是不是容易叫人联想到那位打死潘豹的少年英雄七郎杨延嗣？紧接着冯紫英又说："这个脸上，是打围在铁网山，教兔鹘捎一翅膀。"一下子就把贾珍一伙假借习射为名，实则躲在家里放头开局大赌的纨绔子弟比了下去。这样一个少年英才在八十回以后必将有所作为。

那么这位少年公子为什么要做东宴请薛蟠、贾宝玉以及蒋玉菡呢？且待下回分解。

第七十三回

冯紫英的饭局

上回说到冯紫英做东宴请薛蟠、贾宝玉、蒋玉菡等人,只因为第二十六回冯少将闪亮登场后便豪饮两大海碗,中途退席时却又留下了半句话:说是此次铁网山打围乃是"大不幸之中又大幸";宝玉、薛蟠都拉着他把话说完,冯紫英临行前承诺"多则十日,少则八天"专门摆一桌细谈此事,因此便有了后面蒋玉菡参与的这一局。但是等到大家重聚之时,冯紫英却说所谓的"幸与不幸之事"不过是自己想请贾宝玉等人吃饭的说辞罢了。书中记载大家听了冯紫英的话也就一笑了之了，然而红学界对此却引发了种种猜想，但基本上都是猜其有可能参与了某次不成功的政变，我也是很认可这样的说法的，因为他第一次提起此事的时候应该是脱口而出的，而且还说"今儿有一件大大要紧事，回去还要见家父面回"，所以也就难怪后人猜测了。等他与宝玉、薛蟠等人重逢时，自然是早已冷静下来，果有正经要事和贾宝玉这样的富贵闲人说有何宜呢？薛蟠就更不用提了。不如大家乐和乐和拉倒。

　　冯少将这一局实际上并没有什么正经客人，也就是薛蟠与贾宝玉，其他一屋子的不过是一堆"唱曲儿的小厮并唱小旦的蒋玉菡、锦香院的妓女云儿。"可见这一局实际上是个纯粹寻欢作乐的阵势。蒋玉菡在冯紫英眼里未必就比唱曲儿的小厮、锦香院的云儿高贵到哪里去，他出现在这个席上是因为这一桌少了个唱小旦的。不过所谓高贵与卑贱，世事变幻，谁又说得准呢？没准来日侯府千金史湘云就等同于今日席上的云儿，流落到薛大呆子的席上，又恰被冯紫英所救呢？假如有朝一日我心血来潮续上几集的话，我必写上这么一出，也不辜负了曹公巴巴地将这几个人攒成一桌。今日且说蒋玉菡实际上是忠顺王爷宠爱的娈童，这一点冯紫英肯定知道，但他就是把蒋玉菡邀来捧场，这和他打伤仇太尉儿子的行径其实如出一辙，只图快活，不计后果。

不想蒋玉菡与贾宝玉两人相见恨晚，当时便互换了各自的汗巾子，蒋玉菡的汗巾子号称是北静王前一天所赐，"今日才上身"；那么问题来了，先别管北静王和蒋玉菡什么关系，要送他汗巾子，只说"昨日"才给的东西，今日才上身便送给了贾宝玉，那位上门来兴师问罪的忠顺王府的长史官是怎么就能一眼识别出贾宝玉腰里的汗巾子就是蒋玉菡的呢？只有一种可能性，蒋玉菡自己说的。他一个戏子，结交上荣国府的公子是他的荣耀，开始的时候他并没有想要隐瞒自己和贾宝玉的交情。有人猜想琪官蒋玉菡实际上是忠顺王爷使的"美男计"，我觉得这不太可能，虽说《红楼梦》中男风盛行，贾宝玉和秦钟之间也难说清白，贾宝玉和琪官换汗巾子之前便已"见他妩媚温柔,心中十分留恋,便紧紧的捏着他的手"了。但是如果说这个"美男计"是忠顺王府向贾府宣战的前奏未免说不太通,因为贾宝玉不过是个公子哥儿罢了,又不是什么朝廷命官,"流荡优伶,表赠私物"实在算不得什么了不得的大事,相反此事张扬出去,琪官本来是忠顺王爷驾前承命之人,嚷出去对于忠顺王府又能有什么好处呢?但是忠顺王府因此记恨贾府倒是有可能的。

由此看来,贾宝玉与琪官之事实在是他们自己太过张扬,也难怪,这样两个小帅哥走哪儿不抓人眼球呢?所以随便一打听,"这一城内,十停人倒有八停人都说,他近日和衔玉的那位令郎相与甚厚"了。所以贾宝玉这顿打早晚的事,逃不掉。因此薛宝钗的心迹流露也就是迟早的事了。所以这未婚男女之间的日久生情与已婚男女的日久乏味都是在所难免的,故劝世上有情人与其朝朝暮暮,倒不如金风玉露一相逢反胜却人间无数。不过话又说回来,如果没有精神领域的统一,日久生情也不过是异性相吸的动物本能而已。钗玉之间可不单单是"一段膀子"与"一低头";宝钗写的《咏螃蟹》讥讽时事,众人都拍手叫绝,更是正合宝玉心思,大呼"写得痛快!我的诗也该烧了"。不少读者只记住宝钗的"好风频借力,送我上青云!"便说她趋炎附势,却忘了她的"眼前道路无经纬,皮里春秋空黑黄"是何等的一针见血!

宝钗的真情流露在书中还并非这一处,如果我们把她在宝玉挨打后亲自送药以及对袭人叮嘱"晚上把这药用酒研开,替他敷上,把那淤血的热毒散开"之类的话单纯看作是表姐对表弟的关心,那么她"绣鸳鸯"的那一出可实在是不得不细细品味其中意思了。书中第三十六回,袭人正给宝玉绣肚兜,宝钗来了,袭人说自己绣的时间久了,脖子有点酸,所以想出去活动活动,把宝钗一个人留在了宝玉的卧室里。宝钗因见肚兜上"鸳鸯戏莲"的花样实在可爱,不由自主地拿起针绣了起来,而且一屁股坐在袭人刚才坐的地方。这"一屁股"又让一众专家吵了个不亦乐乎;有说这一屁股坐在床边凳子上的,有说一屁股坐在床沿上的;也是,只怪

曹公没说清楚具体位置,只说"宝玉在床上睡着了,袭人坐在身旁",我猜曹公也绝对没想到后来的小伙伴们读书会这么较真!因为他想要表达的是宝钗的思想动态以及宝玉所说的梦话,至于宝钗这一屁股到底坐哪儿了实在不是他文字的重点。

那么曹公想通过对这一场景的描述向读者传递哪些信息呢?且待下回分解。

第七十四回 薛宝钗的生日

上回说到宝钗一屁股坐到了袭人坐的位置上,开始绣鸳鸯。花样儿鲜亮当然是吸引宝钗的重要原因,但是她也是个正值花季的青春美少女,心中怎么能不羡鸳鸯不慕仙呢?绣鸳鸯在中国的传统文化中,从来都是女子思春的代名词。宝钗待选之路终结后,薛姨妈就为她开启了"金玉论"的第二条道路,却始终处于造势阶段,并未取得什么实质性的进展。但自从贾府的最高领导特意为她过了个生日,连林黛玉也未能获此殊荣;情况就发生了微妙的变化。

有读者说贾母给宝钗过生日实际上是提醒宝钗老大不小了,该嫁人了,别跟林黛玉耗着了,林妹妹反正还小,耗得起。我是不赞同这样的说法的,书中写得明明白白,贾母是因为喜欢宝钗"稳重平和",而且这是宝钗到贾府所过的第一个生日。贾母自己也是侯门千金女,当然从心里喜欢有大家风范的女孩儿,而且人家薛宝钗来做客才第一年,以贾母的性情怎么可能耍个心计下逐客令呢?但肯定有人想不通贾母这么喜欢林黛玉为什么不给林黛玉过生日呢?要知道贾母给宝钗过生日实际上是给王夫人面子,娘家侄女受重视,王夫人自然脸上有光。贾母一举两得,首先进一步融洽了婆媳关系,其次自己本来爱热闹,找个由头开心一下。而在贾母心中林黛玉并不是客人,用不着那么客气,和迎春等人一样即可。给宝钗庆祝过生日的小戏台就搭在贾母的内院,自然是以贾母的视角来看待来客:"就在贾母上房排了几席家宴酒席,并无一个外客,只有薛姨妈、史湘

云、宝钗是客,余者皆是自己人。"

不过宝钗这个生日的确有个不解之谜,书中先说薛宝钗十五岁,可是王熙凤却又说她是"将笄之年"。中国古代历来把女子十五岁叫作"及笄之年",也就是该出嫁的年龄;而且老祖宗们可不像今天还分个虚岁、周岁的,统一都是虚岁,王熙凤总管内务,料理过无数的大小生日,不可能连这个常识都搞错,难道凤姐儿早已料到我辈如今都讲究个周岁,尤其是剩男剩女们那更是从来不谈虚岁的,老外们更是完全不能理解中国人的虚岁之说。随他去吧,既然我已否定了老太太故意提醒宝钗已到结婚年龄的说法,"将笄""及笄"又有什么关系呢?!

贾母替宝钗过生日,林黛玉的妒忌之情是直接写到脸上的,贾宝玉喊她看戏,她直接冷笑道:"你特叫一班戏来,拣我爱的唱给我看。这会子犯不上跳着人借光儿问我。"史湘云呢,她也是从小长在贾府的,肯定也没得到过如此重视,按照她对薛宝钗的好感,再加上她爱热闹的性格,她应该主动要求等宝钗过完生日再回家,然而没有,她住了几天就要回去,是贾母说:"过了你宝姐姐的生日,看了戏再回去。"书中写道:"史湘云听了,只得住下。"实际上史湘云每次来贾府都是赖着不想走的,包括这一次,其实她真正走的时候也是"缱绻难舍",而且还悄悄嘱咐宝玉:"便是老太太想不起我来,你时常提着打发人接我去。"可见一个小小的生日party,不知在多少人心中荡起涟漪。

除了贾母给宝钗过了个生日,更关键的是重量级人物元春对宝钗的认可,元春赏赐的端午节的礼物钗玉二人是一模一样的,而且我们前面所提到过的让贾宝玉看成"呆雁"的"那一段膀子"正是因为元妃所赐的红麝香珠所造成的。这两个拥有绝对话语权的人对自己的肯定无疑给了宝钗莫大的信心,正是在这种潜意识的支配下,再加上"鸳鸯戏莲"本身的魅力,所以宝钗不假思索便"一屁股"坐在了袭人刚刚坐过的地方。袭人坐在宝玉身边做针线活这应该是极寻常的日常生活场景,正因为日常,所以温馨自然,这一美好场面偏偏就让林黛玉给看见了,她马上就联想到了"鸳鸯"之类的词。

此处写得实在传神，真亏了曹公一半大小老头儿是怎么能揣摩到这颗敏感的少女心的，以及只有小姑娘才会有的反应：黛玉先是捂着嘴偷笑，然后招手叫湘云来看，湘云本来也想笑的，想起宝钗素日之好，"知道林黛玉口里不让人，怕她取笑"，拖着她去找袭人。那黛玉若是对今日这一场景不介意的，应该是走一路笑一路，就像我们上小学的时候，下雨天人人带伞，于是课间的时候有调皮捣蛋的小屁孩就会撑着伞在教室里到处罩一男一女，然后大叫"小两口"，全班同学哄堂大笑，笑完拉倒。但是林黛玉可不是没心没肺瞎起哄的小屁孩，湘云的反应让她一个人硬撑着的假笑无法继续了，只得"冷笑了两声"，随她去了。

本来书到此处，宝钗完胜，不料曹公笔锋一转，贾宝玉忽然说起了梦话："和尚道士的话如何信得？什么是'金玉良缘'，我偏说是'木石姻缘'！"这句梦话对宝钗来说无异于当头一棒，所以当时"不觉怔了"，才建立起来的信心瞬间崩塌。

那么对于宝、黛、钗三人的婚事除了元春有了明确的态度,其他人都持什么态度呢?"金玉良缘"和"木石姻缘",到底哪一方的人气更高呢?看似简单的儿女婚嫁又暗藏什么样的玄机呢?且待下回分解。

第七十五回 「金玉良缘」PK「木石姻缘」

这回接着说"金玉良缘"和"木石姻缘"到底哪个人气指数更高?首先站出来支持"金玉"队的是元春,上一回里已经说过,这回就不重复了。然后是薛姨妈，她当然是要把票投给女儿的，王夫人不用说她那一票也是肯定要投给宝钗的，理由我就不重复了，前面我们已经说得够多了，即使宝钗不是她的姨侄女，林黛玉也不是她理想的儿媳妇人选。

那么邢夫人呢？邢夫人这一票会投给谁呢？当然是林黛玉。她当然不想王夫人的力量得到壮大，所以她必然将这一票投给林黛玉。这一点从林黛玉一进贾府她就计划好要结好与这个贾母曾经的掌上明珠的女儿。前面我们曾提到过林黛玉一进贾府王夫人就对她来了一场礼仪小测验，而邢夫人呢？则是亲自挽了黛玉的手进屋，黛玉要走，邢夫人则"苦留吃过晚饭去"，因为林黛玉要去拜见贾政只好作罢，但是还是亲自"送至仪门前，又嘱咐了几句，眼看着车去了方回来"。

诸位一定不会忘记我们说邢岫烟的时候也曾提到过邢夫人，那可是她的亲侄女，她不但把邢岫烟扔在迎春处打秋风，还算计邢岫烟一两银子的月钱，搞得邢岫烟春寒料峭便当了棉衣；她对林黛玉哪有什么感情可言呢？不过是心中自有如意小算盘才对黛玉如此关怀备至。所以她是必然要和王夫人唱对台戏的。

荣国府的内当家王熙凤会投谁的票呢？照理她和薛宝钗是姑表姐妹，她理所当然应该投宝钗一票，但我却以为她不会投宝钗的票。为什么呢？我们回想一下王熙凤是怎么当上大观园里的CEO的？那是她和李纨PK的结果，她的综合条件完胜李纨，所以她才能后来居上代替了荣国府正牌大少奶奶的内当家位置。假如薛宝钗成了二少奶奶，试问：如果王熙凤和薛宝钗PK一下，她能有几分胜算呢？答案肯定是"悬"。而如果换作林黛玉可就不一样了，那位纸糊的"病西施"林妹妹，一年十二个月倒有十个月用来生病，还有两个月用来和宝哥哥怄气，对王熙凤几乎没有任何威胁。

而且王熙凤做小月子期间，探春、李纨、宝钗三人将大观园治理得井然有序，表面上事事都由探春出头，这一点赵姨娘功不可没，她整天惹是生非的，自然也给探春加了不少戏码。其实探春再能干，毕竟不曾当过家理过财，虽说也是个聪明人，但主要不过是性格刚强别人不敢惹她罢了。而宝钗父亲死得早，哥哥又不务正业，母亲年事已高，薛家的大小事务实际上是她在一手把控。更难得的是她既要提示探春如何改革，又不想自己太露锋芒，于是巧妙地借用朱夫子的《不自弃》与《姬子》所云为探春开了窍："真真膏粱纨绔之谈。你们原是千金小姐，不知道这事。"又说："天下没有不可用的东西；既可用，便值钱。难为你是个聪明人，这些正事上竟没经历过，如今可惜迟了些。"李纨笑她们不谈正事，光论学问，宝钗却说了句堪称千古名言的话："不拿学问提着，便都流入市俗去了。"

如今社会上流行的所谓的佛系也罢、儒商也罢，坐下来不谈生意先聊业余爱好等招数，都不过是薛大姑娘玩儿剩下的罢了。探春、李纨受了宝钗的启发，随即想出了一系列改革方案，但总的来说不过是节流与加强管理力度，平儿大加赞赏："这几宗虽小，一年通共算起来，也省的四百两银子。"宝钗却不以为然，提出了一个多劳多得的方案，众婆子听了，"各个欢喜异常"，感激不尽。宝钗却笑道："不然，我也不说这事；你们一般听见，姨妈亲口嘱托我三五回，说大奶奶如今又不得闲儿，别的姑娘们又小，托我照看照看。我若不管，分明是叫姨妈操心。"不经意间便将"尚方宝剑"祭了起来，又说："我如今替你们想出这个额外的进益来，也为大家齐心把这园子周全的谨谨慎慎。"众人听了都"欢声鼎沸"。可谓将"胡萝卜加大棒"用得恰到好处。

更为高明的是在人事安排上，宝钗不露声色就在宝玉身边埋下了伏笔。此次改革利润最高的项目是管香草的，李纨也是个很会算账的，前文我们已介绍过她的理财经，她一想便反应过来，香草管理"算起来比别的利息更大"。平儿推荐宝钗的丫头莺儿的妈，宝钗不同意，"这断断使不得！"原因是："你们这里多少得用的人，一个个闲着没事办，这会子我又弄我的人来，叫那起人连我也看小了。"然后宝钗顺理成章地给这个项目推荐了一个人选"老叶妈"。这老叶妈是宝玉的贴身首席小厮茗烟，也就是大闹书房那位，他的妈。此事也就这么定了。表面看来，毫无背景的茗烟家白捡了个大便宜，要说这平儿也真是个人精，立马就看懂了,笑道:"前儿莺儿还认了叶妈做干娘,请吃饭吃酒,两家和厚,好的很呢。"这干哥哥、干妹妹抑或是干姐姐、干弟弟的,怡红院还有什么事能瞒得过宝姑娘呢?!

王熙凤持家若干年,众人对她除了畏惧何尝有过今天众人对宝钗这样心悦诚服地"欢喜异常""欢声鼎沸"呢?!平儿回去肯定是要一五一十详细汇报的,对于王熙凤来说,这是个多么可怕的对手啊!因此王熙凤这一票肯定是要投给林妹妹的。所以对于后续第九十六回,王熙凤的"偷梁换柱"之计,宝钗出嫁、黛玉气绝,虽说情节甚是好看,但我个人是不太认同这一段故事的,因为王熙凤没必要这么做呀,这可是件担着骂名的活儿,她这么做自己能从中得到什么呢?仅仅是为了讨好王夫人吗?高老先生在续文中过分强化了王夫人、王熙凤以及薛宝钗等人的亲戚力量了,其实在前八十回里我们很难找到类似的情节,相反在贾母打算给宝钗过生日的时候,王熙凤的态度其实是不太积极的,她借口宝钗的生日"大又不是,小又不是"和贾琏商量,贾琏叫她照着林黛玉的例子办,她却冷笑道:"我难道连这个也不知道?"最后因为有贾母介入的因素,贾琏让她比林黛玉的多增些,书中说王熙凤回答"我也这么想着,所以讨你的口气。我若私自添了东西,你又怪我不告诉明白你了"。这个举动我们可以把它理解成王熙凤因为薛宝钗是自己的表妹,因此要避嫌;但是我们再仔细想想,王熙凤是个连鬼神都不惧的主,她做事向来都是依着自己的性子来的,什么时候这么点小事还把贾琏捧得这么高的?除了不积极、不情愿还能有什么解释呢?而且对于贾母给宝钗过生日的事她是非常敏感的,她马上就联想到了宝玉,所以她一边说:"一个老祖宗给孩子们作生日,不拘怎样,谁还敢争。"一边又说:"举眼看看,谁不是儿女?难道将来只有宝兄弟顶了你老人家上五台山不成?"贾母给宝钗过生日,她却平白无故地扯到了宝玉。因此我想即使八十回以后,宝玉真有疯傻的情节,难道贾琏不是荣国府的正牌子孙吗?王熙凤为什么要设个调包计给自己挖个坑呢?当然这些都是后话。

至此,"金玉良缘"和"木石姻缘",比分3∶2,"金玉良缘"暂时领先,这一局关键胜在薛姨妈那一票,约等于宝钗自己给自己投了一票,林黛玉就没这个福气了,其实这也正是她日夜忧思的根本所在;"所悲者,父母早逝,虽有铭心刻骨之言,无人为我主张。"

王熙凤这一票既然投给了林黛玉,李纨这一票会投给谁呢?且待下回分解。

第七十六回 "金玉"队再战"木石"队

上回说了"金玉"队PK"木石"队第一局3∶2,投"金玉"队的票数有元春、王夫人和薛姨妈,投"木石"队的票数有邢夫人和王熙凤。这回我们接着来说李纨这一票会投给谁？王熙凤是战胜了李纨才获得现在的位置的，而且王熙凤在众人面前替李纨算账，无疑也就约等于当众出李纨的洋相，所以当王熙凤当众替她算完账，她当时就假借替平儿出气，以开玩笑的方式表达了自己希望王熙凤倒台的愿望："给平儿拾鞋也不要，你们两个只该换一个过子才是。"如果真有这投票权，李纨当然希望通过薛宝钗的当选来替自己扬眉吐气一把，所以她这一票自然就投给了薛宝钗。

那么尤氏呢？尤氏会支持谁呢？尤氏和王熙凤的过节我就不重复了，王熙凤大闹宁国府，当众羞辱她与贾蓉，这应该是尤氏和贾蓉心中永远的痛了。只要有机会，她肯定也是要等着看王熙凤的热闹的！包括贾蓉日后对于巧姐儿的种种不仁也皆系因果循环、报应不爽啊。非但尤氏，其实连贾珍、贾蓉平时也是时常抱着看热闹的心态冷眼旁观王熙凤呢！贾蓉就曾笑着向贾珍汇报："果真那府里穷了。前儿我听见凤姑娘和鸳鸯悄悄商议，要偷出老太太的东西去当银子呢。"贾珍则笑道："那又是你凤姑娘的鬼，哪里就穷到如此。"贾珍根本就不相信王熙凤,因此他又说:"她必定是见去路太多了,实在赔的狠了,不知又要省哪一项的钱,先设此法使人知道,说穷到如此了。"王熙凤周围不知道有多少双眼睛盯着她呢,人人心中一杆秤,贾珍也不例外,他的心里也"有一个算盘",闲来无事也是要替"那府里"算算账的,因此他才算准了荣国府暂时"还不至如此田地"。所以尤氏这一票当然也是要投给薛宝钗的。因为只有薛宝钗才有能力与王熙凤抗衡。

只要是希望王熙凤下台的必然是要投薛宝钗的票的,但是凡事总有例外,赵姨娘就是个例外。她虽说也盼着王熙凤玩完,但走个孙大圣,来个孙猴子,换汤不换药啊!薛宝钗虽说贤良,不至于像王熙凤那样对她张口就训;贾环和莺儿耍钱赖账那回,赵姨娘骂儿子正巧被王熙凤听见,王熙凤很不客气地大正月里训了她一顿:"凭他怎么去,还有太太、老爷管他呢……他现在是主子,不好了,横竖有教导他的人,与你什么相干!"赵姨娘只有低头听着的份,哪里敢吱声!设身处地替赵姨娘想想，这场景也是够戳心的。而且王熙凤有时还会挑唆王夫人收拾赵姨娘，损人不利自己——白开心；贾环烫伤宝玉时，众人乱作一团，"凤姐儿三步两步的上炕去，替宝玉收拾着，一面笑道：'老三还这么慌脚鸡似的，我说你上不得高台板。赵姨娘时常也该教导教导他。'一句话提醒了王夫人，那王夫人不骂贾环，便叫过赵姨娘来"好一顿骂。王熙凤明明训斥赵姨娘不允许她管教贾环，说贾环是主子，言下之意，赵姨娘是奴才，这会子又笑说赵姨娘平时不知道管教儿子，这不是故意使坏又是什么呢？所以即使宝钗再贤良，她毕竟也是王夫人的侄女，还是一样会成为王夫人的臂膀，因此赵姨娘这一票倒不如投给林黛玉，或许自己还能寻着点儿机会。

那几位小姐呢？她们会投谁的票呢？依我看，迎春和惜春都会选择弃权。她们两个，一个信道、一个信佛；迎春的奶妈偷拿了迎春的攒珠累丝金凤外当打算捞赌本，不想被贾母抓赌抓了个正着，本没捞回来，金凤也没钱赎，迎春的丫头绣橘和奶妈的儿媳妇王住儿家的为此吵了起来，王住儿家的还把邢夫人克扣邢岫烟一两银子的事给嚷了出来，表示自己家平时不但沾不到迎春的光还因为邢岫烟贴了不少钱，迎春听她扯邢夫人，便说金凤自己不要了，只说丢了。绣橘不肯罢休，病中的司棋也耐不住强撑着出来帮绣橘；几个人吵得不可开交，迎春干脆拿本《太上感应篇》躲到一边看书去了。这么个道教信徒，求的是清静无为，哪有闲心掺和别人的纷争。

惜春更不用说了，整个宁国府她都舍弃了，入画出事后尤氏亲自登门说情，她明确表态："不但不要入画，如今我已大了，连我也不便往你们那边去了。"更何况曹公早有交代，惜春将来是要"独卧青灯古佛旁"的，周瑞家的替薛姨妈送宫花的时候，她就声称要剃了头出家去；她从小的玩伴是水月庵的小尼姑智能儿，当然她是不可能知道那智能儿后来和秦鲸卿的故事的，若知道佛门并非如她所想是块清静地，不知她还会不会坚持要出家了。这么个人，她的信仰是四大皆空，她当然也是不会牵扯到宝、黛、钗的俗事中的。

因此，这第二局还是"金玉"队领先"木石"队，比分2∶1；支持"金玉"队的分别是李纨和尤氏，支持"木石"队的是赵姨娘，迎春和惜春弃权。

那么探春呢？她可是个有主见的人，而且也是个喜欢发表自己见解的人，她这一票会投给谁呢？且待下回分解。

第七十七回 探春的一票

上回说了"金玉"队和"木石"队PK的第二局,"金玉"队以比分2∶1领先于"木石"队。这回来说说探春这一票会投给谁。探春是个很有个性且有主见的人,她是绝对不会因为王熙凤的因素影响自己的判断的,她必然会多方对比、谨慎思考,然后才会郑重地投出自己庄严的一票。她和宝钗有过一次合作,对宝钗的工作能力是有一定的了解的,在她俩合作期间,林黛玉则"又犯了嗽症"。至于宝钗的才学,大观园的诗社本是探春起的头,几社下来,宝钗的才学有目共睹;第一社——海棠社,黛玉虽有"偷来梨蕊三分白,借得梅花一缕魂"尽得风流别致,但到底不如宝钗的"珍重芳姿昼掩门"、"淡极始知花更艳"以及"不语婷婷日又昏"来得更含蓄浑厚,而且这几句诗提前道尽了如今各种"网络鸡汤"所要表达的诸如"平平淡淡才是真""女孩子你只要像花苞一样把自己紧紧地包裹起来就好""你若盛开,蝴蝶自来""淡到极致,高雅自现"等诸般意愿。

当然第二社菊花社是黛玉拔了头筹,可曹公偏又于社后续社,由宝玉起头写了个咏蟹诗《食蟹》,让宝钗弥补了前面菊花诗落败的遗憾,前面我们也曾提到过,一句"眼前道路无经纬,皮里春秋空黑黄",把众人看得连声叫绝,宝玉更是大呼"痛快"。提到大观园里的诗社,忍不住要唠叨两句这怡红公子贾宝玉,几乎没见他因为输给这几个女生而不甘的,每次都是心服口服,唯独这一次菊花诗社他很为自己的落第而不平,还举了好几个自己的得意之处:"难道'谁家种''何处秋'‘蜡屐远来’‘冷吟不尽’，都不是访？"真心佩服曹公好手笔，活脱脱画出一个自我陶醉的半瓶醋来。我辈也时常有这样的时候，陶醉于自己的一词半句，根本听不进旁人的修改建议。

言归正传，宝钗之才可以说是和黛玉旗鼓相当，不分伯仲。这只是才学之才，如果加上针线女红这方面的才，那黛玉可就只能甘拜下风了。"金锁"与"宝玉"第一次会面时宝钗就是正坐在炕上做针线呢，钗玉二人刚看完各自的宝贝，林黛玉就出现了，书中用了"摇摇"二字形容黛玉闲来无事瞎逛悠的神态："话犹未了，林黛玉已摇摇的走了进来。"书中第四十五回，宝钗"因见天气凉爽，夜复渐长，遂至母亲房中商议，打点些针线日间作"，结果因为白天要陪贾母、王夫人，以及众姐妹聊天，搞搞必要的社交活动，所以白天没时间干活，只能做夜工，"每夜灯下女工必至三更方寝"。林妹妹呢？"每岁至春分、秋分之际，必犯嗽痰"，今秋多玩了两次，"未免过劳了神"，"比往常又重些，所以总不出门，只在自己房中将养。""请大夫、熬药，人参、肉桂",外加燕窝粥。宝钗给她送来燕窝,却又害得她想起自己和宝玉之间相互猜忌,听窗外雨声淅沥,"不觉又滴下泪来",一直哭到"四更将阑,方渐渐睡了";比宝姐姐睡得还晚。

书中第四十八回,薛蟠出差,宝钗把香菱带进大观园,因为夜长了,自己"每夜作活,越多一个人岂不越好?"可见宝钗的针线女红是不离手的,所以她看见"鸳鸯戏莲"才会下意识地坐下来接着绣,并非刻意而为之。通过袭人之口我们知道了黛玉是"旧年好一年的工夫,作了个香袋儿;今年半年,还没见拿针线呢"。不过这次还好,宝钗把香菱带进园,倒是给黛玉找了个还算正经的活儿干:当老师。教香菱写诗。不过通过这事却也能看出林黛玉你只要是对上了她的路子,她也是个热心人呢,既不藏奸也不耍滑。

说完了"才",我们再来说说"德"。不少读者都因为"滴翠亭事件"将宝钗归入奸险一类,甚至有人将《滴翠亭杨妃戏彩蝶》这一回定义为宝钗恶意陷害林黛玉。我却不这么认为,看一件事不能断章取义,得结合上下文,有前因才会有后果;宝钗之所以会去滴翠亭是因为她本来是要去找黛玉的,结果看见宝玉进了潇湘馆,不想做灯泡,所以折返,回程途中偶遇两只蝴蝶,追逐蝴蝶又偶遇小红和坠儿在偷偷谈论贾芸的事,两个小丫头耍心眼子打算推开窗户说话以免被人偷听了去,事情紧急,宝钗本来是要找黛玉的,所以情急之下就拿黛玉做了挡箭牌。我知道一定有人说我强词夺理,故意替宝钗找借口,还真不是。试想,宝钗半路遇到宝玉折返,她之所以折返,是因为考虑到黛玉"素习猜忌",爱使小性子,如果自己跟进去"一则宝玉不便",因为大家都知道,"他兄妹间多有不避嫌疑之处""二则黛玉嫌疑"。所以她此刻脑子里想的必然是宝黛二人,所以情急之下,"颦儿,我看你往哪里藏!"之类的话就难免脱口而出,只为脱身,未必就有什么险恶用心。也有人说宝钗偷听别人谈话,就是不道德;拜托,谁会光听见有人说话,还没听出个子丑寅卯就先高呼:"喂!我来了!你们别说了!"又或者刚听见有人在说话就赶紧对自己说:"不听不听,快走快走"呢?更何况,曹公压根也没打算把宝钗描写成一个伪君子或者是什么阴险小人之类的。"山中高士晶莹雪"才是曹公心目中的薛宝钗！

而黛玉说话刻薄，书中不止一处提到，滴翠亭事件中小红就说道："若是宝姑娘听见，还倒罢了。林姑娘嘴里又爱刻薄人，心里又细，她一听见了，倘或走露了，怎么样呢？"事实也证明，宝钗事后的确没有向任何人提及此事，因为并未看到小红和坠儿为这件事遭什么殃。宝钗绣鸳鸯被黛玉撞上，湘云也是担心她"口里不让人，怕她取笑"宝钗，拖着她离开了。刘姥姥为了讨贾母及诸位太太、小姐欢心，按照凤姐儿和鸳鸯的指示在席上各种装傻充愣，果然逗得众人笑得东倒西歪，贾母更是要求惜春将相关人物也画到画里，这才像个"行乐"图。惜春本不擅长诗词，以此为由退出诗社，声称要请一年假好画画，黛玉和探春便将惜春缺勤的账记到了刘姥姥头上，本来不过是句玩笑话，可黛玉偏比别人说得刻薄："哪一门子的姥姥，直叫她个'母蝗虫'就是了。"还给惜春的画起了个名字叫《携蝗大嚼图》。这一下子就刻薄到了王夫人头上,众所周知,刘姥姥是挂着王夫人娘家亲戚的名到贾府走动的,贾母都叫她一声"老亲家",而且刘姥姥本人当时也已经七十五岁了,所以林黛玉这次的耍嘴皮子实在是给自己掉了不少分,而且也掉价,毫无贵族小姐的教养可言。

说了这么多,想必诸位闭着眼睛也能猜到探春这一票投给谁了,理所当然"金玉"队呀!姑且把这一回算做第三局吧,比分1∶0,"金玉"队胜。下面该说说史湘云那一票了,且待下回分解。

第七十八回 史湘云的一票

这回来说说史湘云手头的一票。其实史湘云本身也是个局中之人,只不过是中途退出了,书中也明确交代了史湘云相亲的事情,但是这金玉之说开始的时候可不仅仅是指钗玉之间,金锁是金,金麒麟也是金,所以我说不能说金锁配宝玉,只能说好词配好句,因为金麒麟再"文采辉煌",但没有高人所授的好词句也只好靠边站。不过局中人还是很在意的,不但林黛玉担心宝玉与湘云会因为这小物件搞点事出来，其实薛宝钗也是很在意的。当那个宝玉爷爷当年的替身张道士，如今的"大幻仙人""终了真人"，而且人家这头衔还都不是自封的，一个是先皇御口亲封，一个是当今皇上亲封的，各路王公、藩镇都称其为"神仙"的半仙之体送来个赤金点翠的麒麟时，宝钗一眼就认出史湘云也有这么个玩意儿。黛玉嘴上冷笑着臭宝钗："她在别的上，心还有限，惟有这些人戴的东西上，越发留心。"其实她自己看见宝玉听说湘云有金麒麟，赶忙将张神仙所送的麒麟收起来也是一个劲地瞅着贾宝玉点头，直看得贾宝玉不好意思，只得又把麒麟掏出来假装要送给她，她心里当然也想要一个，不然干吗事后又跑去侦察？而且湘云一到，她就说："你哥哥得了好东西，等着你呢。"宝玉夸湘云会说话，这不过是句客套话，但黛玉马上就接过话茬，而且是冷笑道："她不会说话，她的金麒麟也会说话。"这金麒麟可是和金锁一样都种到林姑娘的心里去了，当然这面子更重要，所以嘴上只好死硬，说自己"不稀罕"。宝玉给她北静王的手串，她扔到一边不稀罕，那是真不稀罕，这金麒麟她说"不稀罕"那可是死要面子活受罪呢！不过这金麒麟却被贾宝玉搞丢了，但恰巧又被史湘云捡到了，可惜不知道这金麒麟究竟是如何成就了史湘云与卫若兰的，后人只好从脂评的寥寥数语中尽情猜测了，脂评道："后数十回若兰在射圃所佩之麒麟，正此麒麟也。提纲伏于此回中。所谓草蛇灰线，在千里之外。"

既然湘云已然中途退出，我们就不妨让她也来投一票了。湘云对于宝钗的赞誉书中可不止一次，黛玉学她咬舌"二""爱"不分，湘云就气得说："她再不放人一点儿，专挑人的不好。你便比世人好，也不犯着见一个打趣一个。"说实话，湘云这话说的是真没毛病，黛玉的嘴确实是太损了点，而且是不分场合，不分对象，必定要在话语上要个强；薛姨妈留宝玉喝酒，宝玉的奶妈李嬷嬷怕他喝多了，故意拿贾政吓唬贾宝玉，其实这也算不上什么过错，但林黛玉便说："别理那老货，咱们只管乐咱们的。"那李嬷嬷若斗嘴怎么可能是林黛玉的对手呢？最后只好说："真这林姐儿，说出一句话来，比刀子还尖。你这算了什么？"前面我们也曾提到过周瑞家的给她送宫花，她也是一句话杠得人下不来台。如今她和湘云杠上了，湘云就搬出宝钗来和她对决："你敢挑宝姐姐短处，就算你是好的。我算不如你，她怎么不及你呢？"黛玉听了也只好冷笑道："我当是谁，原来是她！我哪里敢挑她呢。"

湘云对于宝钗的喜爱可不是光人前说说的，自己一个人在家也时常念及宝钗，甚至深恨自己和宝钗"不是一个娘养的，我但凡有这么个亲姐姐，就是没了父母，也是没妨碍的。"路遥知马力，日久见人心，黛玉自己后来也承认："谁知她竟真是个好人，我素日只当她藏奸。"当然也有人说，薛宝钗假仁假义，几两燕窝、一番装模作样的大道理就把林黛玉给搞定了，如果您非这么想那我只好说：您在现实生活中一定也是个难搞的茬，谁对你好都是别有用心的。林黛玉以前为什么总觉得自己孤苦无依，其实是她自己把自己给孤立了，别人都有亲戚，独她没有，所以她独自垂泪，那史湘云呢？湘云就曾劝过黛玉："我也和你一样，我就不似你这样心窄。何况你又多病,还不自己保养。"又如邢岫烟,那样"酒糟透"了的娘老子还不如没有的好。更不要说妙玉了,那才是真正的孤家寡人,也没见她闲来无事"不是愁眉,便是长叹",又或者"自泪自干的","倚着床栏杆,两手抱着膝,眼睛含着泪,好似木雕泥塑的一般,直坐到二更多天"。不过这也不能怪林妹妹,她的历史使命就是"哭",以泪还情,泪尽情清。

  不过在湘云的感染下黛玉还是有所变化的,毕竟别人相劝对于黛玉来说都不过是"饱汉不知饿汉饥",唯有湘云的身世与她一般无二,才最有说服力。本来黛玉正打算对月感怀,"自去俯栏垂泪",被湘云一通劝说,不忍"负她的豪兴",湘云又热情万丈地给黛玉介绍眼前的凸碧山、凹晶馆,不料,这"凹晶"二字却是黛玉所拟,这一来把黛玉的兴致也提了起来,不无得意地告诉湘云:"实和你说罢,这两个字还是我拟的呢。""带进去与大姐姐瞧了。他又带出来,命给舅舅瞧过。谁知舅舅倒喜欢起来。""所以凡我拟的,一字不改都用了。如今就往凹晶馆去看看。"这才有了后来那篇精彩绝伦的《中秋夜园即景联句三十五韵》，也就是凹晶馆联诗。

可见贾政的意见黛玉很在意，贾敏在世时必定没少在家人面前赞誉过贾政，所以不但黛玉对这个二舅心存敬意，当年林如海举荐贾雨村时也没少夸贾政。那贾雨村虽说与黛玉有师从之谊，但是林黛玉的满腹才华跟他可没什么瓜葛，一则时间太短，二则林黛玉年龄太小，身体还太弱，上课三天打鱼得有两天半晒网，所以黛玉的学识应该是父母所授，还有就是遗传基因了，有天赋。因此以文化人自居的贾政必然在内心是欣赏黛玉的，再加上对妹妹贾敏的感情，和林如海曾经的交情，所以在贾宝玉的婚事上，没准他会投林黛玉一票。除了贾政，我并没有让其他的男人参与到这件事情中，免得把简单问题复杂化，但是贾政不一样，他是贾宝玉的亲爹，他不可能对儿子的婚事不闻不问——他可是连贾宝玉和贾环的姨娘人选都上心的人啊！书中第七十二回，赵姨娘想替贾环讨要彩霞，不敢和王夫人说，晚上睡觉时便求贾政，贾政就说："我已经看中了两个丫头，一个与宝玉，一个给环儿。"贾政到底看中了哪两个丫头，书中没有交代，我们也没必要非得琢磨，但由此可见贾宝玉的正经婚事他岂有不管之理？！

我们接着说湘云手头那一票，写诗联句不过是日常生活的调味品罢了，毕竟不能当饭吃、当日子过，何况宝钗的文采也并不比黛玉逊色；湘云也不是没头脑的人，权衡利弊，她最终还是会将自己那一票投给宝钗。

假如那几个比较重要的、有可能有发言机会的丫头，也给她们一人一票，贾母的大丫鬟鸳鸯、王熙凤的大丫鬟平儿、贾宝玉的大丫鬟袭人、林黛玉的大丫鬟紫鹃、薛宝钗的大丫鬟莺儿，外加薛蟠的姨太太香菱，她们会投谁的票呢？

首先是鸳鸯，她肯定是跟着主子走，贾母投谁她投谁；平儿也一样，她是绝对不会和王熙凤唱反调的；而贾宝玉的大丫头袭人可是绝对不会和主子一条心的，虽说她亦有些痴处："伏侍贾母时，心中眼中只有一个贾母；今与了宝玉，心中眼中只有一个宝玉。"但是在为自己挑选顶头上司这件事情上，她是绝对不会和主子统一战线的，理由我就不重复了，书中比比皆是。紫鹃不用说，肯定是黛玉的铁杆粉丝；莺儿当然也是要向着自己的主子的，不然她也不会听见宝钗读宝玉上的字时主动提醒钗玉二人："我听这两句话，倒像和姑娘的项圈上的两句话是一对儿。"多亏了她这句话我们才有机会一睹宝钗金锁的芳容："珠宝晶莹、黄金灿烂"，此物深藏于宝钗的大红袄里面，需解了排扣方可掏出，可不是像所有的电视剧里演的那样：薛宝钗成天挂个大金锁满世界跑。宝姑娘可是个低调的人。香菱呢？她就有点为难了，毕竟黛玉和她也有"师从之谊"，宝钗平时待她也不薄，照她的本意，最好就是弃权，听天由命，但是薛蟠是绝对不会允许她这么做的。书中第八十回，这也是曹公所留下的最后一回了，香菱因为坏了薛蟠和宝蟾的好事，被薛蟠"赤条精光"地追着打；要知道薛蟠虽然混蛋，但在他妹妹身上那可是一万个精心的，香菱若是敢坏了宝钗的好事，那她可真是死定了。所以她除了投宝钗的票根本没有别的选择。因此这一局的结果是"金玉"队：湘云、袭人、莺儿、香菱，"木石"队：贾政、鸳鸯、平儿、紫鹃，比分4∶4，平局。

有人要问了，说了这么一堆人，怎么就没说那个重量级的人物呢？她一票顶十票用呢！是啊！哪能不说她呢？！贾母啊！"木石姻缘"的始作俑者。正是她安排了童年时期的宝黛同桌吃饭同床睡，这才搞得二人从两小无猜、青梅竹马、耳鬓厮磨到情窦初开、日久情深、难以自拔，如今她该怎生收场呢？且待下回分解。

第七十九回 关键一票

这回可得来好好地探讨一下这贾老太太是怎么想的了。毫无疑问,开始的时候她绝对是把林黛玉作为孙媳妇的不二人选来对待的,所以一开始就摆出了培养感情的阵势,让两个小朋友同桌吃饭、同室而居,而且在日常生活中无时无刻不把两人往一块凑,哪怕分一碗菜也时时刻刻提醒别人,他俩是一对儿:"这一碗笋和这一盘风腌果子狸给颦儿宝玉两个吃去。"尤其是领着刘姥姥逛大观园那一回,更是当着众人的面说:"我的这三丫头却好，只有两个玉儿可恶。回来吃醉了，咱们偏往他们屋里闹去。"说到贾母领着刘姥姥逛大观园，不得不又要扯几句闲篇赞美一下曹公，非但描绘那些小儿女情态入木三分，描写老太太一样活灵活现、生动传神；贾母这个老牌贵夫人随着年龄的增长像小孩子一样开始喜欢卖弄，但是素养使然，所以还算低调含蓄，给黛玉换窗纱、给宝钗添摆设、隔水赏乐、月下闻笛、妙玉处赏花品茶、看戏时点评陈腐俗套，无处不体现老太太高雅别致的鉴赏力，别说刘姥姥这样的村妇了，便是王夫人姐妹也是望尘莫及。薛姨妈就曾由衷地赞道："实在亏她，戏也看过几百班，从没见用箫管的。"贾母却不以为然地说："这也在主人讲究不讲究罢了。这算什么出奇？"

更有趣的是她再高贵，也还是和所有的老太太一样喜欢显摆自己的子女，她指着惜春向刘姥姥炫耀："你瞧我这个小孙女儿，她就会画。等明日叫她画一张如何？"当刘姥姥看见潇湘馆的书架上垒着满满的书，猜是哪位少爷的书房时，她不无得意地指着黛玉笑道：

"这是我这外孙女儿的屋子。"写到这儿,不由得想起早已逝去多年的外祖母,越发由衷钦佩曹公实在是千古难得的大家。正所谓"人人心中有,人人笔下无"方是大家手笔。

也正是因为贾母从一开始就对宝黛之事采取了非常高调的姿态,所以善于揣摩贾母心思的王熙凤才会当着众人的面开林黛玉的玩笑:"你既吃了我们家的茶,怎么不给我们家作媳妇?"还指着贾宝玉说:"你瞧瞧,人物儿、门第配不上?根基配不上?模样儿配不上?家私配不上?哪一点还玷辱了谁呢?"李纨还当场附和道:"真真我们二婶子的诙谐是好的。"连贾琏的小厮兴儿,一个平时在二门上当差的角色都知道贾宝玉"已有了,未露出来。将来准是林姑娘定了的。因林姑娘多病,二则都还小,故尚未及此。再过二三年,老太太便一开言,那是再无不准的了。"

但是这贾母偏偏就是迟迟不曾开言,而且当薛宝琴出现时她还明确表示有促成二宝之意,不仅对宝琴宠爱有加、赞不绝口,还刻意"细问她年庚八字并家内景况"。薛姨妈等人皆是聪明人,都看出贾母之意,王熙凤更是当场凑趣,"哎"声不止:"偏不巧,我正要作个媒呢,又已经许了人家。"书中说:"贾母也知凤姐儿之意,听见有了人家,也就不提了。"虽说前面我也曾说过贾母让王夫人认宝琴做干女儿,其意深远,但贾母对于宝琴的喜爱也是发自肺腑的,不然她也不会在薛家相中邢岫烟时和薛姨妈开玩笑了,"我原要说她的人,谁知她的人没到手,倒被她说了我们的一个去了。"但是聪明的薛姨妈通过宝琴的事也读懂了老太太的潜台词,知道自己女儿的戏不大了,自己家又在人家屋檐下混日子,"我虽没人可给,难道一句话也不说?"她很清楚宝黛之事缺的就是个出头说话的人;索性做个顺水人情,认了林黛玉做干女儿,我认为在薛姨妈明确了解贾母的心思后,对黛玉的婚姻问题她还是颇有大家风范的,当宝钗开玩笑要将黛玉留给薛蟠时,她搂着黛玉笑道:"你别信你姐姐的话,她和你玩呢。"又向宝钗道:"连邢女儿我还怕你哥哥糟蹋了她,所以给你兄弟说了。"而且当着宝钗和黛玉的面她还自告奋勇要去为黛玉说亲，"不如竟把你林妹妹定与他，岂不四角俱全？""我一出这主意，老太太必喜欢的。"当然啦！她最终还是没去说这话，世事无常，至于薛姨妈到底为什么没说，我们就无从知晓了，也不想深究，非得探个究竟，也不过是胡思乱想罢了。反正如果她说了，也用不着这会子我在这儿给他们搞这场投票活动了。

这"木石姻缘"本来是件青石板上钉铜钉的事，却就是因为无人提头所以就一直盖着盖子摇，这才害得林妹妹多流了多少泪。贾母虽说在贾府一言九鼎，一票顶十票，但是元春的意见她不可能不重视，而且林黛玉整天病恹恹的，显然不是个有福之人，她也不可能为了心疼外孙女，把孙子的幸福豁出去了呀！虽说老太太也想了不少补救措施，诸如弄个紫鹃、晴雯之类的当帮手，而且我甚至认为老太太没准一度也真的动过要让宝玉同时娶黛玉和宝琴的念头，效仿娥皇、女英的做法。也许有人要问那娶宝钗不是一样吗？宝钗还更成熟稳重。问题就出在这里，宝钗是成熟稳重，做别人家的孙媳妇、儿媳妇都好，都没话说，就是不适合贾宝玉，一是年龄大，这还是小事，关键是林黛玉根本搞不定薛宝钗，而宝琴就不一样了，首先一条就是"年轻心热"，这一点很配贾母的胃口，从老太太这把年纪还如此爱热闹的性情看，年轻时必也是个"心热"之人。而宝钗过分的冷静与朴素其实贾母是并不欣赏的，当她兴冲冲带着刘姥姥各处显摆途经蘅芜院时，宝钗屋内的极简风格让老太太有点下不来台，只好自我解嘲说"这孙女太老实了"，又叮嘱薛姨妈不能由着小孩的性子来："使不得。虽然她省事，倘来一个亲戚，看着不像；二则年轻的姑娘们，房里这样素净，也忌讳。我们这老婆子，越发该住马圈去了。"关键是宝琴和王夫人听上去有亲，实则是八竿子打不着的亲戚，没有任何血缘关系。而且父亲早逝，母亲又有痰疾，估计也是活不了多久的，所以也是个没有背景靠山的；和林黛玉的身世基本上旗鼓相当。

但是就算贾母一票顶十票，就像如今电视台各种作秀的节目一样，导师一票算十票或者算十分，我们权且也让贾母拥有这个超能力，但当她遇到元春的意见时就得打个折了，所以只好算五票，林黛玉的身体状况是铁的事实,不容争辩,又得打个折,也就剩下2.5票了。好吧,在贾母这儿"木石"队完胜"金玉"队,比分2.5∶0。那么这一场PK最终结局到底如何呢?且待下回分解。

第八十回 红楼十二钗

这一场PK,一共五局:第一局3∶2,"金玉"队胜;第二局2∶1,"金玉"队胜;第三局1∶0,"金玉"队胜;第四局4∶4,平;第五局("木石"队开了外挂)0∶2.5,"木石"队胜;结果是"金玉"队以10∶9.5险胜"木石"队。我猜曹公一定也纠结了很久,因此才有了那《红楼梦》仙曲十二支中的《终身误》:"都道是金玉良姻,俺只念木石前盟。空对着,山中高士晶莹雪;终不忘,世外仙姝寂寞林。叹人间,美中不足今方信。纵然是齐眉举案，到底意难平。"

照理说曹公已在书中将这金陵十二钗交代得清清楚楚，明明白白，可我就是咸吃萝卜淡操心，自作多情地认为这曹公向来喜欢明暗两条线的写法，焉知这十二钗他就没搞个在册的与编外的呢？在册的众所周知：薛林史三位、贾府四春、王熙凤母女、李纨与妙玉（我称其为贾珠的前后任），外加一个来跑个龙套过把瘾就早早撤退的警幻仙子的妹妹秦可卿。这编外的呢，我以为是书中第四十九回所提及的：以李纨为首，李纹、李绮、宝钗、宝琴、迎春、探春、惜春、黛玉、湘云、岫烟、王熙凤。书中说"叙年庚，除李纨年纪最长"，余者"皆不过十五六七岁，或有这三个同年，或有那五个共岁，或有这两个同月、同日，或有那两个同刻、同时，所差者大半是时刻月份而已"。不过，我认为王熙凤应该不止十六七岁。总之，一屋子的莺莺燕燕、满眼的美丽俏佳人，我们除了和贾宝玉一起感慨"老天，老天，你有多少精华灵秀，生出这些人上之人来"，也实在是说不出别的什么话来了。

大观园里的诗社这才真正地兴旺起来，正如贾宝玉所说"鬼使神差来了这些人"。让我们再回到那大荒山上，青埂峰下，茫茫大士与渺渺真人携了那无才补天之石，要去了却"一段风流公案"。这段"风流公案"的起因，便是绛珠仙子欲以泪来还神瑛使者的灌溉之恩。"因此一事，就勾出多少风流冤家来，陪他们去了结此案。""如今虽已有一半落尘，然犹未全集"，所以这四十九回所集聚的十二钗正是"集全"这"一干风流冤家"。惜哉！痛哉！叹哉！吾辈无福，不得见这"一干风流冤家"到底如何了却那一段"风流公案"！

　　行文至此，多说无益，更无趣了！就此打住。一首打油诗聊以记之：

　　曹公美名万古扬，后世争续空彷徨。

　　老妇聊发少年狂，漫品红楼话炎凉。

后　记

半部红楼，迷倒众生，但在下实在不愿意落入俗套，抄个半本原著，去钻一些文字上的牛角尖，诸如"碧痕到底有没有和贾宝玉一起洗澡？为什么洗了两三个时辰？为什么连席子上都汪着水？"又如"贾政为什么独宠赵姨娘？"最后居然还有专家学者琢磨出正经原因来，是因为"赵姨娘下体可采"。

近日见一奇文，竟然是统计《红楼梦》这本书里到底有多少个骂人的脏字的，如此种种。试问，这样的话题和如今一帮子博取眼球的网红放几张艳照又有什么区别呢？这样的问题搞不搞清楚是否影响曹公写这本书的指导思想呢？搞懂此类问题对我等读懂红楼又能有什么帮助呢？所以不说也罢。

图书在版编目(CIP)数据

漫品红楼 / 蕙馨斋著. — 北京：北京出版社，2019.3

ISBN 978-7-200-14350-8

Ⅰ.①漫… Ⅱ.①蕙… Ⅲ.①《红楼梦》研究 Ⅳ.①I207.411

中国版本图书馆CIP数据核字(2018)第188765号

漫品红楼
MANPING HONGLOU

蕙馨斋 著

*

北京出版集团公司
北京出版社 出版
(北京北三环中路6号)
邮政编码：100120

网　　址：www.bph.com.cn
北京出版集团公司总发行
新 华 书 店 经 销
三河市同力彩印有限公司印刷

*

889毫米×1194毫米　32开本　14.25印张　360千字
2019年3月第1版　2024年3月第2次印刷
ISBN 978-7-200-14350-8
定价：86.00元
如有印装质量问题，由本社负责调换
质量监督电话：010-58572393